許三觀賣血記

余華——著

目次

序論／

傷痕即景，暴力奇觀

——余華的小說

王德威

一九八七年一月的《北京文學》上，刊出年輕作者余華的短篇小說〈十八歲出門遠行〉，迅即引起讀者的注意。小說裡十八歲的「我」獨行在山區的公路上，天色已暗，投宿無門。好不容易強搭上一部載滿蘋果的卡車，沒多遠車又拋錨了。正在一籌莫展之際，附近的農戶開始出現，搶走了蘋果還打傷了我們的敘述者。運蘋果的司機非但不為丟掉的蘋果操心，反而趁火打劫，把敘述者的小紅背包搶了就走。故事末了，「我」躺在動彈不得的汽車裡，想起那個「晴朗溫和的中午」，父親準備了個小紅背包讓「我」出門[1]。

〈十八歲出門遠行〉不按牌理出牌。不僅敘事次序前後顛倒，故事的內容也似漫無頭緒。然而這篇小說卻預告著余華「現象」到來。在以後的十年裡，余華要以一系列的作品引導我們進入一個荒唐世界：這是一個充滿暴力與瘋狂的世界；骨肉相殘、人情乖離不過是等閒之事。在那世界的深處，一齣齣神智迷離、血肉橫飛的祕戲正在上演。而余華娓娓告訴我們這也是「現實一種」，也有它的邏輯。他不僅以文字見證暴力，更要讀者見識他的文字**就是**暴力。他恣意切割、凌虐偽美的「毛文體」，其極致處，何曾下於他故事中的殘酷情境？也因此，余華在風格上的突破必須成為政治的挑釁。他的現象不但代表文革後傷痕寫作的突破，也直指天安門事件前，大陸文學、文化界躁動的徵候之一端。

一九八七年也是臺灣政治史上動盪的一年。解嚴之後，種種銘刻傷痕、控訴不義的文學紛紛出籠。然而在暴露以往政權的顢頇無明之際，我們不見作者走到余華那樣的極端。余華的作品帶有「殺氣」，以及因此而來的美學魅力。這當然是種創作的弔詭，也更促使我們進一步揣測形成弔詭的因素。值得注意的是，九〇年代以來，余華創作了數部長篇，如《呼喊與細雨》、《活著》等，在其中他對暴力的辯證執迷如故，殺氣卻逐漸退去。新作《許三觀賣血記》尤其顯現了此一特徵。余華的讀者（尤其在海外）已被他的作品養成了嗜血的胃口；面對他的轉變要如何因應？而余華本人又要如何經營他的暴力奇觀敘事？凡此正說明了十年來大陸前衛小說的新挑戰。

一、從長征到遠行

〈十八歲出門遠行〉成於一九八六年尾[2]。在此之前，大陸文學的「尋根」熱潮已成氣候。汪曾祺、阿城、韓少功、賈平凹等人書寫又一輩作家的鄉土經驗，兼亦探求個人主體性的根源，以及毛文學以外（及以前）的傳承。「尋根」文學在大陸「文化熱」中排闥而來，言志抒情都有突破以往教條寫作的貢獻。然而作家落筆行文，到底在一廣義的寫實或現實主義的框架內打轉。幽謐淡漠如阿城（〈棋王〉、〈樹王〉、〈孩子王〉）、怪誕詭異如韓少功（〈歸去來〉、〈爸爸爸〉、〈女女女〉），對寫實敘述的邏輯，及語言映照事物的必然，皆各有質疑，卻也僅止於此。與此同時，殘雪夢魘式的小說，馬原的後設敘事遊戲，已經開始引起議論。所謂的「先鋒」文學正在崛起，以更激烈、更玩忽的手法顛覆現有寫作體制。八〇年代中期大陸小說的風雲變幻之速，亦由此可見。

余華正是在這場「先鋒」與「尋根」對話中，開始創作。乍看之下，〈十八歲出門遠行〉平淡無奇。余華顯然不如他某些同輩那般，熱中於新奇的文字實驗。但也正因他的敘述

1 余華〈十八歲出門遠行〉，《十八歲出門遠行》（臺北：遠流出版公司，一九九〇），頁二九。

2 余華〈虛偽的作品〉，《余華作品集》二（北京：中國社會科學出版社，一九九四），頁二七八。

貌似寫實，情節匪夷所思的轉折才更令我們措手不及。沒有目的的遠行、偶然的邂逅、冷漠的自然及人事風景，構成〈十八歲出門遠行〉的主線。運蘋果的司機忽冷忽熱，敘事者倒也視為當然。「我不知道汽車要到什麼地方去，他也不知道。反正前面是什麼地方對我們來說無關緊要，那就馳過去看吧。」[3]這是敘事者的姿態，也是敘述本身的特徵：傳統起承轉合的秩序再也派不上用場，人物的動機與反應紛然錯位。

我們可以把這篇作品視為一篇苦澀的啟蒙小說（initiation story）。天真的主人翁離家遠行，注定要在路上混得鼻青臉腫。這也許是他成長的代價？但放在廣義的共產敘述裡，這一讀法顯然要節外生枝。主人翁的遭遇和出門前他父親的期許恰恰相反。路上的考驗與其說承諾了任何的結果，倒不如說是一場沒有名目的鬥爭。故事末了，「我」躺在拋錨的汽車裡，野暮荒寒，記起了父親的鼓勵，一種反諷油然而生：十八歲出門遠行，該不會是場惡作劇吧？

我們也可以把這篇小說，看作是教育成長小說（Bildungsroman）的雛形；但余華再次揶揄了共產式的閱讀可能。搶劫蘋果，打傷主人翁的不是別人，而是農民。而當所有人背叛而去，「我」方才要了解進入弱肉強食的（共產？）社會，談何容易！然而主人翁的「教育成長」如果反證了共產社會的同志神話，卻也嘲仿了資本主義社會的遊戲法則。那運蘋果的個體戶司機，開著破爛汽車出現在工農兵天堂裡，不啻是一種新的「典型人物」，召喚無產階級對所有權的欲望，對剩餘或附加價值的攫取。優勝劣敗，主人翁最後落得一無所有；他將如何再度出發，成了小說一大懸疑。而我們記得，做為一種小說文類，教育成長小說原是因應十九世紀歐美資本主義論述而興的[4]。

一九八七年鄧小平將展開反資產階級自由化運動，試圖遏止方興未艾的反「四個現代化」歪風。余華也許無從預見這一運動，但卻藉短短一篇小說，透露大陸文化思潮的一種變貌。〈十八歲出門遠行〉如果有什麼教訓，這一教訓是對閱讀與書寫價值觀念的叛變，以及由此而生的暴力及虛無循環。擺盪在啟蒙及背叛、成長教育及反教育、共產及資產的軸線間，小說第一人稱的敘事姿態尤顯曖昧。藉著「我」的越行越遠，余華彷彿暗示敘事主體——「我」——的自身疏離，才是一切敘事秩序崩散的癥結[5]。對應彼時學界方興未艾的「主體性」論戰，余華適時提供了旁證。

以上的討論都指向一個更廣大的歷史及文化論述議題。中共的文學機制建立在一歷史命定論的基礎上。無論是革命現實主義還是革命浪漫主義，小說敘事的過程與歷史敘事過程必

3 同註1，頁二三。

4 Franco Moretti, *The Way of the World* (London: Verso, 1987).

5 有關八〇年代大陸文化熱中的「主體性」論爭，參考資料極多。最新的記述應推王瑾（Jing Wang）的*High Cultural Fever* (Berkeley: University of California Press, 1996)，第五章。

須相互為用，共同指向一種烏托邦的歸宿。革命的路上也許波折重重，但歷史的進程終將推向必然的未來；未來其實就是**歷史**先驗的一部分。從這一角度來看〈十八歲出門遠行〉，難免要讓人不安。主人翁接過了父親準備的「小紅背包」踏上征途，以後的一切事與願違。余華調動前後敘述時間，使讀者到了末了才明白故事的結束才是起點。倒因為果，表面的線性敘述因此多了一層循環的陰影。

這使我們重思故事題目中「遠行」的意義。前面提過，這一遠行可能是不知伊於胡底的潰散迷失。對照故事的循環敘述層面，我們也可說遠行其實哪裡也到不了，反而不斷的歸零到「父親」準備「小紅背包」，交代兒子「出門」的原點。迷失或歸零，兩者都是惡信念（bad faith）的下場，是尼采式永劫循環的預告。果如是，余華的「遠行」故事正顛覆了中共歷史上的「長征」敘事架構。

我所謂的「長征」傳奇，指的不只是一九三四年紅軍兩萬五千里長征的史實，也是由此建構的國家「演義」模式及時空想像。經過那場漫長的跋涉，血肉凝為主義，小我化為大我，中共革命的歷史敘述，於焉底定。長征的終點是共產烏托邦的起點，歷史演義的極致，神話誕生[6]。八〇年代以前的中共文學史，講的未必盡是長征故事，敘事的邏輯卻是若合符節。是在這樣「大敘述」的前提下，我們細讀余華〈十八歲出門遠行〉，才不禁會心一笑。魯迅當年以一篇〈過客〉，點出五四啟蒙作者趑趄奔走、一路顛仆的悲哀。幾番革命起落，又一代年輕作家將要遠行。漫漫長路，十八歲的行者何去何從？

二、現實一種？

余華初期的小說，篇篇脫離現實。讀者要進入他的世界，〈現實一種〉也許是門徑之一。這個中篇敘述一場兄弟鬩牆的血腥悲劇。山崗四歲的兒子某日「蓄意」摔死了堂弟，弟弟山峯的老婆要討回人命，整死了小姪子。血腥的復仇這才開始。山峯甘願代替妻受過，被哥哥綁在樹上，任由一隻小狗舔舐他的腳掌；他搔癢難熬，狂笑四十分鐘暴斃。山崗逃走，終於落網槍斃，他的屍體卻陰錯陽差的被弟媳「捐給國家」。我們最後看到山崗被解剖得四分五裂。之後山崗的睪丸被重栽在一個年輕人身上；年輕人不久結婚，「十個月後生下一個

6 有關長征做為中共黨史的史話及神話，見David Apter and Tony Saich, *Revolutionary Discourse in Mao's Republic* (Cambridge: Harvard University Press, 1994)。

十分壯實的兒子」。山峯的妻子萬未料到，她的復仇使山崗「後繼有人了」[7]。

〈現實一種〉描述家族的血腥事件，彷彿實驗報告。故事中的人物「玩」命如兒戲，按部就班迎接死亡，幾乎像是串演黑色幽默。證諸喜劇最基本的技巧在於人事活動與機器節奏的衝擊[8]，那麼余華的小說還真掌握個中三昧——故事中的山峯不是笑死的麼？只是這一喜劇是在血腥中進行，老少人物儼然似上了發條就停不下來的殺人機器。這篇小說讀來匪夷所思，但何以余華稱之為「現實一種」呢？

書寫現實是現代中國文學最重要的題目，現實主義也是中共文藝理論的核心教條。是什麼樣的動機，使余華寫出個一點也不現實的〈現實一種〉？在一九八九年的自述〈虛偽的作品〉中，余華強調「我的所有努力都是為了更加接近真實」。但他「發現以往那種就事論事的寫作態度只能導致表面的真實以後……〔我〕開始使用一種虛偽的形式。這種形式背離了現狀世界提供給我的秩序和邏輯，然而卻使我自由的接近了真實」[9]。余華的說法放在文學理論中，也許睥之無甚高明；形式主義者早就告訴我們形式的「陌生化」（defamiliarization）是托出事物真實感的不二法門。但回顧中共半個世紀現實主義掛帥的文藝論述，余華的做法畢竟有其意義。他以最古怪的人物，最澆薄的敘事姿態，訴說了一則又一則荒誕也荒涼的故事。〈現實一種〉不可置信，但它像電擊一樣，刺激我們面對也迴避經驗中不堪言說的部分。如果說這篇小說荒謬，那麼共和國歷史上的許多史實，比起來只怕是更荒謬了。也許小說的震撼不來自它讀來太奇怪，而來自它太熟悉吧？

余華的習作生涯中，先後迷戀過川端康成及卡夫卡[10]。這兩位作者的差距不言可喻，卻都對年輕的中國作家產生影響。川端的美學一部分建立在人生不堪卻又耽美的觀察上；而卡夫卡以醜怪（grotesque）的想像直指他置身社會的庸俗及無情。兩人都企圖透過文字的淬煉，「更加接近真實」[11]，也都是二十世紀前期現代小說美學的最佳代言者；而兩人對身體敘述——從川端的女體到卡夫卡的異形蟲——都極盡想像之能事。他們示範如何用身體來與生命不可承受的美與醜打交道，想來對余華影響深遠。

但到底什麼是余華所謂的「真實」？是文革浩劫所留下的斑斑傷痕？是共產烏托邦的縹緲寄託？還是生命本身的狂亂虛妄？余華認為「虛偽的形式」使他更接近真實；我們毋寧說當他承認了寫作形式與素材間的鴻溝時，他已打開了潘朵拉（Pandora）的黑盒子，再難闔上。他的形式只能「接近」而不能攫獲、複製真實；他越寫，越寫出了真實的不可再現性。

7 余華〈現實一種〉，《余華作品集》二，頁四五。

8 Henri Bergson, "Laughter," in *Comedy* (New York: Doubleday, 1956), p.84.

9 同註2，頁二七八。

10 余華〈川端康成和卡夫卡的遺產〉，《余華作品集》二，頁二九四—二九七。

11 同上，頁二九六。

換句話說，真實的呈現，總是建立在否定的，不可信的前提上。由是觀之，〈現實一種〉恰是最虛偽——也最「真實」——的敘述形式之「一種」。

中共文藝上承五四的寫實主義精神，建構了極富意識形態色彩的現實主義。語言與世界、敘述與信仰的嚴絲合縫，是這一主義的特徵。形式真偽的問題其實著毋庸議，因為現實「只有」一種，而「真」的現實只能再現於「真」的形式中。四九年後，那「真實的形式」精益求精，終形成了識者所謂的「毛語」及「毛文體」[12]。公式人物、教條情節、八股文章，卻有多少作家評者的身家性命，盡繫於此。寫實及現實主義強烈的排他性，由此可見一斑[13]。

〈現實一種〉最大的意義，因此不僅於訴說了一個充滿寓言意義的血案；更進一步，它質疑了毛文體的形式牢籠，以及意識形態霸權。但這樣的議論仍未免稍嫌樂觀。我還要說余華的文字實驗有其盲點。沉浸在極風格化、個性化的敘述中，余華恣意而寫，是否也不自覺顯露一種新的權威聲音，一個使讀者或迷戀或拒斥或驚懼的聲音？這孤獨而任性的聲音雖然面臨時時自我瓦解的設計，卻必然構成我們閱讀的挑戰。

沿著〈現實一種〉，余華寫了一系列極具先鋒意味的中短篇小說。〈一九八六年〉幾乎可看作是個文革十年的祭禮。「十年浩劫」後的十年，一切平靜如恆了，只有一個瘋子的出現，帶來些許刺激。那瘋子以自己的身軀為舞臺，凌遲切割，演出一場場血腥好戲。卡夫卡的〈飢餓藝術家〉可以是此作的範本。夾雜在震顫卻歡樂的觀眾中，一對母女不安了。這是她們失蹤十年的丈夫／父親麼？小說跳躍在不同的時空及意識中，往事絕不一清二楚的浮現，而是藉著瘋子肢體的自虐——及敘事者對文體的凌遲——紛飛播散在你我之間。而我們的角色見怪不怪，終於要踏在瘋子的血肉／文字碎片上，悠然而去[14]。

余華總說他對常情常理的懷疑，使他亟於探討「世界……自身的規律」，「眼前的一切都像是事先已經安排好，在某種隱藏的力量指使下展開其運動。」「必然因素已不再統治我，偶然的因素則異常地活躍起來。」[15]於是有了像〈偶然事件〉、〈難逃劫數〉、〈四月三日事件〉、〈世事如煙〉這類的作品。余華一方面寫出所有人事碰撞的隨機偶然性，卻又不禁凜於這樣散漫無常的生命現象下，一種宿命的可能。形諸文字的，是漫漶的敘事方法，起落不定的情節轉折，不由自主也無可不可的行動方向。〈偶然事件〉藉一偶發的凶殺事件，鋪陳一個並不偶然的案外案。全文以書信貫串，終而使原不相識的寫信者及收信人捲入血案。〈難逃劫數〉寫的又是一樁偶發的人命案件，幾經輾轉，犯案的敘事者回到現場並看

12 李陀〈雪崩何處〉，《十八歲出門遠行》，頁一二。

13 見Christopher Prendergast, *The Order of Mimesis* (Cambridge: Cambridge University Press, 1986)，第一章。

14 這當然讓我們想到卡夫卡〈蛻變〉的結局。

15 同註2，頁二八五。

到了「自己」被謀殺。〈四月三日事件〉誇張敘事者偶然的感情邂逅及對即將到來的生日的恐懼；他最後在四月三日前夕疾疾出走。

而〈世事如煙〉則總其大成。故事中的人物以阿拉伯數字為名，在茫茫人海中偶然相遇相離。軸心人物是個年逾九十的算命師，他替信者驅凶避禍，卻把他們逐入更恐怖而不可知的禍事。死亡、亂倫與魯迅式的吃人吸血，瀰漫這個世界。但世事如煙，偶然與必然，瘋狂與秩序相倚相生，注定氤氳播散以終。

這些故事所蘊含的暴力層面，下文將再討論。所可注意的是，余華的敘事觀點捉摸不定，而所謂的意義定格終成不能聞問的話題。新中國建國以來的龐大（毛）主體論述至此已似四分五裂。余華的每個主角述說心事，卻又彷彿事不干己。這主體內不請自來的他者，造成精神分裂式的敘述聲音。主客、人我相互混淆，象徵指涉的鎖鍊無從銜接。但如前所述，分崩離析的敘事聲音來得如此武斷，如此「生猛」，隱隱讓我們覺得不安。誠如余華自忖，偶然之所以如此，未嘗沒有宿命的陰影。而我以為余華的形式遊戲或可能被統攝在一個新的執念下。他就像〈世事如煙〉算命的瞎子般，一語破解了眾生「我」執，卻又編織了新的符咒。準此，余華與「毛語」、「毛文體」之間的關係，形成奇異的拉鋸。附生在那龐大的現實主義支幹上，余華的敘述確是「現實一種」：一種畸形的異變，指稱主體（或主席？）敘述的病徵。但以毒攻毒，余華不能自我撇清，因為所謂的自我，已是說不清，也不能說清的

「真實」的墮落。明乎此，我們參看他寫暴力及隨之而來的愛戀感傷，或者更別有所獲。

三、暴力的辯證

截至目前為止，余華小說最為評者議論之處，當推他處理暴力的形式，及其心理及意識形態的動機。〈十八歲出門遠行〉中農民搶奪蘋果，打傷敘述者，暴力的徵候已蠢蠢欲動。〈現實一種〉寫兄弟相殘，引人側目，〈一九八六年〉則不啻是自我施暴的大觀演出。〈死亡敘述〉以意外死亡始，以蓄意謀殺終，而〈難逃劫數〉則從一則平庸的婚戀過程中，發展出集毀容、凶殺、變態性攻擊、強暴之大成的血腥傳奇。在〈古典愛情〉這樣優美的題目下，我們看到古典的愛情怎樣一步步發展成人吃人的恐怖結局，至於〈往事與刑罰〉則將酷刑及肉體支解寫成一種意義追尋的終極目標。

文學中的暴力描寫當然非自今始，而余華的暴力寫作也不必視為現代中文小說中的首創。在新文學的另一端，我們已經看到魯迅如何藉〈狂人日記〉誇張禮教與吃人的同謀關係。而魯迅自述當年看到一幀中國罪犯為日軍砍頭的幻燈，因此棄醫從文，更是屢被傳鈔的事蹟：儼然在犯人腦袋咔嚓落地的震撼中，中國文學的「現代」意識陡然誕生[16]。學者如唐小兵亦已指出中共早期文學中，暴力敘事如何被合理、合法化的步驟[17]。而文化大革命後的傷痕文學更控訴又一代中國人血肉相殘的面目。我們應注意的是，在這樣一個敘述暴力的傳統中，余華的小說何以仍讓讀者怵目心驚？余華怎樣在敘述暴力中，將敘述本身也化作暴力展示的場域？除了可見的肢體殘害外，暴力如何滲入文字的肌理，挑釁讀者的自衛機制？暴力的結果帶來身心的傷痕；這傷痕如何被處理？暴力發生的「名目」是什麼？是罪是罰，正義的制衡力量如何被觸及或消解？

以〈難逃劫數〉為例。這個中篇寫一場婚禮的代價。英俊的東山與露珠結婚請客，客人沒走就入房成其好事。賀客中的廣佛與彩蝶也到屋外暗處幽會，廣佛卻踹死一個尾隨偷窺的孩子。其他的客人好不到哪兒去；夫妻勃谿，變態性攻擊不一而足。而東山當晚被新婚妻子露珠以強酸毀容——這是露珠的父親為女兒準備的嫁妝。

故事並不就此打住，噩耗接踵而來。最後東山殺了露珠，廣佛伏法，彩蝶美容拉皮失敗自殺。以小說敘事的要求而言，〈難逃劫數〉算不上好，突兀的人際關係，率性的情節轉換，還有莫名其妙的血腥暴力，在在要使平常讀者瞠目結舌。按照前述〈現實一種〉的邏輯，余華顯然意指我們的尋常生活早已殺機四伏。嗜血的本能竄藏你我之間，一發即不可收拾。愛情或親情、友誼或義氣非但不能化解乖戾，反而成為引生不祥的動機。魯迅那一輩的作家曾以「禮教吃人」來控訴社會的偽善與凶殘，但他們無論怎麼渲染社會的「血與淚」，到底不失對清明秩序的嚮往。這一傳統延續到八〇年代初傷痕文學的寫作，依然不絕如縷。余華反其道而行；他的小說裡禮教的幌子早已破碎，人卻還是要照吃的。暴力不需要藉口，它以一種「純淨」的形式存在於生活實踐中，彷彿就是吃飯穿衣的一部分。一種佛洛伊德式的「家常的恐怖感」（uncanny）縈繞不去。

余華對此不無自知之明：「暴力因為其形式充滿激情，它的力量源自於人內心的渴望，所以它使我心醉神迷……可是那種形式總讓我感到是一齣現代主義的悲劇……在暴力和混亂面前，文明只是一個口號，秩序成為了裝飾。」[18]余華所描述的種種沒有名目或意義的暴力，當然可以引發精神分析、甚至形上學的辯證。楊小濱就強調暴力其實是主體對始原創痛（trauma）的延遲反應，一種以暴易暴的交易[19]。但我們仍不妨發掘它的歷史譜系。早在二

16 見拙作〈從頭談起〉，《小說中國》（臺北：麥田出版，一九九三），頁一五—二九。

17 唐小兵〈暴力的辯證法〉，《再解讀》（香港：牛津大學出版社，一九九四），頁一一二。亦見拙作〈罪與罰？〉，「百年來中國文學學術研討會」論文，一九九六年六月二日。

18 同註2，頁二八〇。

19 見如楊小濱的論文，*The Post-Modern / Post-Mao-Deng History and Rhetoric in Chinese Avant-garde Fiction* (New Haven: Yale University Dissertation, 1996)。

〇年代，毛澤東就告訴我們革命不是「請客吃飯」，革命的形式必如「暴風驟雨」一般，徹底襲擊社會的禮教基石[20]。以後的半個世紀，革命——理想化的暴力——成為左翼共產論述的精髓，它是達到意識形態烏托邦的必要手段。當烏托邦不斷向後延伸，革命這一手段本身竟成了目的。「繼續」革命吧！非常時期原來已成平常時期，暴風驟雨原來**就是**請客吃飯，而且是家常便飯。毛主席不是說過：「死人的事是經常發生的。」

是在這一層次上，像〈現實一種〉、〈難逃劫數〉這類作品，一方面暴露了毛派革命／暴力論述的墮落，但很奇怪的，一方面也延伸了它的誘惑性。余華藉寫作來祛祓暴力魔魘，但也（不由自主的）「演出」暴力。他對暴力的辯證姿態幾乎使他成了大陸小說界的乩童了。論者謂余華的暴力敘事顯露「精神分裂式的迷醉與狂喜」，因此可進一步放在儀式性的、不由自主的，狂野召喚中考量[21]。但暴力與傷痕及正義的因果關係究竟需要進一步的考量，這也使余華作品另添一層向度。

〈往事與刑罰〉中余華寫一個陌生人收到「刑罰專家」的電報，回到歷史時間的座標間，「找尋」他的宿命。然而漫遊在種種年月記號中，罰與罪的時間、理性邏輯早已湮沒難尋。當故事中的刑罰專家自縊在臥室中，陌生人期盼的極刑，終結一切暴力的暴力，將被永遠延擱。這篇小說有著強烈卡夫卡的影子（〈流刑地〉），因此不能算是上選。但余華將卡夫卡式的荒謬情境，放置在中國歷史流變中思考，畢竟為他的暴力譜系，提供一條線索。歷史已經潰散，正義作為一種社會秩序的負擔或條件，也成為鄉愁。當陌生人回到滿目瘡痍的歷史現場中，再也難以釐清罪與罰的歸屬。即使死亡也不能消解或救贖一切。誠如戴錦華所見，「死亡成了余華文本序列中的復沓而又無限延宕的意義的懸置，成了被敘事件與意指鏈不可彌合的斷裂。」[22]

前述的〈一九八六年〉中，余華藉那個瘋子當眾的自殘，點出革命暴力的陰影，無所不在。「革命」當然可以指的是文化大革命。但在瘋子漫漶的時空想像中，「革命」的源頭其實無從命中；在他每一回四肢及頭顱的血腥裂變中，那無從追蹤的歷史傷痕只能作權宜的、片段的肉身宣示。傅柯（Foucault）對瘋狂、訓戒與懲罰的看法，可以作複雜的延伸。故事中的瘋子是歷史的受害者，現在以大庭廣眾下的自我施刑，反證革命的暴力。但他在眾

20 語出毛澤東一九二七年《湖南農民運動考察報告》；亦見唐小兵的討論。

21 戴錦華〈裂谷的另一側畔——初讀余華〉，《北京文學》第七期（一九八九），頁二〇六。亦見楊小濱〈中國先鋒文學與「毛語」的創傷〉，《二十一世紀》（一九九三，十二），頁四九—五一。Andrew Jones, "The Violence of the Text," *Positions* 2, 3(1994), pp.570-602。亦可以參考René Girard的經典討論，*Violence and the Sacred*, trans., Gregory Patrick (Baltimore: Johns Hopkins University Press, 1977)；又見Anthony Kubiak, *Stages of Terror* (Bloomington: Indiana University Press, 1991)。

22 戴錦華，頁二六。亦見劉紹銘〈殘忍的才華〉，《明報月刊》（一九九三，十），頁四六—四七。

「目」睽睽下的演出，居然成為一種街景而非奇觀。「奇觀」的年月已經過去，統治者的監視或被統治者的注視，現都已化作閃爍不定的光影。那流蕩的瘋子——八〇年代的狂人——徘徊在被隔離及被接納的禮教縫隙間，只能在血肉模糊的方寸間，臆想罪與罰的循環。

以上二作聯索歷史與傷痕、暴力與正義的關係，雖以荒誕的形式寫出，究竟有跡可循。而到〈現實一種〉、〈世事如煙〉及〈難逃劫數〉中，余華更將暴力「家常化」。當革命由非常轉換為尋常，暴力滲入到日常行止中重複不已，這才是余華世界最突出之處。我們可以為每一件謀殺或強暴溯其原因，卻終將明白謀殺或強暴的「果」不能被簡化成為一種正義邏輯的推衍。換句話說，罪與罰完全失去了懲惡除奸的道德線索，兀自形成一種純粹絕對的存在。從沙德（Sade）侯爵到巴他以（Bataille）一脈對惡、對墮落身體的哲學思考，不妨附會於此[23]。在對善及正義最大膽的踰越中，余華建立一個充滿揶揄性質的（反）道德秩序。他彷彿看穿了（毛記）法律及文化的偽善本質，卻企圖以更大的惡、更極端的暴力來涵蓋。生命的本能不再是持盈保泰，有所不為，而是一種奢華的浪費，不知所以的「豁了出去」。在死亡與瘋狂的邊緣，余華的暴力人物顯得異常歡快，他的暴力敘述竟隱含謳歌的詩意[24]。

我們由此談到〈古典愛情〉。這個中篇裡，余華重寫了古典才子佳人的原型。進京趕考的才子，待字深閨的佳人，一見鍾情，夤夜幽會，一派爛漫天真。然而三年後才子重臨，佳人已緲，饑荒遍地。最可怖的是人肉市場當道，熬不過的飢民都等著成為俎上肉，而昔日的佳人正是其中之一！余華對一個文類的切割與凌遲，莫此為甚。以愛情為名，才子最後殺死已經賣斷了一條腿的佳人。而故事又進入另一「倩女幽魂」的套式。情愛與死亡，暴力與歡樂巡迴串演。偶然與宿命成為一體之兩面。只有在角色痛苦的呻吟中，在他（她）們斷臂殘軀的最後抽搐中，余華暫時見證了生命的意義——或毫無意義。

四、在「血與淚」中呼喊

九〇年代以來，余華推出了三個長篇小說：《呼喊與細雨》（即《在細雨中呼喊》）（一九九一）、《活著》（一九九二），以及《許三觀賣血記》（一九九五）。這三部小說

23 見Allan Stoekl, *Politics, Writing, Mutilation* (Minneapolis: University of Minnesota Press, 1985)；David Morris, *The Culture of Pain* (Berkeley: University of Berkeley Press, 1993)，第十章；Michael Richardson, *George Bataille* (London: Routledge, 1994)，第四、五章。又見Lu Tonglin, *Misogyny, Cultural Nihilism and Oppositional Politics* (Stanford: Stanford University Press, 1995)，第六章。

24 我們由此再一次看到毛文學或毛澤東主義最弔詭的浮現。這一方面的探討需要更多篇幅，現僅誌於此。

代表余華對小說形式的新嘗試，也可視為他對過去數年的寫作執念的重新思考。儘管血腥與死亡的主題依然充塞全書，余華的改變，已然有跡可循。這些改變已引起見仁見智的看法。[25]《呼喊與細雨》記錄了一個少年文學啟蒙的經驗。全作遙擬《麥田捕手》及《一位青年藝術家的畫像》，想來亦不無余華個人的成長光影。小說是這樣開始的：

一九六五年的時候，一個孩子開始了對黑夜不可名狀的恐懼。我回想起了那個細雨飄揚的夜晚，當時我已經睡了……就像玩具似的被放在床上……應該是在這時候……彷彿呈現了一條幽靜的道路，樹木和草叢依次閃開。一個女人哭泣般的呼喊聲從遠處傳來，嘶啞的聲音在當初寂靜無比的黑夜裡突然響起，使我此刻回想中的童年顫抖不已。[26]

在半夢半醒間，往事的迷魅化作一個女人的身影，一陣陣淒厲的呼喊，召喚著那受驚的孩子。「我是那麼急切和害怕地期待著另一個聲音的來到……能夠平息她哭泣的聲音，可是沒有出現。現在我能夠意識到當初自己驚恐的原因，那就是我一直沒有聽到一個出來回答的聲音。」[27]

多年以後，作家寫下那夜不可名狀的恐懼。這樣的開頭，幾乎要讓我們想起普魯斯特（Proust）《追憶似水年華》有名的開場白。「再也沒有比孤獨的無依無靠的呼喊聲更讓人戰慄了，在雨中空曠的黑夜裡。」[28]寫作是企圖回到那夢魘的黑暗裡，找尋那呼喊的聲音，或更重要的，「聽到一個出來回答的聲音。」[29]在以後的章回裡，余華敘述故事中那孩子的成長點滴：村中的醜聞，兄弟及朋友的猝逝，性的初次誘惑，家族的傳奇往事，還有極疏離的親子關係。主人翁被父母親過繼給他人收養，在一連串的波折後，他離開養父的家。他回到故鄉，與相見不相識的父親撞個正著。而適時老家那幢房子正在熊熊烈火中燒得一乾二淨。

試圖為余華小說勾勒精神分析譜系的讀者，不能找到比《呼喊與細雨》更現成的例子。幼小的敘述者「驚夢」，因為聽到一個女性的呼喊。陰濕闃寂的時空中，那原初的（君／父的？）回答，卻緲不可聞。無巧不巧的，橫亙全書的情節主線，是敘事者一連串尋父與失父的悲喜劇；是對細雨中呼喊的枉然回應。對他創痛最深的，是被託給城裡的「父母」親收

25 如楊小濱認為余華八〇年代末入魯迅文學院，學院式的寫作訓練似乎反而影響了他的創造力；他越來越向傳統敘事邏輯靠攏。見〈余華〉，《中國時報》，一九九五年九月二十一日。
26 余華〈在細雨中呼喊〉（〈呼喊與細雨〉），《余華作品集》三，頁四。
27 同上。
28 同上。
29 同上。

養。這對不能生養的養父母以最恐怖的方式，教育年幼的敘事者家庭的虛幻、父母的偽善。余華不斷藉拋棄、離開、出走等安排，托出小說中生離死別的殘酷與突兀。友情或親情的火花，也許間歇閃爍，但面對小說中把「家」夷為平地的大火，余華似乎狡黠的告訴我們，玩「火」者必自焚。

但尋父（與弒父）的焦慮與渴望總也不能停止。這成為啟動小說敘事最重要的關鍵。余華不只處理敘述者父與子間的緊張關係，父親與他父親間的鬥爭，也是死而後已。而當我們退一步看看所有父親人物的猥瑣與頹唐，不禁懷疑父權的威力，何以神祕至此？更耐人尋味的，是敘述者余華面對這揮之不去的陰影，既逃避又追逐，既恐懼又迷惑。置諸此一架構下，《呼喊與細雨》寫出了父與子間的暴力與媾和的連環套。

與其把這樣的一種讀法連鎖到余華個人經驗，我們不如擴大眼界，將其附會到更大的國族記憶創傷中。《呼喊與細雨》是前此余華作品——從〈十八歲出門遠行〉到〈一九八六年〉等——的一種傳記化、個人化的讓步，彷彿余華要為自己那些作品中不可名狀的暴力誘惑，安插一種源頭。但是一個佛洛伊德式的「家庭故事」，哪裡說得清毛帝國的子民與「政父」的愛恨關係？余華其實藉《呼喊與細雨》提供「一則」近便的「情節」，為種種成年精神徵候，權作童年往事的解釋。

《呼喊與細雨》有著太多原罪的姿態——雖然余華要原的罪總也不能釐清。在敘述家族敗落的面貌時，尤其顯露彼時流行的「家史小說」影響。這本小說夾雜著感傷與溫情，遠比余華以前的作品好讀易懂。他的敘事風格逐漸馴化，向主流（父權的）聲音靠攏。相較之下，余華的第二部長篇《活著》則別有天地。這部小說因為導演張藝謀改編為同名電影，因此較廣為讀者所知。但仔細比對小說與電影的版本，我們不難發現余華創作的初衷，要比張藝謀（及編劇蘆葦）嚴峻深刻得多。

《活著》中的敘述者「我」是個民間歌謠的蒐集者，因下鄉采風結識了老農福貴，並由此得知福貴一生悲慘的遭遇。福貴是個舊社會的敗家子，濫賭喪盡家財後，以下半輩子的血淚來償贖前半生的荒唐。小說的重心即是福貴點滴回憶自己從舊社會到新社會，從呼盧喝雉到一無所有的始末。時序縱橫半世紀，人事的滄桑卻彷若昨日。小說最後，孑然一身的福貴只有老牛為伴，而他還殷殷的以家人的名字喚著老牛。

這是一個講平凡人受苦受難的故事。乍看之下，余華好像回到現代文學「露骨的寫實」主義（hard-core realism）傳統中，同情起「被侮辱與被損害者」來了。仔細讀來，卻又不然。福貴吃了那麼多苦，肇因他早年不務正業——他是罪有應得。反諷的是，「幸虧」他在解放前早早的傾家蕩產，因而逃過了五〇年代的各種鬥爭。反倒是算計他的小人，在新的政治環境中吃了大虧。這裡的道德邏輯何在？福貴到底因福賈禍，還是因禍得福？余華把左翼作家那套抗議文學公式挪位已用，似乎寫出了天地不仁，禍福無常的寓言。而福貴就算逃過一劫，重重厄運還等著他呢。以後這些年他的子女妻婿或死於非命、或亡於病厄。最後他生命唯一寄託的小外孫也撐死了。

福貴的一生名實不符，他的遭遇太像自然主義公式化的橋段。但余華藉此將自己虛無宿命觀點，重又演義了一遍；福貴的悲哀也是「現實一種」、「劫數難逃」。在冥冥的力量下，人所能有、所能做的，何其有限！時光倒退五十年，左翼作家曾高舉「血與淚的文學」控訴當道，提倡革命[30]。但在余華筆下，血與淚成為荒謬人生的生理表徵。更進一步，我們記得四〇年代的趙樹理也曾寫下一篇名為〈福貴〉的小說。那個故事中的福貴受盡舊社會的影響，偷雞摸狗。共產革命到來，他終有了翻身重新做人的機會。而站在世紀末往回看，余華一輩作家要冷笑了。

做為一個中國版的約伯（Job），福貴無神可告——他的神、他的主席早已棄他而去。然而余華志不在此。他安排福貴的痛苦，一路到底，絕不預示任何寬貸救贖。他大量的鋪陳「血與淚」，竟透露一種歇斯底里的施虐快感，在在使我們想起他早期的作品。故事結尾，聽故事的年輕人喟然而退，福貴牽著他的老牛他去。他在等死。但好死不如賴活著：做一天和尚就得撞一天鐘。

前此余華的小說，無不以死亡或瘋狂是尚。《活著》卻發展出另一種可能。置之死地而後生，余華變得積極、「向前看」了麼？我們可由此汲取淺薄的道德教訓；電影版《活著》正是以極煽情手法，做了如此處理。我倒以為余華眼界應該還高些。福貴經歷了太多大悲大喜，他謙卑的敘述自己的生命故事，因為知道那故事的神祕。恰如柯立芝（Coleridge）的〈古舟子詠〉（Ancient Mariner）中的老舟子，他曾經多次在死亡邊緣打轉，現在用盡餘生之力把死亡的訊息告訴年輕人。不知「死」，焉知「生」，聽完故事的年輕人（還有我們讀者）活著，是否也變得「更憂愁、更睿智」（Sadder and Wiser）了呢？《活著》未必是個「新寫實主義」的教條故事，余華對命運的反覆撥弄，死亡的如影隨形，念茲在茲。這使他即使在渲染涕淚飄零的時分，仍有著誼屬頹廢的放縱。

余華的新作《許三觀賣血記》應是他創作十年重要的紀錄。這十年來他以怪誕的人事情境、冷冽近乎黑色幽默的筆法，吸引（或得罪）眾多讀者。如上所述，父系家庭關係的變調，宿命人生的牽引，死亡與歷史黑洞的誘惑，已成他作品的註冊商標。而這些特徵竟以身體的奇觀——支解、變形、侵害、瘋狂、死亡——為依歸。《許三觀賣血記》不能免俗，也處理了這類題材，但是余華從中發展了極不同的邏輯。許三觀是個粗人，除了絲廠的工作還

30 鄭振鐸〈血和淚的文學〉，《鄭振鐸選集》（福州：福州人民出版社，一九八四），頁一〇九七。

兼營副業——賣血。他賺的不折不扣是血汗錢。他娶了許玉蘭，卻在老大出生後，憑長相赫然明白這個兒子是別人下的種。日子將就著過去，老二與老三相繼出生，許三觀卻總也打不開心裡的疙瘩。

余華就血的意象大作文章，而且不無所獲。前面提過，「血與淚」是革命文學的正統主題；這些體液的汩汩流淌見證了一代中國人的苦難，以及後之來者的道德承擔[31]。我們想到魯迅有名的〈藥〉，其中革命烈士的血被無知鄉人用來進補治病。而三〇年代吳組緗的短篇〈官官的補品〉，寫的正是勞動人民賣血賣乳養活了「資產階級統治者」，自己到頭來不得好死的故事。中共革命歷史小說中拋頭顱、灑熱血的英雄太多了。為主義及主席作聖戰，血肉之軀又算得了什麼？

余華反其道而行。《許三觀賣血記》破題就點明：鮮血是有價的，在舊社會如此，在新社會亦復如是。許三觀一輩子靠著賣血度過難關，養活家人。血是一種生命存活的質素，也是一種商品。這裡的諷刺當然是許三觀靠著失血來交換，或交易，活命的本錢。得失之間，他的身體成為最後賭注，弄不好真是血本無歸。左派的大人先生譏斥余華的犬儒之餘，可能小看了余華的用心。在《活著》裡，福貴的兒子被強迫給縣長的女人輸血，最後死在捐血榻上。他的女兒在文革高潮中住院生產，護理不當，血崩而死。余華從血光中看到死亡的影子。福貴的兒女血流光了，死得一文不值，而那個以「人民」是尚的社會，越發像個吸血鬼般的東西。許三觀賣血也是玩命，他是經營一種恐怖的，卻能「不勞而獲」的生意。但比起《活著》中那些人物，他到底能為自己打算。

然而許三觀的故事還有另外一面。許對大兒子的來歷耿耿於懷，連帶也對妻子的貞操不能釋然：許玉蘭嫁他的時候是完璧麼？他婚姻的基礎是建立在處女之血的祭獻上。循此，許三觀與大兒子之間的問題，也來自血緣關係的曖昧。余華延伸了血與宗法及親屬關係間的象徵意義，使整部小說浸淫在血親、血統的認證網絡裡。這到底是新社會怪現狀的切片，還是舊社會封建遺毒的縮影？許三觀是個落伍分子，但借題發揮，我們不妨說共產黨哪裡是個你我不分的大家庭，「血統論」的陰影從來揮之不去。

也就因此，小說中父子和解的一幕來得特別諷刺。文化革命中許與家人也如法炮製，關著門互相批判。許三觀翻開老帳，不料大兒子回答，「我最愛的當然是偉大領袖毛主席，其次就是三觀爸爸。」的確，在毛主席如君如父的威力下，什麼樣的父子轇轕不都得趁勢解套？但這場父子相認的好戲還是需要血的驗證。大兒子下鄉得了肝炎，許拚著老命賣血賺錢為兒子治病。他灌大量開水好多賣些血；他用賣血的錢證明了他與兒子間血濃於水的親情。這真是小說中最迂迴的血祭儀式；許三觀的家庭終於和解。從〈十八歲出門遠行〉到《許三

31 見Marston Anderson的討論，*The Limits of Realism* (Berkeley: University of California Press, 1990), p.44。

觀賣血記》，余華對父與子關係如此溫情的處理，真是前所未見。

余華過去的作品誇張對身體的自殘及傷害，並由此渲染生命荒涼虛無的本質，以及任何人為建構意義的努力——從記憶到歷史書寫——的無償。那不可名狀的原初暴力啃齧你我的心靈及身體；毛政權以來種種的運動只是有跡可循的徵候，卻無從解釋一代中國人療之不癒的創痕。從那創痕裡，余華看到一場「華麗的」大出血，大虛耗。承受暴力演出的身體，只是最具體的觀察站。

《許三觀賣血記》依稀承續了這一姿態，余華卻終從身體無用也無謂的犧牲中，找到一些用處。這一對「用」（utility）的重新發現也許是主角極阿Q的作風，也許反映了大陸銳變中的消費心態，也許更暗示了余華對自己價值觀的妥協。他書寫暴力與傷痕，似乎已逐漸挪向制度內合法化的暴力，合理化的傷痕著眼，而且不再排斥一種療傷止暴的可能——家庭。回首十年創作的過程，余華儼然藉《許三觀賣血記》作了盤整。他是變成熟了，還是保守了？在這層意義上，他未來創作的動向，尤其值得注意。

自序／

足球場上的奔者

——長篇小說的寫作

相對於短篇小說，我覺得一個作家在寫作長篇小說的時候，似乎離寫作這種技術性的行為更遠，更像是在經歷著什麼，而不是在寫作著什麼。換一種說法，就是短篇小說表達時所接近的是結構、語言和某種程度上的理想，短篇小說更為形式化的理由是它可以嚴格控制，控制在作家完整的意圖裡。長篇小說就不一樣了，人的命運，背景的交換，時代的更替在作家這裡會突出起來，對結構和語言的把握往往成為了另外一種標準，也就是人們衡量一個作家是否訓練有素的標準。

這是有道理的。由於長篇小說寫作時間上的拉長，從幾個月到幾年，或者幾十年，這中間小說的敘述者將會有很多小說之外的經歷，當小說中人物的命運往前推進時，作家自身的生活也在變化著，這樣的變化會使作家不停地質問自己：正在進行中的敘述是否值得？

因此長篇小說的寫作同時又是對作家信念的考驗，當然也是對敘述過程的不斷地證明，證明正在進行中的敘述是否光彩照人，而接下去的敘述，也就是在遠處等待著作家的那些意象，那些片言隻語的對話，那些微妙的動作和目光，還有人物命運出現的突變，這一切是否能夠在很長的時間裡，保持住對作家的衝擊？

讓作家始終不渝，就像對待愛一樣對待正在寫作中的長篇小說，這就要求作家在對自己的作品充滿信心的同時，還一定要有體力上的保證，只有足夠的體力，才可以使作家真正激動起來，使作家淚流滿面，渾身發抖。

問題是在長篇小說的寫作過程裡，作家經常會遇上令人沮喪的事，譬如說疾病，一次小小的感冒都會葬送一部輝煌的作品。因為在長篇小說的寫作中，任何一個章節都是至關重要的，如果有一個章節在敘述中趨向平庸以後，帶來的結果很可能是後面章節的更多的平庸。平庸的細胞在長篇小說裡一旦擴散，其速度就會像人口增長一樣迅速。這時候作家往往會自暴自棄。對自己的寫作不滿，而且是越來越不滿，接下去開始憤怒了，開始恨自己，並且對自己破口大罵，揮手抽起自己的嘴巴，最後是淒涼的懷疑，懷疑自己的才華，懷疑正寫作中的小說是否有價值。這時作家的信心完全失去了，他覺得自己被拋棄了，被語言、被結構、被人物甚至被景色，被一切所拋棄。他覺得自己正在進行的工作只是往垃圾上倒垃圾，因為他失去了一切對他而來的愛，同時也背叛了自己的愛。到頭來他只好無可奈何地發出一聲聲苦笑，心想這一部長篇小說算是完蛋了，這一次只能這樣了，只能湊合著寫完了。然後他將全部的希望寄託到下一部長篇小說之中，可是誰能夠保證他在下一部長篇小說的寫作中不再感冒？可能他不再會感冒了，但是他的胃病出現了，或者就是難以克服的失眠……

作家在寫作長篇小說的時候，需要去戰鬥的事實在是太多了，並且在每一次戰鬥中都必須是勝利者，任何一次微不足道的失敗都有可能使他的寫作前功盡棄。作家要克服失眠，要戰勝疾病，同時又要抵擋來自生活中的世俗的誘惑，這時候的作家應該清心寡欲，應該使自己寧靜，只有這樣，作家寫作的激情才有希望始終飽滿，才能夠在寫作中刺激起敘述的興奮。

我注意到蘇童在接受一次訪問時，解釋他為何喜歡短篇小說，其中之一的理由就是——他這樣說：我始終覺得短篇小說使人在寫的時候沒有出現困頓、疲乏階段時它就完成了。

蘇童所說的疲乏，正是長篇小說寫作中最普遍的困難，是一種身心俱有的疲乏。作家一方面要和自己的身體戰鬥，另一方面又要和靈感戰鬥，因為靈感不是出租汽車，不是站在大街上等待就可以得到的東西，作家必須付出內心全部的焦慮、不安、痛苦和呼吸困難之後，也就是在寫字桌前坐上幾個小時，或者幾天以後，才能夠看到靈感之光穿過層層敘述的黑暗，照亮自己。

這時候作家有點像是來到足球場上了，只有努力地奔跑，長時間的無球奔跑之後，才有可能獲得一次起腳射門。

對於作家來說，一部長篇小說的開始是重要的，但是不會疲乏。只有在獲得巨大的衝動以後，作家才會坐到寫字桌前，正式寫作起他的長篇小說，這時候作家對自己將要寫的作品即使不是深謀遠慮，也已經在內心裡激動不安了，所以長篇小說開始的部分，往往是在靈感已經來到以後才會落筆，這時候對於作家的寫作行為來說是不困難的，真正的困難是在「繼續」的上面，也就是每天坐到桌子前，將前一天寫成的如何往下繼續時的困難。

這是最難受的時候，作家首先要花去很多時間來調整自己的呼吸和自己的情緒，因為在一分鐘之前作家還在打電話，或者正蹲在衛生間裡幹著排泄的事情，就是說作家在一分鐘之前還在三心兩意地生活著，他幹的事與正要寫的作品毫無關係，一分鐘以後他就必須使自己成為另一個人，一個敘述者，一個不再散漫的人，他開始責任重大，因為寫出來的每一個字和每一個標點符號，都是他重新生活的開始，這重新開始的生活與他的現實生活截然不同，是欲望的、想像的、記憶的生活，也是井然有序的生活，而且絕不允許他犯錯誤，一個小小的錯誤都會使他的敘述走上邪路。在長篇小說的寫作過程裡，敘述不會給作家提供很多悔過自新或者重新做人的機會，敘述一旦走上了邪路，不僅不會站出來挽救敘述者，相反還會和敘述者一起自暴自棄。這就像是請求別人原諒自己是容易的，可是要請求自己原諒自己就十分艱難了，因為這時候他往往不知道該怎麼辦。

因此，作家必須保持始終如一的誠實，必須在寫作過程裡集中他所有的美德，必須和他現實生活中的所有惡習分開。在現實中，作家可以謊話連篇，可以滿不在乎，可以自私、無聊和沾沾自喜；可是在寫作中，作家必須是真誠的，是認真嚴肅的，同時又是通情達理和滿懷同情與憐憫之心；只有這樣，作家的智慧警覺才能夠在漫長的長篇小說寫作中，不受到任何傷害。

所以，當作家坐到寫字桌前時，首先要做的，就是問一問自己，是否具備了高尚的品質？

然後，才是將前一天的敘述如何繼續下去，這時候作家面臨的就是如何工作了，這是艱難的工作，通過敘述來和現實設立起緊密的關係。與其說是設立，還不如說是維持和發展下去。因為在作品的開始部分，作家已經設立了與現實的關係，雖然這時候僅僅是最初的關係，然而已經是決定性的關係了。優秀的作家都知道這個道理，與現實簽訂什麼樣的合約，決定了一部作品完成之後是什麼樣的品格。因為在一開始，作家就必須將作品的語感、敘述方式和故事的位置確立下來。也就是說，作家在一開始就應該讓自己明白，正在敘述中的作品是一個傳說，還是真實的生活？是荒誕的，還是現實的？或者兩者都有？

當卡夫卡在其《審判》的開始，讓約瑟夫．K莫名其妙地在一天早晨被警察逮捕，接著警察又莫名其妙地讓他繼續自由地去工作，卡夫卡在逮捕與自由這自相矛盾之中，簽訂了《審判》與現實的合約。這是一份幽默的合約，從一開始，卡夫卡就不準備講述一個合乎邏輯的故事，他雖然一直在冷靜地敘述著現實的邏輯，可是在故事發展的關鍵時刻，他又完全破壞了邏輯。這就是《審判》從一開始就建立的敘述，這樣的敘述一直貫穿到作品的結尾。卡夫卡用人們熟悉的方式講述所有的細節，然後又令人吃驚地用人們很不習慣的方式創造了所有的情節。

另一位作家納撒尼爾．霍桑，在《紅字》的開始就把海絲特推到了一個忍辱負重的位置上，這往往是一部作品結束時的場景。讓一個女人從監獄裡走出來，可是迫使她進入監獄的恥辱並沒有離她而去，而是做為了一個標記（紅A字）掛在了她的胸前……霍桑就是這樣開始了他的敘述，他從一開始就建立起內心與現實的衝突，內心的高尚和生活的恥辱重疊到了一起，同時又涇渭分明。

還有一位作家福克納在其《喧嘩與騷動》的第一頁這樣寫道：

透過柵欄，穿過攀繞的花枝的空檔，我看見他們在打球。他們朝插著小旗的地方走過來，我順著柵欄朝前走。勒斯特在那棵開花的樹旁草地裡找東西。他們把小旗拔出來，打球了。接著他們又把小旗插回去，來到高地上，這人打了一下，另外那人也打了一下……

顯然，作品中的「我」不知道他們是在打高爾夫球，他只知道：「這人打了一下，另外那人也打了一下。」他也不知道勒斯特身旁的是什麼樹，只知道是一棵開花的樹。於是我們明白了這是一個十分簡單的頭腦，世界給它的圖像只是「這人打了一下，另外那人也打了一下」。

在這裡，福克納開門見山地告訴了自己，他接下去要描述的是一個空白的靈魂，在這靈魂上面沒有任何雜質，只有幾道深淺不一的皺紋，有時候會像湖水一樣波動起來。於是在很多年以後，也就是福克納離開人世之後，我有幸讀到了這部偉大作品的中譯本，認識了一個偉大的白痴——班吉明。

卡夫卡、霍桑、福克納，在他們各自的長篇小說裡，都是一開始就確立了敘述與現實的關係，而且都是簡潔明瞭，沒有絲毫含糊其辭的地方。他們在心裡都很清楚這樣的事實：如果在作品的第一頁沒有表達出作家敘述的傾向，那麼很可能在第一百頁仍然不知道自己正在寫些什麼。

真正的問題是在合約簽訂以後，如何來完成，作家接下去的寫作在很大程度上成為了對合約的理解。作家在寫作之前，有關這部長篇小說的構想很可能只有幾千字，而作品完成之後將會在十多萬字以上。因此真正的工作就是一日接著一日地坐到桌前，將沒有完成的作品向著沒有完成的方向發展，只有在寫作的最後時候，作家才有可能看到完成的方向。這樣的時候往往只會出現一次，等到作家試圖重新體會這樣的感受時，他只能去下一部長篇小說尋找機會了。

因此，長篇小說的寫作過程，是作家重新開始的一段經歷，寫作是否成功，也就是作家證明自己的經歷是否值得。當幾個陌生的名字出現在作品的敘述中時，作家對他們的了解可以說是和他們的名字一樣陌生，只有通過敘述的不斷前進和深入，作家才慢慢明白過來，這幾個人是來幹什麼的。他們在作家的敘述裡出生，又在作家的敘述裡完整起來。他們每一次的言行舉止，都會讓作家反覆詢問自己：是這樣嗎？是他的語氣嗎？是他的行為嗎？或者在這樣的時候，他為什麼要這樣做和這樣說？

一部長篇小說就是這樣完成的，長途跋涉似的寫作，不斷的自信和不斷的懷疑。最困難的還是前面多次說到過的「繼續」，今天的寫作是為了繼續昨天的，明天的寫作又是為了繼續今天的，無數的中斷和重新開始。就在這些中斷和開始之間，隱藏著無數的危險，從作家的體質到敘述上的失誤，任何一個弱點都會改變作品的方向。所以，作家在這種時候只有情緒飽滿和小心翼翼地敘述。有時候作家難免會忘乎所以，因為作品中的人物突然說出了一句讓他意料不到的話，或者情節的發展使他大吃一驚，這種時候往往是十分美好的，作家感到自己獲得了靈感的寵愛，同時也暗示了作家對自己作品的了解已經深入到了命運的實質。這時候作家在寫作時可以左右逢源了。

幾乎所有的作家都面臨這樣的困難，就是將前面的敘述如何繼續下去。當然也有例外，譬如海明威，他說他總是在知道下面該怎麼寫的時候停筆，所以第二天他繼續寫作時就不會遇上麻煩了。另一位作家加西亞·馬奎斯站出來證明了海明威的話，他說他自從使用海明威的寫作經驗後，再也不怕坐到桌前繼續前一天的寫作了。

海明威和馬奎斯說這樣的話時，都顯得輕鬆愉快，因為那個時候他們都沒有在寫作，他們正和記者坐在一起信口開河，而且他們談論的都是已經完成了的長篇小說，他們已經克服了那幾部長篇小說寫作中的所有困難，因此他們有理由好了傷疤忘了疼痛。

第一章

許三觀是城裡絲廠的送繭工，這一天他回到村裡來看望他的爺爺。他爺爺年老以後眼睛昏花，看不見許三觀在門口的臉，就把他叫到面前，看了一會兒後問他：

「我兒，你的臉在哪裡？」

許三觀說：「爺爺，我不是你兒，我是你孫子，我的臉在這裡……」

許三觀把他爺爺的手拿過來，往自己臉上碰了碰，又馬上把爺爺的手送了回去。爺爺的手掌就像他們工廠的砂紙。

他爺爺問：「你爹為什麼不來看我？」

「我爹早死啦。」

他爺爺點了點頭，口水從嘴角流了出來，那張嘴就歪起來吸了兩下，將口水吸回去了一些，爺爺說：

「我兒，你身子骨結實嗎？」

「結實。」許三觀說，「爺爺，我不是你兒……」

他爺爺繼續說：「我兒，你也常去賣血？」

許三觀搖搖頭，「沒有，我從來不賣血。」

「我兒……」爺爺說，「你沒有賣血，你還說身子骨結實？我兒，你是在騙我。」

「爺爺，你在說些什麼？我聽不懂。爺爺，你是不是老糊塗了？」

許三觀的爺爺搖起了頭，許三觀說：

「爺爺，我不是你兒，我是你的孫子。」

「我兒……」他爺爺說，「你爹不肯聽我的話，他看上了城裡那個什麼花……」

「金花，那是我媽。」

「你爹來對我說，說他到年紀了，他要到城裡去和那個什麼花結婚，我說你兩個哥哥都還沒有結婚，大的沒有把女人娶回家，先讓小的去娶，在我們這地方沒有這規矩……」

坐在叔叔的屋頂上，許三觀舉目四望，天空是從很遠處的泥土裡升起來的，天空紅彤彤的越來越高，把遠處的田野也映亮了，使莊稼變得像西紅柿那樣通紅一片，還有橫在那裡的河流和爬過去的小路，那些樹木，那些茅屋和池塘，那些從屋頂歪歪曲曲升上去的炊煙，它們都紅了。

許三觀的四叔正在下面瓜地裡澆糞，有兩個女人走過來，一個年紀大了，一個還年輕，許三觀的叔叔說：

「桂花越長越像媽了。」

年輕的女人笑了笑，年長的女人看到了屋頂上的許三觀，她問：

「你家屋頂上有一個人，他是誰？」

許三觀的叔叔說：「是我三哥的兒子。」

下面三個人都抬著頭看許三觀，許三觀嘿嘿笑著去看那個名叫桂花的年輕女人，看得桂花低下了頭，年長的女人說：

「和他爹長得一個樣子。」

許三觀的四叔說：「桂花下個月就要出嫁了吧？」

年長的女人搖著頭，「桂花下個月不出嫁，我們退婚了。」

「退婚了？」許三觀的四叔放下了手裡的糞勺。

年長的女人壓低聲音說：「那男的身體敗掉了，吃飯只能吃這麼一碗，我們桂花都能吃兩碗……」

許三觀的叔叔也壓低了聲音問：「他身體怎麼敗的？」

「不知道是怎麼敗的……」年長的女人說，「我先是聽人說，說他快有一年沒去城裡醫院賣血了，我心裡就打起了鑼鼓，想著他的身體是不是不行了，就託人把他請到家裡來吃飯，看他能吃多少，他要是吃兩大碗，我就會放心些，他要是吃了三碗，桂花就是他的人了……他吃完了一碗，我要去給他添飯，他說吃飽了，吃不下去了……一個粗粗壯壯的男人，吃不下飯，身體肯定是敗掉了……」

許三觀的四叔聽完以後點起了頭，對年長的女人說：

「你這做媽的心細。」

年長的女人說：「做媽的心都細。」

兩個女人抬頭看了看屋頂上的許三觀，許三觀還是嘿嘿笑著看著年輕的那個女人，年長的女人又說了一句：

「和他爹長得一個樣子。」

然後兩個女人一前一後地走了過去，兩個女人的屁股都很大，許三觀從上面看下去，覺得她們的屁股和大腿區分起來不清楚。她們走過去以後，許三觀看著還在瓜田裡澆糞的四叔，這時候天色暗下來了，他四叔的身體也在暗下來，他問：

「四叔，你還要幹多久？」

四叔說：「快啦。」

許三觀說：「四叔，有一件事我不明白，我想問問你。」

四叔說：「說吧。」

「是不是沒有賣過血的人身子骨都不結實？」

「是啊，」四叔說，「你聽到剛才桂花她媽說的話了嗎？在這地方沒有賣過血的男人都娶不到女人……」

「這算是什麼規矩？」

「什麼規矩我倒是不知道，身子骨結實的人都去賣血，賣一次血能掙三十五塊錢呢，在地裡幹半年的活也就掙那麼多。這人身上的血就跟井裡的水一樣，你不去打水，這井裡的水也不會多，你天天去打水，它也還是那麼多……」

「四叔，照你這麼說來，這身上的血就是一棵搖錢樹了？」

「那還得看你身子骨是不是結實，身子骨要是不結實，去賣血會把命賣掉的。你去賣血，醫院裡還先得給你做檢查，先得抽一管血，檢查你的身子骨是不是結實，結實了才讓你賣……」

「四叔，我這身子骨能賣血嗎？」

許三觀的四叔抬起頭來看了看屋頂上的姪兒，他三哥的兒子光著膀子笑嘻嘻地坐在那裡。許三觀膀子上的肉看上去還不少，他的四叔就說：

「你這身子骨能賣。」

許三觀在屋頂上嘻嘻哈哈笑了一陣，然後想起了什麼，就低下頭去問他的四叔：

「四叔，我還有一件事要問你。」

「問什麼？」

「你說醫院裡做檢查時要先抽一管血？」

「是啊。」

「這管血給不給錢？」

「不給，」他四叔說，「這管血是白送給醫院的。」

他們走在路上，一行三個人，年紀大的有三十多歲，小的才十九歲，許三觀的年紀在他們兩個人的中間，走去時也在中間。許三觀對左右走著的兩個人說：

「你們挑著西瓜，你們的口袋裡還放著碗，你們賣完血以後，是不是還要到街上去賣西瓜？一、二、三、四……你們都只挑了六個西瓜，為什麼不多挑一、二百斤的？你們的碗是做什麼用的？是不是讓買西瓜的人往裡面扔錢？你們為什麼不帶上糧食，你們中午吃什麼……」

「我們賣血從來不帶糧食，」十九歲的根龍說，「我們賣完血以後要上館子去吃一盤炒豬肝，喝二兩黃酒……」

三十多歲的那個人叫阿方，阿方說：

「豬肝是補血的，黃酒是活血的……」

許三觀問：「你們說一次可以賣四百毫升的血，這四百毫升的血到底有多少？」

阿方從口袋裡拿出碗來，「看到這碗了嗎？」

「看到了。」

「一次可以賣兩碗。」

「兩碗？」許三觀吸了一口氣，「他們說吃進一碗飯，才只能長出幾滴血來，這兩碗血要吃多少碗飯啊？」

阿方和根龍聽後嘿嘿地笑了起來，阿方說：

「光吃飯沒有用，要吃炒豬肝，要喝一點黃酒。」

「許三觀，」根龍說，「你剛才是不是說我們西瓜少了？我告訴你，今天我們不賣瓜，這瓜是送人的……」

阿方接過去說：「是送給李血頭的。」

「誰是李血頭？」許三觀問。

他們走到了一座木橋前，橋下是一條河流，河流向前延伸時一會兒寬，一會兒又變窄了。青草從河水裡生長出來，沿著河坡一直爬了上去，爬進了稻田。阿方站住腳，對根龍說：

「根龍，該喝水啦。」

根龍放下西瓜擔子，喊了一聲：

「喝水啦。」

他們兩個人從口袋裡拿出了碗，沿著河坡走了下去，許三觀走到木橋上，靠著欄杆看他們把碗伸到了水裡，在水面上掃來掃去，把漂在水上的一些草什麼的東西掃開去，然後兩個人咕咚咕咚地喝起了水，兩個人都喝了有四、五碗，許三觀在上面問：

「你們早晨是不是吃了很多鹹菜？」

阿方在下面說：「我們早晨什麼都沒吃，就喝了幾碗水，現在又喝了幾碗，到了城裡還得再喝幾碗，一直要喝到肚子又脹又疼，牙根一陣陣發酸……這水喝多了，人身上的血也會跟著多起來，水會浸到血裡去的……」

「這水浸到了血裡，人身上的血是不是就淡了？」

「淡是淡了，可身上的血就多了。」

「我知道你們為什麼都在口袋裡放著一隻碗了。」許三觀說著也走下了河坡。

「你們誰的碗借給我，我也喝幾碗水。」

根龍把自己的碗遞了過去，「你借我的碗。」

許三觀接過根龍的碗，走到河水前彎下身體去，阿方看著他說：

「上面的水髒，底下的水也髒，你要喝中間的水。」

他們喝完河水以後，繼續走在了路上，這次阿方和根龍挑著西瓜走在了一起，許三觀走在一邊，聽著他們的擔子吱呀吱呀響，許三觀邊走邊說：

「你們挑著西瓜走了一路，我來和你們換一換。」

根龍說：「你去換阿方。」

阿方說：「這幾個西瓜挑著不累，我進城賣瓜時，每次都挑著二百來斤。」

許三觀問他們：「你們剛才說李血頭，李血頭是誰？」

「李血頭，」根龍說，「就是醫院裡管我們賣血的那個禿頭，過會兒你就會見到他的。」

阿方接著說：「這就像是我們村裡的村長，村長管我們人，李血頭就是管我們身上血的村長，讓誰賣血，不讓誰賣血，全是他一個人說了算數。」

許三觀聽了以後說：「所以你們叫他血頭。」

阿方說：「有時候賣血的人一多，醫院裡要血的病人又少，這時候就看誰平日裡與李血頭交情深了，誰和他交情深，誰的血就賣得出去……」

阿方解釋道：「什麼是交情？拿李血頭的話來說，就是『不要賣血時才想起我來，平日裡也要想著我』。什麼叫平日裡想著他？」

阿方指指自己挑著的西瓜，「這就是平日裡也想著他。」

「還有別的平日裡想著他，」根龍說，「那個叫什麼英的女人，也是平日裡想著他。」

兩個人說著嘻嘻笑了起來，阿方對許三觀說：

「那女人與李血頭的交情，是一個被窩裡的交情，她要是去賣血，誰都得站一邊先等著，誰要是把她給得罪了，身上的血哪怕是神仙血，李血頭也不會要了。」

他們說著來到了城裡，進了城，許三觀就走到前面去了，他是城裡的人，熟悉城裡的路，他帶著他們往前走。他們說還要找一個地方去喝水，許三觀說：

「進了城，就別再喝河水了，這城裡的河水髒，我帶你們去喝井水。」

他們兩個人就跟著許三觀走去，許三觀帶著他們在巷子裡拐來拐去的，一邊走一邊說：

「我快憋不住了，我們先找個地方去撒一泡尿。」

根龍說：「不能撒尿，這尿一撒出去，那幾碗水就白喝啦，身上的血也少了。」

阿方對許三觀說：「我們比你多喝了好幾碗水，我們還能憋住。」

然後他又對根龍說：「他的尿肚子小。」

許三觀因為肚子脹疼而皺著眉，他往前越走越慢，他問他們：

「會不會出人命？」

「出什麼人命？」

「我呀，」許三觀說，「我的肚子會不會脹破？」

「你牙根酸了嗎？」阿方問。

「牙根？讓我用舌頭去舔一舔……牙根倒還沒有酸。」

「那就不怕，」阿方說，「只要牙根還沒酸，這尿肚子就不會破掉。」

許三觀把他們帶到醫院旁邊的一口井前，那是在一棵大樹的下面，井的四周長滿了青苔，一只木桶就放在井旁，繫著木桶的麻繩堆在一邊，看上去還很整齊，繩頭擱在把手上，又垂進桶裡去了。他們把木桶扔進了井裡，木桶打在水上「啪」的一聲，就像是一巴掌打在人的臉上。他們提上來一桶井水，阿方和根龍都喝了兩碗水，他們把碗給許三觀，許三觀接過來阿方的碗，喝下去一碗，阿方和根龍要他再喝一碗，許三觀又舀起一碗水來，喝了兩口後把水倒回木桶裡，他說：

「我尿肚子小，我不能喝了。」

他們三個人來到了醫院的供血室，那時候他們的臉都憋得通紅了，像是懷胎十月似的一步一步小心翼翼地走著，阿方和根龍還挑著西瓜，走得就更慢，他們的手伸開著抓住前後兩個擔子的繩子，他們的手正在使著勁，不讓放著西瓜的擔子搖晃。可是醫院的走廊太狹窄，不時有人過來將他們的擔子撞一下，擔子一搖晃，阿方和根龍肚子裡脹鼓鼓的水也跟著搖晃起來，讓兩個人疼得嘴巴一歪一歪的，站在那裡不敢動，等擔子不再那麼搖晃了，才重新慢慢地往前走。

醫院的李血頭坐在供血室的桌子後面，兩隻腳架在一只拉出來的抽屜上，褲襠那地方敞開著，上面的鈕釦都掉光了，裡面的內褲看上去花花綠綠。許三觀他們進去時，供血室裡只有李血頭一個人，許三觀一看到李血頭，心想這就是李血頭？這李血頭不就是經常到我們廠裡來買蠶蛹吃的李禿頭嗎？

李血頭看到阿方和根龍他們挑著西瓜進來，就把腳放到了地上，笑呵呵地說：

「是你們呵，你們來了。」

然後李血頭看到了許三觀，就指著許三觀對阿方他們說：

「這個人我像是見過。」

阿方說：「他就是這城裡的人。」

「所以。」李血頭說。

許三觀說：「你常到我們廠裡來買蠶蛹。」

「你是絲廠的？」李血頭問。

「是啊。」

「他媽的，」李血頭說，「怪不得我見過你，你也來賣血？」

阿方說：「我們給你帶西瓜來了，這瓜是上午才在地裡摘的。」

李血頭將坐在椅子裡的屁股抬起來，看了看西瓜，笑呵呵地說：

「一個個都還很大，就給我放到牆角。」

阿方和根龍往下彎了彎腰，想把西瓜從擔子裡拿出來，按李血頭的吩咐放到牆角，可他們彎了幾下沒有把身體彎下去，兩個人面紅耳赤氣喘吁吁了，李血頭看著他們不笑了，他問：

「你們喝了有多少水？」

阿方說：「就喝了三碗。」

根龍在一旁補充道：「他喝了三碗，我喝了四碗。」

「放屁，」李血頭瞪著眼睛說，「我還不知道你們這些人的膀胱有多大？他媽的，你們的膀胱撐開來比女人懷孩子的子宮還大，起碼喝了十碗水。」

阿方和根龍嘿嘿地笑了，李血頭看到他們在笑，就揮了兩下手，對他們說：

「算啦，你們兩個人還算有良心，平日裡常想著我，這次我就讓你們賣血，下次再這樣可就不行了。」

說著李血頭去看許三觀，他說：

「你過來。」

許三觀走到李血頭面前，李血頭又說：

「把腦袋放下來一點。」

許三觀就低下頭去，李血頭伸手把他的眼皮撐開：

「讓我看看你的眼睛，看看你的眼睛裡有沒有黃疸肝炎……沒有，再把舌頭伸出來，讓我看看你的腸胃……腸胃也不錯，行啦，你可以賣血啦……你聽著，按規矩是要抽一管血，先得檢驗你有沒有病，今天我是看在阿方和根龍的面子上，就不抽你這一管血了……再說我們今天算是認識了，這就算是我送給你的見面禮……」

他們三個人賣完血之後，就步履蹣跚地走向了醫院的廁所，三個人都歪著嘴巴。許三觀跟在他們身後，三個人誰也不敢說話，都低頭看著下面的路，似乎這時候稍一用勁肚子就會脹破了。

三個人在醫院廁所的小便池前站成一排，撒尿時他們的牙根一陣陣劇烈地發酸，於是發出了一片牙齒碰撞的響聲，和他們的尿沖在牆上時的聲音一樣響亮。

然後，他們來到了那家名叫勝利的飯店，飯店是在一座石橋的橋堍，它的屋頂還沒有橋高，屋頂上長滿了雜草，在屋簷前伸出來像是臉上的眉毛。飯店看上去沒有門，門和窗連成一片，中間只是隔了兩根木條，許三觀他們就是從旁邊應該是窗戶的地方走了進去，他們坐在了靠窗的桌子前，窗外是那條穿過城鎮的小河，河面上漂過去了幾片青菜葉子。

阿方對著跑堂的喊道：「一盤炒豬肝，二兩黃酒，黃酒給我溫一溫。」

根龍也喊道：「一盤炒豬肝，二兩黃酒，我的黃酒也溫一溫。」

許三觀看著他們喊叫，覺得他們喊叫時手拍著桌子很神氣，他也學他們的樣子，手拍著桌子喊道：

「一盤炒豬肝，二兩黃酒，黃酒……溫一溫。」

沒多少工夫，三盤炒豬肝和三盅黃酒端了上來，許三觀拿起筷子準備去夾豬肝，他看到阿方和根龍是先拿起酒盅，眯著眼睛抿了一口，然後兩個人的嘴裡都吐出了噝噝的聲音，兩張臉上的肌肉像是伸懶腰似的舒展開來。

「這下踏實了。」阿方舒了口氣說道。

許三觀就放下筷子，也先拿起酒盅抿了一口，黃酒從他嗓子眼裡流了進去，暖融融地流了進去，他嘴裡不由自主地也吐出了噝噝的聲音，他看著阿方和根龍嘿嘿地笑了起來。

阿方問他：「你賣了血，是不是覺得頭暈？」

許三觀說：「頭倒是不暈，就是覺得力氣沒有了，手腳發軟，走路發飄……」

阿方說：「你把力氣賣掉了，所以你覺得沒有力氣了。我們賣掉的是力氣，你知道嗎？你們城裡人叫血，我們鄉下人叫力氣。力氣有兩種，一種是從血裡使出來的，還有一種是從肉裡使出來的，血裡的力氣比肉裡的力氣值錢多了。」

許三觀問：「什麼力氣是血裡的？什麼力氣是肉裡的？」

阿方說：「你上床睡覺，你端著個碗吃飯，你從我阿方家走到他根龍家，走那麼幾十步路，用不著使勁的，都是花肉裡的力氣。你要是下地幹活，你要是挑著百十來斤的擔子進城，這使勁的活，都是花血裡的力氣。」

許三觀點著頭說：「我聽明白了，這力氣就和口袋裡的錢一樣，先是花出去，再去掙回來。」

阿方點著頭對根龍說：「這城裡人就是聰明。」

許三觀又問：「你們天天下地幹重活，還有富餘力氣賣給醫院，你們的力氣比我多。」

根龍說：「也不能說力氣比你多，我們比你們城裡人捨得花力氣，我們娶女人、蓋屋子都是靠賣血掙的錢，這田地裡掙的錢最多也就是不讓我們餓死。」

阿方說：「根龍說得對，我現在賣血就是準備蓋屋子，再賣兩次，蓋屋子的錢就夠了。根龍賣血是看上了我們村裡的桂花，本來桂花已經和別人訂婚了，桂花又退了婚，根龍就看上她了。」

許三觀說：「我見過那個桂花，她的屁股太大了，根龍你是不是喜歡大屁股？」

根龍嘿嘿地笑，阿方說：「屁股大的女人踏實，躺在床上像一條船似的，穩穩當當的。」

許三觀也嘿嘿笑了起來，阿方問他：「許三觀，你想好了沒有？你賣血掙來的錢怎麼花？」

「我還不知道該怎麼花，」許三觀說，「我今天算是知道什麼叫血汗錢了，我在工廠裡掙的是汗錢，今天掙的是血錢，這血錢我不能隨便花掉，我得花在大事情上面。」

這時根龍說：「你們看到李血頭褲襠裡花花綠綠了嗎？」

阿方一聽這話嘿嘿笑了，根龍繼續說：

「會不會是那個叫什麼英的女人的短褲？」

「這還用說，兩個人睡完覺以後穿錯了。」阿方說。

「真想去看看，」根龍嘻笑著說，「那個女人的褲襠裡是不是穿著李血頭的短褲。」

第二章

許三觀坐在瓜田裡吃著西瓜，他的叔叔，也就是瓜田的主人站了起來，兩隻手伸到後面拍打著屁股，塵土就在許三觀腦袋四周紛紛揚揚，也落到了西瓜上，許三觀用嘴吹著塵土，繼續吃著嫩紅的瓜肉，他的叔叔拍完屁股後重新坐到田埂上，許三觀問他：

「那邊黃燦燦的是什麼瓜？」

在他們的前面，在藤葉半遮半掩的西瓜地的前面，是一排竹竿支起的瓜架子，上面吊著很多圓滾滾金黃色的瓜，像手掌那麼大，另一邊的架子上吊著綠油油看上去長一些的瓜，它們都在陽光下閃閃發亮，風吹過去，先讓瓜藤和瓜葉搖晃起來，然後吊在藤葉上的瓜也跟著晃動了。

許三觀的叔叔把瘦胳膊抬了起來，那胳膊上的皮膚因為瘦都已經打皺了，叔叔的手指了過去：

「你是說黃燦燦的？那是黃金瓜；旁邊的，那綠油油的是老太婆瓜……」

許三觀說：「我不吃西瓜了，四叔，我吃了有兩個西瓜了吧？」

他的叔叔說：「沒有兩個，我也吃了，我吃了半個。」

許三觀說：「我知道黃金瓜，那瓜肉特別香，就是不怎麼甜，倒是中間的子很甜，城裡人吃黃金瓜都把子吐掉，我從來不吐，從土裡長出來的只要能吃，就都有營養……老太婆瓜，我也吃過，那瓜不甜，也不脆，吃到嘴裡黏糊糊的，吃那種瓜有沒有牙齒都一樣……四叔，我好像還能吃，我再吃兩個黃金瓜，再吃一個老太婆瓜……」

許三觀在他叔叔的瓜田裡一坐就是一天，到了傍晚來到的時候，許三觀站了起來，落日的光芒把他的臉照得像豬肝一樣通紅，他看了看遠處農家屋頂上升起的炊煙，拍了拍屁股上的塵土，然後雙手伸到前面去摸脹鼓鼓的肚子，裡面裝滿了西瓜、黃金瓜、老太婆瓜，還有黃瓜和桃子。許三觀摸著肚子對他的叔叔說：

「我要去結婚了。」

然後他轉過身去，對著叔叔的西瓜地撒起了尿，他說：

「四叔，我想找個女人去結婚了，四叔，這兩天我一直在想這賣血掙來的三十五塊錢怎麼花？我想給爺爺幾塊錢，可是爺爺太老了，爺爺都老得不會花錢了。我還想給你幾塊錢，我爹的幾個兄弟裡，你對我最好，四叔，可我又捨不得給你，這是我賣血掙來的錢，不是我賣力氣掙來的錢，我捨不得給。四叔，我剛才站起來的時候突然想到娶女人了。四叔，我賣血掙來的錢總算是花對地方了……四叔，我吃了一肚子的瓜，怎麼像是喝了一斤酒似的，四叔，我的臉，我的脖子，我的腳底，我的手掌，都在一陣陣地發燒。」

第三章

許三觀的工作就是推著一輛放滿那些白茸茸蠶繭的小車，行走在一個很大的屋頂下面，他和一群年輕的姑娘每天都要嘻嘻哈哈，隆隆的機器聲在他和她們中間響著，她們的手經常會伸過來，在他頭上拍一下，或者來到他的胸口把他往後一推。如果他在她們中間選一個做自己的女人，一個在冬天下雪的時候和他同心協力將被子裹得緊緊的女人，他會看上林芬芳，那個辮子垂到了腰上的姑娘，笑起來牙齒又白又整齊，還有酒窩，她一雙大眼睛要是能讓他看上一輩子，許三觀心想自己就會舒服一輩子。林芬芳也經常把她的手拍到他的頭上，推到他的胸前，有一次還偷偷在他的手背上捏了一下，那一次他把最好的蠶繭送到了她這裡，從此以後他就沒法把不好的蠶繭送給她了。

另外一個姑娘也長得漂亮，她是一家小吃店裡的服務員，在清晨的時候，她站在一口很大的油鍋旁炸著油條，她經常啊呀啊呀地叫喚。沸騰起來的油濺到了她的手上，發現衣服上有一個地方髒了，走路時不小心滑了一下，或者看到下雨了，聽到打雷了，她都會響亮地叫起來：

「啊呀……」

這個姑娘叫許玉蘭，她的工作隨著清晨的結束也就完成了，接下去的整個白晝裡，她就無所事事地在大街上走來走去，她經常是嗑著瓜子走過來，走過來以後站住了，隔著大街與對面某一個相識的人大聲說話，並且放聲大笑，同時發出一聲一聲「啊呀」的叫喚，她的嘴唇上有時還沾著瓜子殼。當她張大嘴巴說話時，從她身邊走過的人，能夠幸運地呼吸到她嘴裡散發出來的植物的香味。

她走過了幾條街道以後，往往是走回到了家門口，於是她就回到家中，過了十多分鐘以後她重新出來時，已經換了一身衣服，她繼續走在了街道上。她每天都要換三套衣服，事實上她只有三套衣服；她還要換四次鞋，而她也只有四雙鞋。當她實在換不出什麼新花樣時，她就會在脖子上增加一條絲巾。

她的衣服並不比別人多，可是別人都覺得她是這座城鎮裡衣服最多的時髦姑娘。她在大街上的行走，使她的漂亮像穿過這座城鎮的河流一樣被人們所熟悉，在這裡人們都叫她油條西施……「你們看，油條西施走過來了。」……「油條西施走到布店裡去了，她天天都要去布店買漂亮的花布。」……「不是，油條西施去布店是光看不買。」……「油條西施的臉上香噴噴的。」……「油條西施的手不漂亮，她的手太短，手指太粗。」……「她就是油條西施？」……

油條西施，也就是許玉蘭，有一次和一個名叫何小勇的年輕男子一起走過了兩條街道，兩個人有說有笑，後來在一座木橋上，兩個人站了很長時間，從夕陽開始西下一直站到黑夜來臨。當時何小勇穿著乾淨的白襯衣，袖管捲到手腕上面，他微笑著說話時，雙手握住自己的手腕，他的這個動作使許玉蘭十分著迷，這個漂亮的姑娘仰臉望著他時，眼睛裡閃閃發亮。

接下去有人看到何小勇從許玉蘭家門前走過，許玉蘭剛好從屋子裡出來，許玉蘭看到何小勇就「啊呀」叫了一聲，叫完以後許玉蘭臉上笑吟吟地說：

「進來坐一會兒。」

何小勇走進了許玉蘭的家，許玉蘭的父親正坐在桌前喝著黃酒，看到一個陌生的年輕男子跟在女兒身後走了進來，他的屁股往上抬了抬，然後發出了邀請：

「來喝一盅？」

此後，何小勇經常坐在了許玉蘭的家中，與她的父親坐在一起，兩個人一起喝著黃酒，輕聲說著話，笑的時候也常常是竊竊私笑。於是許玉蘭經常走過去大聲問他們：

「你們在說什麼？你們為什麼笑？」

也就是這一天，許三觀從鄉下回到了城裡，他回到城裡時天色已經黑了，那個年月城裡的街上還沒有路燈，只有一些燈籠掛在店鋪的屋簷下面，將石板鋪出來的街道一截一截地照亮，許三觀一會兒黑一會兒亮地往家中走去，他走過戲院時，看到了許玉蘭。油條西施站在戲院的大門口，兩只燈籠的中間，斜著身體在那裡嗑瓜子，她的臉蛋被燈籠照得通紅。

許三觀走過去以後，又走了回來，站在街對面笑嘻嘻地看著許玉蘭，看著這個漂亮的姑娘如何讓嘴唇一噘，把瓜子殼吐出去。許玉蘭也看到了許三觀，她先是瞟了他一眼，接著去看另外兩個正在走過去的男人，看完以後她又瞟了他一眼，回頭看看戲院裡面，裡面一男一女正在說著評書，她的頭扭回來時看到許三觀還站在那裡。

「啊呀！」許玉蘭終於叫了起來，她指著許三觀說，「你怎麼可以這樣盯著我看呢？你還笑嘻嘻的！」

許三觀從街對面走了過來，走到這個被燈籠照得紅彤彤的女人面前，他說：

「我請你去吃一客小籠包子。」

許玉蘭說：「我不認識你。」

「我是許三觀，我是絲廠的工人。」

「我還是不認識你。」

「我認識你，」許三觀笑著說，「你就是油條西施。」

許玉蘭一聽這話，咯咯咯咯地笑了起來，她說：

「你也知道？」

「沒有人不知道你……走，我請你去吃小籠包子。」

「今天我吃飽了，」許玉蘭笑咪咪地說，「你明天請我吃小籠包子吧。」

第二天下午，許三觀把許玉蘭帶到了那家勝利飯店，坐在靠窗的桌子旁，也就是他和阿方、根龍吃炒豬肝喝黃酒的桌前，他像阿方和根龍那樣神氣地拍著桌子，對跑堂的叫道：

「來一客小籠包子。」

他請許玉蘭吃了一客小籠包子，吃完小籠包子後，許玉蘭說她還能吃一碗餛飩，許三觀又拍起了桌子：

「來一碗餛飩。」

許玉蘭這天下午笑咪咪地還吃了話梅，吃了話梅以後說嘴鹹，又吃了糖果，吃了糖果以後說口渴，許三觀就給她買了半個西瓜，她和許三觀站在了那座木橋上，她笑咪咪地把半個西瓜全吃了下去，然後她笑咪咪地打起了嗝。當她的身體一抖一抖地打嗝時，許三觀數著手指開始算一算這個下午花了多少錢。

「小籠包子兩角四分，餛飩九分錢，話梅一角，糖果買了兩次共計兩角三分，西瓜半個有三斤四兩花了一角七分，總共是八角三分錢……你什麼時候嫁給我？」

「啊呀，」許玉蘭驚叫起來，「你憑什麼要我嫁給你？」

許三觀說：「你花掉了我八角三分錢。」

「是你自己請我吃的。」許玉蘭打著嗝說，「我還以為是白吃的呢，你又沒說吃了你的東西就要嫁給你……」

「嫁給我有什麼不好？」許三觀說，「你嫁給我以後，我會疼你護著你，我會經常讓你一個下午就吃掉八角三分錢。」

「啊呀，」許玉蘭叫了起來，「要是我嫁給了你，我就不會這麼吃了，我嫁給你以後就是吃自己的了，我捨不得……早知道是這樣，我就不吃了。」

「你也不用後悔，」許三觀安慰她，「你嫁給我就行了。」

「我不能嫁給你，我有男朋友了，我爹也不會答應的，我爹喜歡何小勇……」

於是，許三觀就提著一瓶黃酒一條大前門香菸，來到許玉蘭家，他在許玉蘭父親的對面坐了下來，將黃酒和香菸推了過去，然後滔滔不絕地說了起來：

「你知道我爹吧？我爹就是那個有名的許木匠，他老人家活著的時候專給城裡大戶人家做活，他做出來的桌子誰也比不上，伸手往桌面上一摸，就跟摸在綢緞上一樣光滑。你知道我媽吧？我媽就是金花，你知道金花嗎？就是那個城西的美人，從前別人都叫她城西美人，我爹死了以後她嫁給了一個國民黨的連長，後來跟著那個連長跑了。我爹只有我這麼一個兒子，我媽和那個連長是不是生了我就不知道了。我叫許三觀，我兩個伯伯的兒子比我大，我在許家排行老三，所以我叫許三觀，我是絲廠的工人，我比何小勇大兩歲，比他早三年參加工作，我的錢肯定比他多，他想娶許玉蘭還得籌幾年錢，我結婚的錢都準備好了，我是萬事皆備只欠東風了。」

許三觀又說：「你只有許玉蘭一個女兒，許玉蘭要是嫁給了何小勇，你家就斷後了，生出來的孩子不管是男是女，都得姓何。要是嫁給了我，我本來就姓許，生下來的孩子也不管是男是女，都姓許，你們許家後面的香火也就接上了，說起來我娶了許玉蘭，其實我就和倒插門的女婿一樣。」

許玉蘭的父親聽到最後那幾句話，嘿嘿笑了起來，他看著許三觀，手指在桌上篤篤地敲著，他說：

「這一瓶酒，這一條香菸，我收下了。你說得對，我女兒要是嫁給了何小勇，我許家就斷後了。我女兒要是嫁給了你，我們兩個許家的香火都接上了。」

許玉蘭知道父親的選擇以後，坐在床上掉出了眼淚，她的父親和許三觀站在一旁，看著她嗚嗚地用手背抹著眼淚，她的父親對許三觀說：

「看到了嗎？這就是女人，高興的時候不是笑，而是哭上了。」

許三觀說：「我看著她像是不高興。」

這時許玉蘭說話了，她說：「我怎麼去對何小勇說呢？」

她父親說：「你就去對他說，你要結婚了，新郎叫許三觀，新郎不叫何小勇。」

「這話我怎麼說得出口？他要是想不開，一頭往牆上撞去，我可怎麼辦？」

「他要是一頭撞死了，」她父親說，「你就可以不說話了。」

許玉蘭的心裡放不下那個名叫何小勇的男人，那個說話時雙手喜歡握住自己手腕的男人，他差不多天天都要微笑著來到她家，隔上幾天就會在手裡提上一瓶黃酒，與她的父親坐在一起，喝著酒說著話，有時是嘿嘿地笑。有那麼兩次，趁著她的父親去另一條街的廁所時，他突然把她逼到了門後，用他的身體把她的身體壓在了牆上，把她嚇得心裡咚咚亂跳。第一次她除了心臟狂跳一氣，沒有任何別的感受；第二次她發現了他的鬍子，他的鬍子像是刷子似的在她臉上亂成一片。

第三次呢？在夜深人靜時，許玉蘭躺在床上這樣想，她心裡咚咚跳著去想她的父親如何站起來，走出屋門，向另一條街的廁所走去，接著何小勇霍地站起來，碰倒了他坐的凳子，第三次把她壓在了牆上。

許玉蘭把何小勇約到了那座木橋上，那是天黑的時候，許玉蘭一看到何小勇就嗚嗚地哭了起來，她告訴何小勇，一個名叫許三觀的人請她吃了小籠包子，吃了話梅、糖果還有半個西瓜，吃完以後她就要嫁給他了。何小勇看到有人在走過來，就焦急地對許玉蘭說：

「喂，喂，別哭，你別哭，讓別人看到了，我怎麼辦？」

許玉蘭說：「你替我去還給許三觀八角三分錢，這樣我就不欠他什麼了。」

何小勇說：「我們還沒有結婚，就要我去替你還債？」

許玉蘭又說：「何小勇，你就到我家來做倒插門女婿吧，要不我爹就把我給許三觀了。」

何小勇說：「你胡說八道，我堂堂何小勇怎麼會上你家倒插門呢？以後我的兒子們全姓許？不可能。」

「那我只好去嫁給許三觀了。」

一個月以後，許玉蘭嫁給了許三觀。她要一件大紅的旗袍，準備結婚時穿，許三觀給她買了那件旗袍；她要兩件棉襖，一件大紅一件大綠，準備冬天的時候穿上它們，許三觀給她買了一紅一綠兩塊綢緞，讓她空閒時自己做棉襖。她說家裡要有一個鐘，要有一面鏡子，要有床有桌子有凳子，要有洗臉盆，還要有馬桶……許三觀說都有了。

許玉蘭覺得許三觀其實不比何小勇差，論模樣比何小勇還英俊幾分，口袋裡的錢也比何小勇多，而且看上去力氣也比何小勇大。於是她看著許三觀時開始微微笑起來，她對許三觀說：

「我是很能幹的，我會做衣服，會做飯。你福氣真是好，娶了我做你的女人……」

許三觀坐在凳子上笑著連連點頭，許玉蘭繼續說：

「我長得又漂亮，人又能幹，往後你身上裡裡外外的衣服都得由我來裁縫了，家裡的活也是我的，就是那些重的活，像買米買煤什麼的要你幹，別的都不會讓你揮手，我會很心疼你的，你福氣真是太好了，是不是？你怎麼不點頭呢？」

「我點頭了，我一直在點頭。」許三觀說。

「對了，」許玉蘭想起了什麼，她說，「你聽著，到了我過節的時候，我就什麼都不做了，就是淘米洗菜的事我都不能做，我要休息了，那幾天家裡的活全得由你來做了，你聽到了沒有？你為什麼不點頭呢？」

許三觀點著頭問她：「你過什麼節？多長時間過一次？」

「啊呀，」許玉蘭叫道，「我過什麼節你都不知道？」

許三觀搖著頭說：「我不知道。」

「就是來月經。」

「月經？」

「我們女人來月經你知道嗎？」

「我聽說過。」

「我說的就是來月經的時候，我什麼都不能做了，我不能累，也不能碰冷水，一累一碰上冷水我就要肚子疼，就要發燒……」

第四章

助產的醫生說：「還沒到疼的時候你就哇哇亂叫了。」

許玉蘭躺在產臺上，兩隻腿被高高架起，兩條胳膊被綁在產臺的兩側，醫生讓她使勁，疼痛使她怒氣沖沖，她一邊使勁一邊破口大罵起來：

「許三觀！你這個狗娘養的……你跑哪兒去啦……我疼死啦……你跑哪兒去了呀……你這個挨刀子的王八蛋……你高興了！我疼死啦你就高興了……許三觀你在哪裡呀……你快來幫我使勁……我快不行了……許三觀你快來……醫生！孩子出來了沒有？」

「使勁。」醫生說，「還早著呢。」

「我的媽呀……許三觀……全是你害的……你們男人都不是好東西……你們只圖自己快

活……你們幹完了就完了……我們女人苦啊！疼死我……我懷胎十個月……疼死我啦……許三觀你在哪裡呀……醫生！孩子出來了沒有？」

「使勁。」醫生說，「頭出來啦。」

「頭出來了……我再使把勁……我沒有勁了……許三觀，你幫幫我……許三觀，我要死了……我要死了……」

助產的醫生說：「都生第二胎了，還這樣吼叫。」

許玉蘭大汗淋漓，呼呼喘著氣，一邊呻吟一邊吼叫：

「啊呀呀……疼啊！疼啊……許三觀……你又害了我呀……啊呀呀……我恨死你了……疼啊……我要是能活過來……啊呀……我死也不和你同床啦……疼啊……你笑嘻嘻……你跪下……你怎麼求我我都不答應……我都不和你同床……啊呀，啊呀……疼啊……我使勁……我還要使勁……」

助產的醫生說：「使勁，再使勁。」

許玉蘭使足了勁，她的脊背都拱了起來，她喊叫著：

「許三觀！你這個騙子！你這個王八蛋！你這個挨刀子的……許三觀！你黑心爛肝！你

頭上長瘡……」

「喊什麼？」護士說，「都生出來了，你還喊什麼？」

「生出來了？」許玉蘭微微撐起身體，「這麼快。」

許玉蘭在五年時間裡生下了三個兒子，許三觀給他三個兒子取名為許一樂，許二樂，許三樂。

有一天，在許三樂一歲三個月的時候，許玉蘭揪住許三觀的耳朵問他：

「我生孩子時，你是不是在外面哈哈大笑？」

「我沒有哈哈大笑，」許三觀說，「我只是嘿嘿地笑，沒有笑出聲音。」

「啊呀，」許玉蘭叫道，「所以你讓三個兒子叫一樂，二樂，三樂，我在產房裡疼了一次，二次，三次；你在外面樂了一次，二次，三次，是不是？」

第五章

城裡很多認識許三觀的人，在二樂的臉上認出了許三觀的鼻子，在三樂的臉上認出了許三觀的眼睛，可是在一樂的臉上，他們看不到來自許三觀的影響。他們開始在私下裡議論，他們說一樂這個孩子長得一點都不像許三觀，一樂這孩子的嘴巴長得像許玉蘭，別的也不像許玉蘭。一樂這孩子的媽看來是許玉蘭，這孩子的爹是許三觀嗎？一樂這顆種子是誰播到許玉蘭身上去的？會不會是何小勇？一樂的眼睛，一樂的鼻子，還有一樂那一對大耳朵，越長越像何小勇了。

這樣的話傳到了許三觀的耳中，許三觀就把一樂叫到面前，仔細看了一會兒，那時候一樂才只有九歲，許三觀仔細看了一會兒後還是拿不定主意，他就把家裡唯一的那面鏡子拿了過來。

這面鏡子還是他和許玉蘭結婚時買的，許玉蘭一直把它放在窗臺上，每天早晨起床以後她就會站到窗前，看看窗外的樹木，看看鏡子裡的自己，把頭髮梳理整齊，往臉蛋上抹一層香氣很濃的雪花膏。後來，一樂長高了，一樂伸手就能抓住窗臺上的鏡子；接著二樂也長高了，也能抓到窗臺上的鏡子；等到三樂長高時，這面鏡子還是放在窗臺上，這面鏡子就被他們打碎了。最大的一片是個三角，像雞蛋那麼大。許玉蘭就將這最大的一片三角撿起來，繼續放到窗臺上。

現在，許三觀將這面三角形的殘鏡拿在了手中，他照著自己的眼睛看了一會兒，再去看一樂的眼睛，都是眼睛；他又照著自己的鼻子看了一會兒，又去看一樂的鼻子，都是鼻子……許三觀心裡想：都說一樂長得不像我，我看著還是有點像。

一樂看到父親眼睛發呆地看著自己，就說：

「爹，你看看自己又看看我，你在看些什麼？」

許三觀說：「我看你長得像不像我。」

「我聽他們說，」一樂說，「說我長得像機械廠的何小勇。」

許三觀說：「一樂，你去把二樂、三樂給我叫來。」

許三觀的三個兒子來到他面前，他要他們一排坐在床上，自己搬著凳子坐在對面。他把一樂、二樂、三樂順著看了過去，然後三樂、二樂、一樂又倒著看了過來，他的三個兒子嘻嘻笑著，三個兒子笑起來以後，許三觀看到這三兄弟的模樣像起來了，他說：

「你們笑，」他的身體使勁搖擺起來，「你們哈哈哈哈地笑。」

兒子們看到他滑稽的擺動後哈哈哈哈地笑起來了，許三觀也跟著笑起來，他說：

「這三個崽子越笑越長得像。」

許三觀對自己說：「他們說一樂長得不像我，可一樂和二樂、三樂長得一個樣……兒子長得不像爹，兒子長得和兄弟像也一樣……沒有人說二樂、三樂不像我，沒有人說二樂、三樂不是我的兒子……一樂不像我沒關係，一樂像他的弟弟就行了。」

許三觀對兒子們說：「一樂知道機械廠的何小勇，二樂和三樂是不是也知道……你們不知道，沒關係……對，就是一樂說的那個人，住在城西老郵政弄，經常戴著鴨舌帽的那個人，你們聽著，那個人叫何小勇，記住了嗎？二樂和三樂給我念一遍……對，你們聽著，那個何小勇不是個好人，記住了嗎？為什麼不是好人？你們聽著，從前，那時候還沒有你們，你們的媽還沒有把你們生出來，何小勇天天到你們外公家去，去做什麼呢？去和你們外公喝酒，那個時候你們的媽還沒有嫁給我，何小勇天天去，隔幾天手裡提上一瓶酒，後來，你們的媽嫁給了我，何小勇還是經常上你們外公家去喝酒，你們聽著，自從你們的媽嫁給我以後，何小勇就再也不送酒給你們外公了，倒是喝掉了你們外公十多瓶酒……有一天，你們的外公看到何小勇來了，就站起來說：『何小勇，我戒酒啦。』後來，何小勇就再也不敢上你們外公家去喝酒了。」

城裡很多認識許三觀的人，在二樂的臉上認出了許三觀的鼻子，在三樂的臉上認出了許三觀的眼睛，可是在一樂的臉上，他們看不到來自許三觀的影響。他們開始在私下裡議論，他們說一樂這個孩子長得一點都不像許三觀，一樂這孩子的嘴巴長得像許玉蘭，別的也不像許玉蘭。一樂這孩子的媽看來是許玉蘭，這孩子的爹是許三觀嗎？一樂這顆種子是誰播到許玉蘭身上去的？會不會是何小勇？一樂的眼睛，一樂的鼻子，還有一樂那一對大耳朵，越長越像何小勇了。

這樣的話一次又一次傳到了許三觀的耳中，許三觀心想他們一遍又一遍地說，他們說起來沒完沒了，他們說的會不會是真的？許三觀就走到許玉蘭的面前，他說：

「你聽到他們說了嗎？」

許玉蘭知道許三觀問的是什麼，她放下手裡正在洗的衣服，撩起圍裙擦著手上的肥皂泡沫走到門口，一屁股坐在了門檻上，許玉蘭邊哭邊問自己：

「我前世造了什麼孽啊？」

許玉蘭坐在門口大聲一哭，把三個兒子從外面引了回來，三個兒子把她圍在中間，膽戰心驚地看著越哭越響亮的母親。許玉蘭摸了一把眼淚，像是甩鼻涕似的甩了出去，她搖著頭說：

「我前世造了什麼孽啊？我一沒有守寡，二沒有改嫁，三沒有偷漢，可他們說我三個兒子有兩個爹，我前世造了什麼孽啊？我三個兒子明明只有一個爹，他們偏說有兩個爹……」

許三觀看到許玉蘭坐到門檻上一哭，腦袋裡就嗡嗡叫起來，他在許玉蘭的背後喊：

「你回來，你別坐在門檻上，你哭什麼？你喊什麼？你這個女人沒心沒肺，這事你能哭嗎？這事你能喊嗎？你回來……」

他們的鄰居一個一個走過來，他們說：

「許玉蘭，你哭什麼……是不是糧票又不夠啦……是不是許三觀欺負你了，許三觀！許三觀呢？……剛才還聽到他在說話……許玉蘭，你哭什麼？是不是丟了什麼東西……是不是又欠了別人的錢……是不是兒子在外面闖禍了……」

二樂說：「不是，你們說的都不是，我媽哭是因為一樂長得像何小勇。」

他們說：「噢……是這樣。」

一樂說：「二樂，你回去，你別在這裡站著。」

二樂說：「我不回去。」

三樂說：「我也不回去。」

一樂說：「媽，你別哭了，你回去。」

許三觀在裡屋咬牙切齒，心想這個女人真是又笨又蠢，都說家醜不可外揚，可是這個女人只要往門檻上一坐，什麼醜事都會被喊出去。他在裡屋咬牙切齒，聽到許玉蘭還在外面哭訴。

許玉蘭說：「我前世造了什麼孽啊？我一沒有守寡，二沒有改嫁，三沒有偷漢，我生了三個兒子……我前世造了什麼孽啊，讓我今世認識了何小勇，這個何小勇啊，他倒好，什麼事都沒有，我可怎麼辦啊？這一樂越長越像他，就那麼一次，後來我再也沒有答應，就那麼一次，一樂就越長越像他了……」

什麼？就那麼一次？許三觀身上的血全湧到腦袋裡去了，他一腳踢開了裡屋的門，對著坐在外屋門檻上的許玉蘭吼道：

「你他媽的給我回來！」

許三觀的吼聲把外面的人全嚇了一跳，許玉蘭一下子就不哭了，也不說話，她扭頭看著許三觀。許三觀走到外屋的門口，一把將許玉蘭拉起來，他衝著外面的人喊道：

「滾開！」

然後要去關門，他的三個兒子想進來，他又對兒子們喊道：

「滾開！」

他關上了門，把許玉蘭拉到了裡屋，再把裡屋的門關上，接著一巴掌將許玉蘭摑到了床上，他喊道：

「你讓何小勇睡過？」

許玉蘭捂著臉蛋嗚嗚地哭，許三觀再喊道：

「你說！」

許玉蘭嗚嗚地說：「睡過。」

「幾次？」

「就一次。」

許三觀把許玉蘭拉起來，又摑了一記耳光，他罵道：

「你這個婊子，你還說你沒有偷漢……」

「我是沒有偷漢，」許玉蘭說，「是何小勇幹的，他先把我壓在了牆上，又把我拉到了床上……」

「別說啦！」

許三觀喊道，喊完以後他又想知道是怎麼回事，就說：

「你就不去推他？咬他？踢他？」

「我推了，我也踢了。」許玉蘭說，「他把我往牆上一壓就捏住了我的兩個奶子……」

「別說啦！」

許三觀喊著給了許玉蘭左右兩記耳光，打完耳光以後，他還是想知道是怎麼一回事，他說：

「他捏住了你的奶子，你就讓他睡啦？」

許玉蘭雙手捧著自己的臉，眼睛也捧在了手上。

「你說！」

「我不敢說，」許玉蘭搖了搖頭，「我一說你就給我吃耳光，我的眼睛被你打得昏昏沉沉，我的牙齒被你打得又酸又疼，我的臉像是被火在燒一樣。」

「你說！他捏住了你的奶子以後……」

「他捏住了我的奶子，我就一點力氣都沒有了。」

「你就跟他上床啦？」

「我一點力氣都沒有了，是他把我拖到床上去的……」

「別說啦！」

許三觀喊著往許玉蘭的大腿上踢了一腳，許玉蘭疼得發不出任何聲音了。許三觀說：

「是不是在我們家？是不是就在這張床上？」

過了一會，許玉蘭才說：

「是在我爹家。」

許三觀覺得自己累了，他就在一只凳子上坐了下來，他開始傷心起來，他說：

「九年啊，我高興了九年，到頭來一樂不是我兒子，我白高興了……我他媽的白養了一樂九年，到頭來一樂是人家的兒子……」

許三觀說著突然想起了什麼，他一下子從凳子上站起來，對著許玉蘭又吼叫起來：

「你的第一夜是讓何小勇睡掉的？」

「不是，」許玉蘭哭著說，「第一夜是給你睡掉的……」

「我想起來了，」許三觀說，「你第一夜肯定是被何小勇睡掉的，我說點一盞燈，你就是不讓點燈，我現在才知道，你是怕我看出來，看出來你和何小勇睡過了……」

「我不讓你點燈，」許玉蘭哭著說，「是我不好意思……」

「你第一夜肯定是被何小勇睡掉的，要不為什麼不是二樂像他？不是三樂像他？偏偏是一樂像那個王八蛋，我的女人第一夜是被別人睡掉的，所以我的第一個兒子是別人的兒子，我許三觀往後哪還有臉去見人啊……」

「許三觀，你想一想，我們的第一夜見紅了沒有？」

「見紅了又怎麼樣？你這個婊子那天正在過節。」

「天地良心啊……」

第六章

許三觀躺在藤榻裡，兩隻腳架在凳子上，許玉蘭走過來說：

「許三觀，家裡沒有米了，只夠晚上吃一頓，這是糧票，這是錢，這是米袋，你去糧店把米買回來。」

許三觀說：「我不能去買米，我現在什麼事都不做了，我一回家就要享受，你知道什麼叫享受嗎？就是這樣，躺在藤榻裡，兩隻腳架在凳子上。你知道我為什麼要享受嗎？就是為了罰你，你犯了生活錯誤，你背著我和那個王八蛋何小勇睡覺了，還睡出個一樂來，這麼一想我氣又上來了。你還想讓我去買米？你做夢去吧。」

許玉蘭說：「我扛不起一百斤米。」

許三觀說：「扛不起一百斤，就扛五十斤。」

「五十斤我也扛不起。」

「那你就扛二十五斤。」

許玉蘭說：「許三觀，我正在洗床單，這床單太大了，你幫我揪一把水。」

許三觀說：「不行，我正躺在藤榻裡，我的身體才剛剛舒服起來，我要是一動就不舒服啦。」

許玉蘭說：「許三觀，你來幫我搬一下這只箱子，我一個人搬不動它。」

許三觀說：「不行，我正躺在藤榻裡享受呢……」

許玉蘭說：「許三觀，吃飯啦。」

許三觀說：「你把飯給我端過來，我就坐在藤榻裡吃。」

許玉蘭問：「許三觀，你什麼時候才享受完了？」

許三觀說：「我也不知道。」

許玉蘭說：「一樂、二樂、三樂都睡著了，我的眼睛也睜不開了，你什麼時候在藤榻裡享受完了，你就上床來睡覺。」

許三觀說：「我現在就上床來睡覺。」

第七章

許三觀在絲廠做送繭工，有一個好處就是每個月都能得到一副線織的白手套，車間裡的女工見了都很羨慕，她們先是問：

「許三觀，你幾年才換一副新的手套？」

許三觀舉起手上那副早就破爛了的手套，他的手一搖擺，那手套上的斷線和一截一截的斷頭就像撥浪鼓一樣晃蕩起來，許三觀說：

「這副手套戴了三年多了。」

她們說：「這還能算是手套？我們站得這麼遠，你十根手指都看得清清楚楚。」

許三觀說：「一年新，兩年舊，縫縫補補再三年，這手套我還能戴三年。」

她們說：「許三觀，你一副手套戴六年，廠裡每個月給你一副手套，六年你有七十二副手套，你用了一副，還有七十一副，你要那麼多手套幹什麼？你把手套給我們吧，我們半年才只有一副手套……」

許三觀把新發下來的手套疊得整整齊齊，放進自己的口袋，然後笑嘻嘻地回家了。回到家裡，許三觀把手套拿出來交給許玉蘭，許玉蘭接過來以後第一個動作就是走到門外，將手套舉過頭頂，藉著白晝的光亮，看一看這嶄新的手套是粗紡的，還是精紡的？如果是精紡的手套，許玉蘭就突然喊叫起來：

「啊呀！」

經常把許三觀嚇了一跳，以為這個月發下來的手套被蟲咬壞了。

「是精紡的！」

每個月裡有兩個日子，許玉蘭看到許三觀從廠裡回來後，就向他伸出手，說：

「給我。」

這兩個日子，一個是發薪水，另一個就是發手套那一天。許玉蘭把手套放到箱子的最底層，積到了四副手套時，就可以給三樂織一件線衣；積到六副時能給二樂織一件線衣；到了八、九副，一樂也有了一件新的線衣；許三觀的線衣，手套不超過二十副，許玉蘭不敢動手，她經常對許三觀說：

「你胳肢窩裡的肉越來越厚了，你腰上的肉也越來越多了，你的肚子在大起來，現在二十副手套也不夠了……」

許三觀就說：「那你就給自己織吧。」

許玉蘭說：「我現在不織。」

許玉蘭要等到精紡的手套滿十七、八副以後，才給自己織線衣。精紡的手套，許三觀一年裡也只能拿回來兩、三副。他們結婚九年，前面七年的累積，讓許玉蘭給自己織了一件精紡的線衣。

那件線衣織成時，正是春暖花開的時候，許玉蘭在井旁洗了頭髮，又坐在屋門口，手裡舉著那面還沒有被摔破的鏡子，指揮著許三觀給她剪頭髮，剪完頭髮後她坐在陽光裡將頭髮晒乾，然後往臉上抹了很厚一層的雪花膏，香噴噴地穿上了那件剛剛織成的精紡的線衣，還從箱底翻出結婚前的絲巾，繫在脖子上，一隻腳跨出了門檻，另一隻腳抬了抬又放在了原地，她回頭對許三觀說：

「今天你淘米洗菜做飯，今天我要過節了，今天我什麼活都不幹了，我走了，我要去街上走一走。」

許三觀說：「你上一個星期才過了節，怎麼又要過節了？」

許玉蘭說：「我不是來月經，你沒看見我穿上精紡線衣了？」

那件精紡的線衣，許玉蘭一穿就是兩年，洗了有五次，這中間還補了一次，許玉蘭拆了一隻也是精紡的手套，給線衣縫補。許玉蘭盼著許三觀能夠經常從廠裡拿回來精紡的手套，這樣……她對許三觀說：

「我就有一件新的線衣了。」

許玉蘭決定拆手套的時候，總是在前一天晚上睡覺前把窗戶打開，把頭探出去看看夜空裡是不是星光燦爛？當她看到月亮閃閃發亮，又看到星星閃閃發亮，她就會斷定第二天陽光肯定很好，到了第二天，她就要拆手套了。

拆手套要有兩個人，許玉蘭找到手套上的線頭，拉出來以後，就可以一直往下拉了，她要把拉出來的線繞到兩條伸開的胳膊上，將線拉直了，手套上拉出來的線彎彎曲曲，沒法織線衣，還要浸到水裡去，在水裡浸上兩、三個小時，再套到竹竿上在陽光裡晒乾，水的重量會把彎曲的線拉直了。

許玉蘭要拆手套了，於是她需要兩條伸開的胳膊，她就叫：

「一樂，一樂……」

一樂從外面走進來，問他母親：

「媽，你叫我？」

許玉蘭說：「一樂，你來幫我拆手套。」

一樂搖搖頭說：「我不願意。」

一樂走後，許玉蘭就去叫二樂：

「二樂，二樂……」

二樂跑回家看到是要他幫著拆手套，高高興興地在小凳子上坐下來，伸出他的兩條胳膊，讓母親把拉出來的線繞到他的胳膊上。那時候三樂也走過來了，三樂走過來站在二樂身旁，也伸出了兩條胳膊，他的身體還往二樂那邊擠，想把二樂擠掉。許玉蘭看到三樂伸出了兩條胳膊，就說：

「三樂，你走開，你手上全是鼻涕。」

許玉蘭和二樂在那裡一坐，兩個人就會沒完沒了地說話，一個三十歲的女人和一個八歲的男孩，說起話來就像是兩個三十歲的女人或者是兩個八歲的男孩，兩個人吃完飯，兩個人睡覺前，兩個人一起走在街上，兩個人經常越說越投機。

許玉蘭說：「我看見城南張家的姑娘，越長越漂亮了。」

二樂問：「是不是那個辮子拖到屁股上的張家姑娘？」

許玉蘭說：「是的，就是有一次給你一把西瓜子吃的那個姑娘，是不是越長越漂亮了？」

二樂說：「我聽見別人叫她張大奶子。」

許玉蘭說：「我看見絲廠的林芬芳穿著一雙白球鞋，裡面是紅顏色的尼龍襪子。紅顏色的尼龍襪子我以前見過，我們家斜對面的林萍萍前幾天還穿著，女式的白球鞋我還是第一次見到。」

二樂說：「我見過，在百貨店的櫃臺裡就擺著一雙。」

許玉蘭說：「男式的白球鞋我見過不少，林萍萍的哥哥就有一雙，還有我們這條街上的王德福。」

二樂說：「那個經常到王德福家去的瘦子也穿著白球鞋。」

許玉蘭說：「……　……」

二樂說：「……　……」

許玉蘭與一樂就沒有那麼多話可說了，一樂總是不願意跟著許玉蘭，不願意和許玉蘭在一起做些什麼。許玉蘭要上街去買菜了，她向一樂叫道：

「一樂，替我提上籃子。」

一樂說：「我不願意。」

「一樂，你來幫我穿一下針線。」

「我不願意。」

「一樂，把衣服收起來疊好。」

「我不願意。」

「一樂……」

「我不願意。」

許玉蘭惱火了，她衝著一樂吼道：

「什麼你才願意？」

許三觀在屋裡來回踱著步，仰頭看著屋頂，他看到有幾絲陽光從屋頂的幾個地方透了進來，他就說：

「我要上屋頂去收拾一下，要不雨季一來，外面下大雨，這屋裡就會下小雨。」

一樂聽到了，就對許三觀說：

「爹，我去借一把梯子來。」

許三觀說：「你還小，你搬不動梯子。」

一樂說：「爹，我先把梯子借好了，你再去搬。」

梯子搬來了，許三觀要從梯子爬到屋頂上去，一樂就說：

「爹，我替你扶住梯子。」

許三觀爬到了屋頂上，踩著屋頂吱吱響，一樂在下面也忙開了，他把許三觀的茶壺拿到了梯子旁，又端一個臉盆出來，放上水，放上許三觀的毛巾，然後雙手捧著茶壺，仰起頭喊道：

「爹，你下來歇一會兒，喝一壺茶。」

許三觀站在屋頂上說：「不喝茶，我剛上來。」

一樂將許三觀的毛巾擰乾，捧在手裡，過了一會兒又喊道：

「爹，你下來歇一會兒，擦一把汗。」

許三觀蹲在屋頂上說：「我還沒有汗。」

這時候三樂搖搖擺擺地走過來了，一樂看到三樂過來了，就揮手要他走開，他說：

「三樂，你走開，這裡沒你的事。」

三樂不肯走開，他走到梯子前扶住梯子，一樂說：

「現在用不著扶梯子。」

三樂就坐在了梯子最下面的一格上，一樂沒有辦法，仰起頭向許三觀喊：

「爹，三樂不肯走開。」

許三觀在屋頂上對著三樂吼道：

「三樂，你走開，這瓦片掉下去會把你砸死的。」

一樂經常對許三觀說：「爹，我不喜歡和媽她們在一起，她們說來說去就是說一些誰長得漂亮，誰衣服穿得好。我喜歡和你們男人在一起，你們說什麼話，我都喜歡聽。」

許三觀提著木桶去井裡打水，吊在木桶把手上的麻繩在水裡浸過上百次了，又在陽光裡晒過上百次，這一次許三觀將木桶扔下去以後，沒有把木桶提上來，只提上來一截斷掉的麻繩，木桶掉到了井底，被井水吃了進去。

許三觀回到家中，在屋簷裡取下一根晾衣服的竹竿，又搬一把凳子坐在了門口，他用鉗子把一截粗鐵絲彎成一個鉤，又找來細鐵絲將鐵鉤綁在了竹竿的梢頭上。一樂看到了，走過來問：

「爹，是不是木桶又掉到井裡去了？」

許三觀點點頭，對一樂說：

「一樂，你幫我扛著竹竿。」

一樂就坐在了地上，將竹竿扛到肩上，看著許三觀把鐵鉤綁結實了，然後他用肩膀扛著竹竿的這一頭，許三觀用手提著竹竿的另一頭，父子兩個人來到了井邊。

通常只要一個鐘頭的時間，許三觀將竹竿伸到井水裡，摸索幾十分鐘，或者摸索一個鐘頭，就能鉤住那只木桶的把手，然後就能將木桶提上來。這一次他摸索了一個半鐘頭了，還沒有摸到木桶的把手，他擦著臉上的汗說：

「上面沒有，左邊沒有，右邊沒有，四周都沒有，這把手一定是被木桶壓在下面了，這下完了，這下麻煩了。」

許三觀將竹竿從井裡取出來，擱在井臺上，兩隻手在自己頭上摸來摸去，不知道該怎麼辦。一樂扒在井邊往裡面看了一會兒，對他的父親說：

「爹，你看我熱得身上全是汗……」

許三觀嘴裡嗯了一聲，一樂又說：

「爹，你記得嗎？我有一次把臉埋在臉盆的水裡，我在水裡埋了一分鐘二十三秒，中間沒有換過一次氣。」

許三觀說：「這把手壓到下面去了，這他媽的怎麼辦？」

一樂說：「爹，這井太高了，我不敢往下跳；爹，這井太高了，我下去以後爬不上來。爹，你找一根麻繩綁在我的腰上，把我一點一點放下去，我扎一個猛子，能扎一分鐘二十三秒，我去把木桶抓住，你再把我提上來。」

許三觀一聽，心想一樂這崽子的主意還真不錯，就跑回家去找了一根嶄新的麻繩，他不敢用舊麻繩，萬一一樂也像木桶那樣被井水吃了進去，那可真是完蛋了。

許三觀將一根麻繩的兩頭從一樂兩條大腿那裡繞過來，又繫在了一樂腰裡的褲帶上，然後把一樂往井裡一點一點放下去……這時三樂又搖搖擺擺地過來了，許三觀看到三樂走過來，就說：

「三樂，你走開，你會掉到井裡去的。」

許三觀經常對三樂說：「三樂，你走開……」

許玉蘭也經常對三樂說：「三樂，你走開……」

還有一樂和二樂，有時也說：「三樂，你走開……」

他們讓三樂走開，三樂只好走開去，他經常一個人在大街上遊蕩，吞著口水在糖果店外面站很久，一個人蹲在河邊看著水裡的小魚小蝦，貼著木頭電線桿聽裡面嗡嗡的電流聲，在別人的家門口抱著膝蓋睡著了……他經常走著走著都不知道自己走到什麼地方了，然後問著路回到家中。

許三觀經常對許玉蘭說：「一樂像我，二樂像你，三樂這小崽子像誰呢？」

許三觀說這樣的話，其實是在說三個兒子裡他最喜歡一樂，到頭來偏偏是這個一樂，成了別人的兒子。有時候許三觀躺在藤榻裡，想著想著會傷心起來，會掉出來眼淚。

許三觀掉眼淚的時候，三樂走了過來，他看到父親在哭，也在一旁跟著父親哭上了。他不知道父親為什麼哭，也不知道自己為什麼哭。父親的傷心傳染給了他，就像別人打噴嚏的時候，他也會跟著打噴嚏一樣。

許三觀哭著的時候，發現身邊有一個人哭得比他還傷心，扭頭一看是三樂這小崽子，就對他揮揮手說：

「三樂，你走開。」

三樂只好走開去。這時候三樂已經是一個七歲的男孩了，他手裡拿著一個彈弓，口袋裡裝滿了小石子，走來走去，看到在屋簷上行走或者在樹枝上跳躍的麻雀，就用彈弓瞄準了，把小石子打出去，他打不著麻雀倒是把牠們嚇得胡亂飛起，嘰嘰喳喳地逃之夭夭。他站在那裡氣憤地向逃亡的麻雀喊叫：

「回來，你們回來。」

三樂的彈弓經常向路燈瞄準，經常向貓、向雞、向鴨子瞄準，經常向晾在竹竿上的衣服、掛在窗口的魚乾，還有什麼玻璃瓶、籃子、漂在河面上的蔬菜葉子瞄準。有一次，他將小石子打在了一個男孩的腦袋上。

那個男孩和三樂一樣的年紀，他好端端地在街上走著，突然腦袋上挨了一顆石子，他的身體搖晃了幾下，又伸手在挨了石子的地方摸了一會兒，然後才哇哇地哭了起來。他哭著轉過身體來，看到三樂手裡拿著彈弓對著他嘻嘻笑，他就邊哭邊走到三樂面前，伸手給了三樂一耳光，那記耳光沒有打在三樂的臉上，而是打在三樂的後腦勺上。三樂挨了一記耳光，也伸手還給了他一記耳光，兩個孩子就這樣輪流著一人打對方一記耳光，把對方的臉拍得劈啪響，不過他們的哭聲更為響亮，三樂也在哇哇地哭了。

那個孩子說：「我要叫我的哥哥來，我有兩個哥哥，我哥哥會把你揍扁的。」

三樂說：「你有兩個哥哥，我也有兩個哥哥，我的兩個哥哥會把你的兩個哥哥揍扁。」

於是兩個孩子開始商量，他們暫時不打對方耳光了，他們都回家去把自己的哥哥叫來，一個小時以後在原地再見。三樂跑回家，看到二樂在屋裡坐著打呵欠，就對二樂說：

「二樂，我跟人打架了，你快來幫我。」

二樂問：「你跟誰打架了？」

三樂說：「我叫不出他的名字。」

二樂又問：「那個人有多大？」

三樂說：「和我一樣大。」

二樂一聽那孩子和三樂一樣大，就拍了一下桌子，罵道：

「他媽的，竟還有人敢欺負我的弟弟，讓我去教訓教訓他。」

三樂把二樂帶到那條街上時，那個孩子也把他的哥哥帶來了，那孩子的哥哥比二樂整整高出一個腦袋，二樂見了頭皮一陣陣發麻，對跟在身後的三樂說：

「你就在我後面站著，什麼話也別說。」

那個孩子的哥哥看到二樂他們走過來，伸手指著他們，不屑一顧地問自己的弟弟：

「是不是他們？」

然後甩著胳膊迎上去，瞪著眼睛問二樂他們：

「是誰和我弟弟打架了？」

二樂攤開雙手，笑著對他說：

「我沒有和你弟弟打架。」

說著二樂把手舉到肩膀上，用大拇指指指身後的三樂：

「是我弟弟和你弟弟打架了。」

「那我就把你弟弟揍扁了。」

「我們先講講道理吧，」二樂對那個孩子的哥哥說，「道理講不通，你再揍我弟弟，那時我肯定不插手……」

「你插手了又怎麼樣？」

那個人伸手一推，把二樂推出去了好幾步。

「我還盼著你插手，我想把你們兩個人都揍扁了。」

「我肯定不插手，」二樂揮著手說，「我喜歡講道理……」

「講你媽個屁。」

那人說著給了二樂一拳，他說：

「我先把你揍扁了，再揍扁你弟弟。」

二樂一步一步往後退去，他邊退邊問那個孩子：

「他是你什麼人？他怎麼這麼不講道理？」

「他是我大哥，」那個孩子得意地說，「我還有一個二哥。」

二樂一聽他說還有一個二哥，立刻說：

「你先別動手。」

二樂指著三樂和那個孩子，對那孩子的哥哥說：

「這不公平，我弟弟叫來了二哥，你弟弟叫來了大哥，這不公平，你要是有膽量，讓我弟弟去把他大哥叫來，你敢不敢和我大哥較量較量？」

那人揮揮手說：「天下我沒有不敢的事，去把你們的大哥叫來，我把你們的大哥，還有你，你，都揍扁了。」

二樂和三樂就去把一樂叫了來。一樂來了，還沒有走近，他就知道那個人比他高了有半個腦袋，一樂對二樂和三樂說：

「讓我先去撒一泡尿。」

說著一樂拐進了一條巷子，一樂撒完尿出來時，兩隻手背在身後，手上拿了一塊三角的石頭。一樂低著頭走到那個人面前，聽到那個人說：

「這就是你們的大哥？頭都不敢抬起來。」

一樂抬起頭來看準了那個人腦袋在什麼地方，然後舉起石頭使勁砸在了那人的頭上，那個人「哇」的叫了一聲，一樂又連著在他的頭上砸了三下，把那個人砸到了地上，鮮血流了一地。一樂看他不會爬起來了，才扔掉石頭，拍了拍手上的灰塵，對嚇呆了的二樂和三樂招手，說：

「回家了。」

第八章

他們說：「方鐵匠的兒子被絲廠許三觀的兒子砸破腦袋了，聽說是用鐵榔頭砸的，腦殼上砸出了好幾道裂縫，那孩子的腦殼就跟沒拿住掉到地上的西瓜一樣，到處都裂開了……聽說是用菜刀砍的，菜刀砍進去有一、兩寸深，都看得見裡面白花花的腦漿，醫院裡的護士說那腦漿就像煮熟了的豆腐，還呼呼地往外冒著熱氣……陳醫生在方鐵匠兒子的腦殼上縫了幾十針……那麼硬的腦殼能用針縫嗎……不知道是怎麼縫的……是用鋼針縫的，那鋼針有這麼粗，比納鞋底用的針還要粗上幾倍……就是這麼粗的鋼針也扎不進去，聽說鋼針是用小榔頭敲進去的……先得把頭髮拔乾淨了……怎麼叫拔乾淨？是剃乾淨，又不是地上的草，那腦殼本來就裂開了，使勁一拔，會把腦殼一塊一塊拔掉的……這叫備皮，動手術以前要把周圍的毛刮乾淨，我去年割闌尾前就把屌毛刮乾淨了……」

許三觀對許玉蘭說：「你聽到他們說什麼了嗎？」

他們說：「方鐵匠的兒子被陳醫生救過來了，陳醫生在手術室裡站了有十多個小時……方鐵匠的兒子頭上纏滿了紗布，只露出兩隻眼睛，一個鼻尖和大半個嘴巴……方鐵匠的兒子從手術室裡出來後，在病房裡不聲不響躺了二十多個小時，昨天早晨總算把眼睛睜開了……方鐵匠的兒子能喝一點粥湯了，粥湯喝進去就吐了出來，還有糞便，方鐵匠的兒子嘴裡都吐出糞便來了……」

許三觀對許玉蘭說：「你聽到他們說什麼了嗎？」

他們說：「方鐵匠的兒子住在醫院裡，又是吃藥，又是打針，還天天掛個吊瓶，每天都要花不少錢，這錢誰來出？是許三觀出？還是何小勇出？反正許玉蘭是怎麼都跑不掉了，不管爹是誰，媽總還是許玉蘭……這錢許三觀肯出嗎？許三觀走來走去的，到處說要何小勇把一樂領回去……這錢應該何小勇出，許三觀把他的兒子白白養了九年……許三觀也把一樂的媽白白睡了九年，養兵千日，用在一時，要是有個女人白白陪我睡上九年，她的兒子有難了，我是不會袖手旁觀的……說得也對……對什麼？有個女人給你白睡了九年，長得又像許玉蘭那麼俏，這當然好，她兒子出了事，當然要幫忙，可許玉蘭是許三觀花了錢娶回家的女人，他們是夫妻，這夫妻之間能說是白睡嗎……你們說這錢許三觀會出嗎……不會……不會……許三觀已經做了九年烏龜了，以前他不知道，蒙在鼓裡也就算了，現在他知道了，知道了再出錢，這不是花錢買烏龜做嗎？」

許三觀對許玉蘭說：「你聽到他們說什麼了嗎？你聽不到全部的，也會聽到一些……方鐵匠來過好幾回了，要你們趕緊把錢籌足了送到醫院去，你和何小勇籌了有多少錢了？你哭什麼？你哭有什麼用，你別求我，要是二樂和三樂在外面闖了禍，我心甘情願給他們擦屁股去……一樂又不是我的兒子，我白養了他九年，他花了我多少錢？我不找何小勇算這筆帳已經夠客氣了，你沒聽到他們說什麼嗎？他們都說我心善，要是換成別人，兩個何小勇都被揍死啦……你別找我商量，這事跟我沒關係，這是他們何家的事，你沒聽到他們說什麼嗎？我要是出了這錢，我就是花錢買烏龜做……行啦，行啦，你別再哭啦，你一天接著一天的哭，都把我煩死了，這樣吧，你去告訴何小勇，我看在和你十年夫妻的情分上，看在一樂叫了我九年爹的情分上，我不把一樂送還給他了，以後一樂也由我來撫養，但是這一次，這一次的錢他非出不可，要不我就沒臉見人啦……他媽的，便宜那個何小勇了……」

第九章

許玉蘭走到許三觀面前，說她要去見何小勇了。當時許三觀正坐在屋裡紮著拖把，聽到許玉蘭的話，他伸手摸了摸鼻子，又擦擦嘴，什麼話都沒有說，繼續紮著拖把。許玉蘭又說：

「我要去見何小勇了，是你要我去找他的，我本來已經發誓了，發誓一輩子不見他。」

然後她問許三觀：「我是打扮好了去呢？還是蓬頭散髮地去？」

許三觀心想她還要打扮好了去見何小勇？她對著鏡子把頭髮梳得整整齊齊，抹上頭油擦上雪花膏，穿上精紡的線衣，把鞋上的灰拍乾淨，還有那條絲巾，她也會找出來繫在脖子上，然後，她高高興興地去見那個讓他做了九年烏龜的何小勇。許三觀把手裡的拖把一扔，站起來說：

「你他媽的還想讓何小勇來捏你的奶子？你是不是還想和何小勇一起弄個四樂出來？你還想打扮好了去？你就給我蓬頭散髮地去，再往臉上抹一點灶灰。」

許玉蘭說：「我要是臉上抹上灶灰，又蓬頭散髮，那何小勇見了會不會說：『你們來看，這就是許三觀的女人。』」

許三觀一想也對，不能讓何小勇那個王八蛋高興得意，他就說：

「那你就打扮好了再去。」

許玉蘭就穿上了那件精紡的線衣，外面是藏青色的卡其布女式翻領春秋裝，她把領口盡量翻得大一點，胸前多露出一些那件精紡線衣，然後又把絲巾找了出來，繫在脖子上，先是把結打在胸前，鏡子裡一照，看到把精紡線衣擋住了，就把結移到脖子的左側，塞到衣領裡，看了一會，她取出了那個結下面的兩片絲巾，讓它們翹著擱在衣領上。

她聞著自己臉上雪花膏的香味向何小勇家走去，衣領上的兩片絲巾在風裡抖動著，像是一雙小鳥的翅膀在拍打似的。許玉蘭走過了兩條街道，走進了一條巷子，來到何小勇家門前。她看到一個三十來歲的女人坐在何小勇家門口，在搓衣板上搓著衣服，她認出了這是何小勇的女人，瘦得像是一根竹竿。這個女人在十來年前就是這樣瘦，與何小勇一起走在街上，看到許玉蘭鼻子裡還哼了一聲，許玉蘭在他們身邊走過去以後忍不住咯咯笑出了聲音，她心想何小勇娶了一個沒有胸脯、也沒有屁股的女人。現在，這個女人還是沒有胸脯，屁股坐在凳子上。

許玉蘭對著何小勇敞開的屋門喊道：

「何小勇！何小勇！」

「誰呀？」

何小勇答應著從樓上窗口探出頭來，看到下面站著的許玉蘭，先是嚇了一跳，身體一下子縮了回去。過了一會兒，他沉著臉重新出現在窗口。他看著樓下這個比自己妻子漂亮的女人；這個和自己有過肉體之交的女人；這個經常和自己在街上相遇，卻不再和他說話的女人；這個女人正笑咪咪地看著自己。何小勇乾巴巴地說：

「你來幹什麼？」

許玉蘭說：「何小勇，很久沒有見到你了，你長胖了，雙下巴都出來了。」

何小勇聽到自己的妻子「呸」的吐了一口口水，他說：

「你來幹什麼？」

許玉蘭說：「你下來，你下來我再跟你說。」

何小勇看看自己的女人，「我不下來，我在樓上好好的，我為什麼要下來？」

許玉蘭說：「你下來，你下來我們說話方便。」

何小勇說：「我就在樓上。」

許玉蘭看了看何小勇的女人，又笑著對何小勇說：

「何小勇，你是不是不敢下來？」

何小勇又去看看自己的女人，然後聲音很輕地說：

「我有什麼不敢……」

這時何小勇的女人說話了，她站起來對何小勇說：

「何小勇，你下來，她能把你怎麼樣？她還能把你吃了？」

何小勇就來到了樓下，走到許玉蘭面前說：

「你說吧，有話快說，有屁快放。」

許玉蘭笑咪咪地說：「我是來告訴你一個好消息，許三觀說了，他不來找你算帳了，從今天起你就可以放心了。本來許三觀是要用刀來劈你，你把他的女人弄大了肚子，他又幫你養了九年的兒子，他用刀劈了你，也沒人會說他不對。許三觀說了，以前花在一樂身上的錢不向你要了，以後一樂也由他來養。何小勇，你撿了大便宜了，別人出錢幫你把兒子養大，你就做一個現成的爹，不花錢又不出力，許三觀可是吃大虧了，從一樂生下來那天起，他整夜整夜沒有睡覺，抱著一樂在屋子裡走來走去，這個一樂放下來就要哭，抱著才能睡。一樂的尿布，都是許三觀洗的，每年還要給他做一身新衣服，還得天天供他吃，供他喝，他的飯量比我還大。何小勇，許三觀說了，他不找你算帳了，你只要把方鐵匠兒子住醫院的錢出了……」

何小勇說：「方鐵匠的兒子住醫院和我有什麼關係？」

「你兒子把人家的腦袋砸破啦……」

「我沒有兒子，」何小勇說，「我什麼時候有兒子了？我就兩個女兒，一個叫何小英，一個叫何小紅。」

「你這個沒良心的。」

許玉蘭伸出一根指頭去戳何小勇，「你忘了那年夏天，你趁著我爹去上廁所，把我拖到床上，你這個黑心爛肝的，我前世造了什麼孽啊，讓你的孽種播到我肚子裡……」

何小勇揮手把許玉蘭的手指打開，「我堂堂何小勇怎麼會往你這種人的肚子裡播種，那是許三觀的孽種，還一口氣播進去了三顆孽種……」

「天地良心啊……」

許玉蘭眼淚出來了，「誰見了一樂都說，都說一樂活脫脫是個何小勇！你休想賴掉！除非你的臉被火燒糊了，被煤燙焦了，要不你休想賴掉，這一樂長得一天比一天像你了……」

看到很多人都在圍過來，何小勇的女人就對他們說：

「你們看，你們來看，天還沒黑呢，這個不要臉的女人就要來偷我家男人了。」

許玉蘭頭轉過去說：「我偷誰的男人也不會來偷這個何小勇，我許玉蘭當年長得如花似玉，他們都叫我油條西施。何小勇是我不要了扔掉的男人，你把他當寶貝撿了去……」

何小勇的女人上去就是一巴掌，打在許玉蘭的臉上，許玉蘭回手也給了她一巴掌，兩個女人立刻伸開雙臂胡亂揮舞起來，不一會都抓住了對方的頭髮，使勁揪著，何小勇的妻子一邊揪許玉蘭的頭髮一邊叫：

「何小勇，何小勇……」

何小勇上去抓住許玉蘭的兩隻手腕，用力一捏，許玉蘭「哎呀」叫了一聲，鬆開了手，何小勇對準許玉蘭的臉就是一巴掌，把許玉蘭打得一屁股坐在了地上。許玉蘭摸著自己的臉哇哇的哭了起來：

「何小勇，你這個挨千刀的，你這個王八蛋，你的良心被狗吃掉了……」

然後許玉蘭站起來，指著何小勇說：

「何小勇，你等著，你活不到明天了。你等著，我要許三觀拿著刀來劈你，你活不到明天了……」

許玉蘭在遭受打擊之後向何小勇宣判的死刑，沒有得到許三觀的支持。許玉蘭回到家中時，許三觀還在紮那個拖把，許玉蘭臉上掛著淚痕疲憊不堪地在許三觀對面坐下來，眼睛看著許三觀，看了一會兒眼淚掉了出來，許三觀看到她掉眼淚了，就知道沒要著錢，他說：

「我就知道你會空手回來的。」
許玉蘭說：「許三觀，你去把何小勇劈了。」
許三觀說：「你他媽的一看到何小勇心就軟了，就不向他要錢了，是不是？」
許玉蘭說：「許三觀，你去把何小勇劈了。」
許三觀說：「我告訴你，你要是不把錢去要來，明天方鐵匠就要帶著人來抄我們家了，把你的床，把你的桌子，把你的衣服，你的雪花膏，你的絲巾，全他媽的抄走。」
許玉蘭哭出了聲音，她說：
「我向他們要錢了，他們不給我，還揪我的頭髮，打我的臉，許三觀，你就容得下別人欺負你的女人……許三觀，我求你去把何小勇劈了，廚房裡的菜刀我昨天還磨過，你去把何小勇劈了。」
許三觀說：「我去把何小勇劈了，我怎麼辦？我去把何小勇劈死了，我就要去坐監獄，我就會被斃掉，你他媽的就是寡婦了。」
許玉蘭聽了這話以後，站起來走到了門口，坐在了門檻上，許三觀看到她往門檻上一坐，就知道她那一套又要來了。許玉蘭手裡揮動著擦眼淚的手絹，響亮地哭訴起來：
「我前世造了什麼孽啊？今生讓何小勇占了便宜，占了便宜不說，還懷了他的種；懷了他的種不說，還生下了一樂；生下了一樂不說，一樂還闖了禍……」

許三觀在裡面低聲喊：「你他媽的回來，你還要把我做烏龜的事喊叫出去……」

許玉蘭繼續哭訴：「一樂闖了禍不說，許三觀說他不管；許三觀不管，何小勇也不管，何小勇不僅不肯出錢，還揪我的頭髮打我的臉，何小勇傷天害理，何小勇不得好死！這些都不說了，明天方鐵匠帶人來怎麼辦？我怎麼辦啊？」

一樂、二樂、三樂聽到母親的哭訴，就跑回來站在母親面前。

一樂說：「媽，你別哭了，你回到屋裡去。」

二樂說：「媽，你別哭了，你為什麼哭？」

三樂說：「媽，你別哭了，何小勇是誰？」

鄰居也走了過來，鄰居們說：

「許玉蘭，你別哭了，你會傷身體的……許玉蘭，你為什麼哭？你哭什麼？」

二樂對鄰居們說：「是這樣的，我媽哭是因為一樂……」

一樂說：「二樂，你給我閉嘴。」

二樂說：「我不閉嘴，是這樣的，一樂不是我媽和我爹生的……」

一樂說：「二樂，你再說我揍你。」

二樂說：「一樂是何小勇和我媽生出來的……」

一樂給了二樂一個嘴巴，二樂也哇哇的哭了起來，許三觀在屋裡聽到了，心想一樂這雜種竟然敢打我的兒子，他跑出去，對準一樂的臉就是一巴掌，把一樂摑到了牆邊，他指著一樂說：

「小雜種，你爹欺負了我，你還想欺負我兒子。」

一樂突然挨了許三觀一巴掌，雙手摸著牆在那裡傻站著。這時許玉蘭伸手指著他哭訴：

「我命苦，一樂這孩子的命更苦，許三觀不要這孩子，何小勇也不要，一樂這孩子好端端地沒了爹，一個爹都沒有了……」

有一個鄰居說：「許玉蘭，你讓一樂自己去找何小勇，誰見了自己親生兒子不動心？那何小勇還沒有兒子，只有兩個女兒，見了一樂說不定眼淚都會掉出來。」

許玉蘭一聽這話，立刻不哭了，她看著站在牆邊咬著嘴唇的一樂說：

「一樂，你聽到了嗎？你快去，你去找何小勇，你就去叫他，叫他一聲爹……」

一樂貼著牆邊搖搖頭說：「我不去。」

許玉蘭說：「一樂，聽媽的話，你快去，去叫何小勇一聲爹，叫了一聲他要是不答應，你就再叫……」

一樂還是搖頭：「我不去。」

許三觀伸手指著一樂說：「你敢不去？你不去我揍扁你。」

說著許三觀走到一樂面前，一把將一樂從牆邊拉出來，把他往前推了幾步。許三觀一鬆開手，一樂馬上又回到了牆邊，許三觀回頭一看，一樂又貼著牆站在那裡了，他舉起手走上去，要去揍一樂，他巴掌剛要打下去時，突然轉念一想，又把手放下了，他說：

「他媽的，這一樂不是我兒子了，我就不能隨便揍他了。」

許三觀說著走開去，這時一樂響亮地說：

「我就是不去，何小勇不是我爹，我爹是許三觀。」

「放屁。」許三觀對鄰居們說：「你們看，這小雜種還想往我身上栽贓。」

坐在門檻上的許玉蘭這時候又哭了起來：

「我前世造了什麼孽啊……」

許玉蘭這時候的哭訴已經沒有了吸引力，她把同樣的話說了幾遍，她的聲音由於用力過久，正在逐漸地失去水分，沒有了清脆的彈性，變得沙啞和乾涸。她的手臂在揮動手絹時開始遲緩了，她喘氣的聲音越來越重。她的鄰居四散而去，像是戲院已經散場。她的丈夫也走開了，許三觀對許玉蘭的哭訴早就習以為常，因此他走開時彷彿許玉蘭不是在哭，而是坐在門口織著線衣。然後，二樂和三樂也走開了，這兩個孩子倒不是對母親越來越疲憊的哭訴失去了興趣，而是看到別人都走開了，他們的父親也走開了，所以他們也走開了。

只有一樂還站在那裡，他一直貼著牆站著，兩隻手放在身後抓住牆上的石灰。所有的人都走開以後，一樂來到了許玉蘭的身旁。那時候許玉蘭的身體倚靠在門框上，手絹不再揮動，她的手撐住了自己的下巴，她看到一樂走到面前，已經止住的眼淚又流了出來。這時一樂對她說：

「媽，你別哭了，我就去找何小勇，叫他爹。」

一樂獨自一人來到了何小勇的屋門前，他看到兩個年紀比他小的女孩在跳著橡皮筋，她們張開雙手蹦蹦跳跳，頭上的小辮子也在蹦蹦跳跳。一樂對她們說：

「你們是何小勇的女兒……那你們就是我的妹妹。」

兩個女孩不再跳躍了，一個坐在了門檻上，另一個坐在姊姊的身上，兩個女孩重疊在了一起，她們看著一樂。一樂看到何小勇和他很瘦的妻子從屋裡走了出來，就叫了何小勇一聲：

「爹。」

何小勇的妻子對何小勇說：「你的野種來啦，我看你怎麼辦？」

一樂又叫了一聲：「爹。」

何小勇說：「我不是你的爹，你快回去吧，以後不要再來了。」

一樂再叫了一聲：「爹。」

何小勇的妻子對何小勇說：「你還不把他趕走？」

一樂最後叫了一聲：「爹。」

何小勇說：「誰是你的爹？你滾開。」

一樂伸手擦了擦掛出來的鼻涕，對何小勇說：

「我媽說了，我要是叫你一聲爹，你不答應，我媽就要我多叫幾聲。我叫了你四聲爹了，你一聲都不答應，還要我滾開，那我就回去了。」

第十章

方鐵匠找到許三觀，要他立刻把錢給醫院送去，方鐵匠說：

「再不送錢去，醫院就不給我兒子用藥了。」

許三觀對方鐵匠說：「我不是一樂的爹，你找錯人了，你應該去找何小勇。」

方鐵匠問他：「你是什麼時候不做一樂的爹了？是一樂打傷我兒子以前？還是以後？」

「當然是以前，」許三觀說，「你想想，我做了九年的烏龜，我替何小勇養了九年的兒子，我再替他把你兒子住醫院的錢出了，我就是做烏龜王了。」

方鐵匠聽了許三觀的話，覺得他說得沒有錯，就去找何小勇，他對何小勇說：

「你讓許三觀做了九年的烏龜，許三觀又把你兒子養了九年，俗話說滴水之恩當湧泉相報，看在這九年的分上，你就把我兒子住醫院的錢出了。」

何小勇說：「憑什麼說一樂是我的兒子？就憑那孩子長得像我？這世上長得相像的人有的是。」

說完何小勇從箱底翻出了戶口本，打開來讓方鐵匠看：

「你看看，這上面有沒有許一樂這個名字？有沒有？沒有……誰家的戶口本上有許一樂這個名字，你兒子住醫院的錢就由誰出。」

何小勇也不肯出錢，方鐵匠最後就來找許玉蘭，對許玉蘭說：

「許三觀說一樂不是他的兒子，何小勇也說一樂不是他的兒子，他們都說不是一樂的爹，我只有來找你，好在一樂只有一個媽。」

許玉蘭聽完方鐵匠的話，雙手捣住臉嗚嗚地哭了起來，方鐵匠一直站在她身邊，等她哭得差不多了，方鐵匠才又說：

「你們再不把錢送來，我就要帶人來抄你們的家了，把你們家值錢的東西都搬走……我方鐵匠向來是說到做到的。」

隔了兩天，方鐵匠他們來了，拉了兩輛板車，來了七個人，他們從巷子口拐進來以後，差不多把巷子塞滿了。那是中午的時候，許三觀正要出門，他看到方鐵匠他們走過來，就知道今天自己的家要被抄了，他轉回身去對許玉蘭說：

「準備七個杯子，燒一壺水，那個罐子裡還有沒有茶葉？來客人了，有七個人。」

許玉蘭心想是誰來了，怎麼會有這麼多人，她就走到門口一看，看到是方鐵匠他們，許玉蘭的臉一下子白了，她對許三觀說：

「他們是來抄家的。」

許三觀說：「來抄家的也是客人，你快去準備茶水。」

方鐵匠他們走到了許三觀家門前，放下板車，都站在了那裡，方鐵匠說：

「我也是沒有辦法，我們都認識二十多年了，平日裡抬頭不見低頭見……我也是沒有辦法，我兒子在醫院裡等著錢，沒有錢醫院就不給我兒子用藥了……我兒子被你們家一樂砸破腦袋以後，我上你們家來鬧過嗎？沒有……我在醫院裡等著你們送錢來，都等了兩個星期了……」

許玉蘭這時候往門檻上一坐，坐在了中間，她張開雙臂像是要擋住他們似的說：

「你們別抄我的家，別搬我的東西，這個家就是我的命，我辛辛苦苦十年，十年省吃儉用才有今天這個家，求你們別進來，別進來搬我的家……」

許三觀對許玉蘭說：「他們人都來了，還拉著板車來，不會聽你說了幾句話就回去的，你起來吧，快去給他們燒一壺水。」

許玉蘭聽了許三觀的話，站起來抹著眼淚走開了，去替他們燒水。許玉蘭走後，許三觀對方鐵匠他們說：

「你們進去搬吧，能搬多少就搬多少，就是別把我的東西搬了，一樂闖的禍和我沒有一點關係，所以我的東西不能搬。」

許玉蘭在灶間給他們燒上了水，她通過灶間敞開的門，看著方鐵匠他們走進屋來，看著他們開始翻箱子移桌子；有兩個人把凳子抱了出去，放到了板車上；有一個人拿著幾件許玉蘭的衣服走出去，也放到了板車上；她陪嫁過來的兩只箱子放在兩輛板車上，還有兩塊也是陪嫁過來的綢緞，她一直捨不得穿到身上，現在也被放到了板車上，軟軟地擱在了那兩只箱子上。

許玉蘭看著他們把自己的家一點一點地搬空了，當她給他們燒開了水，沖了七杯茶，桌子已經沒有了，她不知道茶水該往什麼地方放了，她看到許三觀正幫著他們把吃飯和孩子做作業的桌子搬出去，搬到板車上。然後可能因為剛才過於用力，許三觀站在那裡呼呼地喘著粗氣，伸手擦著臉上的汗。她的眼淚不停地流著，她對搬著她家中物件的兩個人說：

「世上還有這種人，幫著別人來搬自己家裡的東西，看上去還比別人更賣力。」

最後，方鐵匠和另外兩個人搬起了許玉蘭和許三觀睡覺的床了，許三觀看到了急忙說：

「這床不能搬，這床有一半是我的。」

方鐵匠說：「你這個家裡值點錢的，也就是這張床了。」

許三觀說：「你們把我們吃飯的桌子搬了，那桌子有一半也是我的，你們把桌子搬了，把床給我留下吧。」

方鐵匠看看已經搬空了的這個家，點了點頭說：

「就把床給他們留下，要不他們晚上沒地方睡覺了。」

方鐵匠他們用繩子把板車上的桌子箱子什麼固定好以後，準備走了，有兩個人拉起了板車，方鐵匠說：

「我們走了？」

許三觀向他們笑著點點頭，許玉蘭身體靠在門框上，眼淚唰唰地流下來，她對他們說：

「你們喝一口茶再走吧。」

方鐵匠搖搖頭說：「不喝了。」

許玉蘭說：「都給你們沖好茶了，就放在灶間的地上，你們喝了再走，專門為你們燒的水……」

方鐵匠看了看許玉蘭說：「那我們就喝了再走。」

他們都走到灶間去喝茶，許玉蘭身體坐在了門檻上，他們喝了茶出來時，都從她身邊抬腳走了出去，看到他們拉起了板車，許玉蘭哭出了聲音，她邊哭邊說：

「我不想活了，我也活夠了，死了我反而輕鬆了，我死了就不用這裡操心、那裡操心了，不用替男人替兒子做飯洗衣服，也不會累，不會苦了，死了我就輕鬆了，比我做姑娘時還要輕鬆……」

方鐵匠他們拉起板車要走，聽到許玉蘭這麼一說，方鐵匠又放下板車，方鐵匠對許玉蘭和許三觀說：

「這兩車你們家裡的東西，我方鐵匠不會馬上賣掉的，暫時在我家放幾天，我給你們三天時間，四天也行，你們只要把錢送來了，我方鐵匠再把這些送回來，放到原來的地方。」

許三觀對方鐵匠說：「其實她也知道你是沒有辦法了，她就是一下子想不開。」

然後許三觀蹲下去對許玉蘭說：「方鐵匠也是沒辦法，怎麼說你的兒子也把人家兒子的腦袋砸破了，方鐵匠對我們已經很客氣了，要是換成別人，早把我們家給砸了……」

許玉蘭雙手捣著臉嗚嗚地哭，許三觀向方鐵匠揮揮手說：

「你們走吧，走吧。」

許三觀看著他和許玉蘭十年積累起來的這個家，大部分被放上了那兩輛板車，然後搖搖晃晃，互相碰撞著向巷子口而去。當板車在巷子口一拐彎消失後，許三觀的眼淚也嘩嘩地下來了，他彎下腰坐到了許玉蘭身旁，和許玉蘭一起坐在門檻上，一起嗚嗚地哭起來了。

第十一章

第二天，許三觀把二樂和三樂叫到跟前，對他們說：

「我只有你們兩個兒子，你們要記住了，是誰把我們害成這樣的，現在家裡連一只凳子都沒有了，本來你們站著的地方是擺著桌子的，我站著的地方有兩只箱子，現在都沒有了。這個家裡本來擺得滿滿的，現在空空蕩蕩，我睡在自己家裡就像是睡在野地裡一樣。你們要記住，是誰把我們害成這樣的……」

兩個兒子說：「是方鐵匠。」

「不是方鐵匠，」許三觀說，「是何小勇，為什麼是何小勇？何小勇瞞著我讓你們媽懷上了一樂，一樂又把方鐵匠兒子的腦袋砸破了，你們說是不是何小勇把我們害的？」

兩個兒子點了點頭。

「所以，」許三觀喝了一口水，繼續說，「你們長大了要替我去報復何小勇，你們認識何小勇的兩個女兒嗎？認識，你們知道何小勇的女兒叫什麼名字嗎？不知道，不知道沒關係，只要能認出來就行。你們記住，等你們長大以後，你們去把何小勇的兩個女兒強姦了。」

許三觀在自己空蕩蕩的家裡睡了一個晚上之後，覺得不能再這樣下去了，說什麼也要把被方鐵匠搬走的再搬回來，於是他想到賣血了，想到十年前與阿方和根龍去賣血的情景，今天這個家就是那一次賣血以後才有的。現在又需要他去賣血了，賣血掙來的錢可以向方鐵匠贖回他的桌子，他的箱子，還有所有的凳子……只是這樣太便宜何小勇了，他替何小勇養了九年的兒子，如今還要去替何小勇的兒子償還債務。這樣一想他的心就往下沉了，胸口像是被堵住一樣，所以他就把二樂和三樂叫到了跟前，告訴他們何小勇有兩個女兒，君子報仇十年不晚，十年以後，他要二樂和三樂十年以後去把何小勇的女兒強姦了。

許三觀的兩個兒子聽說要去強姦何小勇的女兒，張開嘴咯咯地笑了起來，許三觀問他們：

「你們長大以後要做些什麼？」

兩個兒子說：「把何小勇的女兒強姦了。」

許三觀哈哈哈地大笑起來，然後他覺得自己可以去賣血了。他離開了家，向醫院走去。許三觀是在這天上午作出這樣的決定的，他要去醫院，去找那個幾年沒有見過了的李血頭，把自己的袖管高高捲起，讓醫院裡最粗的針扎到他胳膊上最粗的血管裡去，然後把他身上的血往外抽，一管一管抽出來，再一管一管灌到一個玻璃瓶裡。他看到過自己的血，濃得有些發黑，還有一層泡沫浮在最上面。

許三觀提著一斤白糖推開了醫院供血室的門，他看到李血頭坐在桌子後面，穿著很髒的白大褂，手裡拿著一張包過油條的報紙，報紙彷彿在油裡浸過似的，被窗戶上進來的陽光一照，就像是一張透明的玻璃紙了。

李血頭放下正在看著的報紙，看著許三觀走過來。許三觀把手裡提著的一包白糖放在他面前，他伸手捏了捏白糖，然後繼續看著許三觀。許三觀笑嘻嘻地在李血頭對面坐下來，他看到李血頭腦袋上的頭髮比過去少了很多，臉上的肉倒是比過去多了，他笑嘻嘻地說：

「你有好幾年沒來我們廠買蠶蛹了。」

李血頭點點頭說：「你是絲廠的？」

許三觀點著頭說：「我以前來過，我和阿方、根龍一起來的，我很早就認識你了，你就住在南門橋下面，你家裡人都還好吧？你還記得我嗎？」

李血頭搖搖頭說：「我記不起來了，到我這裡來的人多，一般都是別人認識我，我不認識別人。你剛才說到阿方和根龍，這兩個人我知道，三個月前他們還來過。你什麼時候和他們一起來過？」

「十年前。」

「十年前？」李血頭往地上吐了一口痰，他說，「十年前來過的人我怎麼記得住？我就是神仙也不會記得你了。」

然後李血頭把兩隻腳擱到椅子上，他抱住膝蓋對許三觀說：

「你今天是來賣血？」

許三觀說：「是。」

李血頭又指指桌子上的白糖，「送給我的？」

許三觀說：「是。」

「我不能收你的東西，」李血頭拍了一下桌子說，「你要是半年前送來，我還會收下，現在我不會收你的東西了。上次阿方和根龍給我送了兩斤雞蛋來，我一個都沒要。我現在是共產黨員了，你知道嗎？我現在是不拿群眾一針一線。」

許三觀點著頭說：「我一家有五口人，一年有一斤白糖的票，我把今年的糖票一下子全花出去，就是為了來孝敬你……」

「是白糖？」

李血頭一聽是白糖，立刻把桌上的白糖拿在了手裡，打開來一看，看到了亮晶晶的白糖，李血頭說：

「白糖倒是很珍貴的，我剛才還以為是一斤鹽。」

說著李血頭往手裡倒了一些白糖，看著白糖說：

「這白糖就是細嫩，像是小姑娘的皮膚，是不是？」

說完，李血頭伸出舌頭將手上的白糖舔進了嘴裡，瞇著眼睛品嚐了一會後，將白糖包好還給許三觀。許三觀推回去：

「你就收下吧。」

「不能收下，」李血頭說，「我現在不拿群眾一針一線了。」

許三觀說：「我專門買來孝敬你，你不肯收下，我以後送給誰？」

「你留著自己吃。」李血頭說。

「自己哪捨得吃這麼好的糖，這白糖就是送人的。」

「說得也對，」李血頭又把白糖拿過來，「這麼好的白糖自己吃了確實可惜，這樣吧，我再往自己手心裡倒一點。」

李血頭又往手裡倒了一些白糖，伸出舌頭又舔進了嘴裡。李血頭嘴裡品嚐著白糖，手將白糖推給許三觀，許三觀推還給李血頭：

「你就收下吧，我不說沒有人會知道。」
李血頭不高興了，他收起臉上的笑容說：
「我是為了不讓你為難，才吃一點你的白糖，你不要得尺進丈。」
許三觀看到李血頭真的不高興了，就伸手把白糖拿了過來說：
「那我就收起來了。」
李血頭看著許三觀把白糖放進了口袋，他用手指敲著桌子問：
「你叫什麼名字？」
「許三觀。」
「許三觀？」李血頭敲著桌子，「許三觀，這名字很耳熟……」
「我以前來過。」
「不是，」李血頭擺了擺手，「許三觀？許三……噢！」
李血頭突然叫了起來，他哈哈笑著對許三觀說：
「我想起來了，許三觀就是你？你就是那個烏龜……」

第十二章

許三觀賣了血以後，沒有馬上把錢給方鐵匠送去，他先去了勝利飯店，坐在靠窗的桌前，他想起來十年前第一次賣血之後也是坐在了這裡，他坐下來以後拍著腦袋想了想，想起了當年阿方和根龍是拍著桌子叫菜叫酒的，於是他一隻手伸到了桌子上，拍著桌子對跑堂的喊道：

「一盤炒豬肝，二兩黃酒……」

跑堂答應了一聲，正要離去，許三觀覺得還漏掉了一句話，就抬起手讓跑堂別走，跑堂站在他的身邊，用抹布擦著已經擦過了的桌子問他：

「你還要點什麼？」

許三觀的手舉在那裡，想了一會兒還是沒有想起來，就對跑堂說：

「我想起來再叫你。」

跑堂答應了一聲：「哎。」

跑堂剛走開，許三觀就想起那句話來了，他對跑堂喊：

「我想起來了。」

跑堂立刻走過來問：「你還要什麼？」

許三觀拍著桌子說：「黃酒給我溫一溫。」

他把錢還給方鐵匠以後，方鐵匠從昨天幫他搬東西的六個人裡面叫了三個人，拉上一輛板車，把他的東西送回來了，方鐵匠對他說：

「其實你的家一車就全裝下了，昨天我多拉了一輛車，多叫了三個人。」

與方鐵匠一起來的三個人，一個拉著車，兩個在車兩邊扶著車上的物件，走到許三觀家門口了，他們對許三觀說：

「許三觀，你要是昨天把錢送來，就不用這麼搬來搬去了。」

「話不能這麼說，」許三觀卸著車上的凳子說，「事情都是被逼出來的，人只有被逼上絕路了，才會有辦法，沒上絕路以前，不是沒想到辦法，就是想到了也不知道該不該去做。要不是醫院裡不給方鐵匠兒子用藥了，方鐵匠就不會叫上你們來抄我的家，方鐵匠你說呢？」

方鐵匠還沒有點頭，許三觀突然大叫一聲：

「完了。」

把方鐵匠他們嚇了一跳，許三觀拍著自己的腦袋，把自己的腦袋拍得劈啪響，方鐵匠他們發呆地看著許三觀，不知道他是打自己耳光呢，還是隨便拍拍？許三觀哭喪著臉對方鐵匠他們說：

「我忘了喝水了。」

許三觀這時才想起來他賣血之前沒有喝水，他說：

「我忘了喝水了。」

「喝水？」方鐵匠他們不明白，「喝什麼水？」

「什麼水都行。」

許三觀說著搬著那只剛從車上卸下來的凳子走到了牆邊，靠牆坐了下來，他抬起那條抽過血的胳膊，將袖管捲起來，看著那發紅的針眼，對方鐵匠他們說：

「我賣了兩碗，這兩碗的濃度抵得上三碗。我忘了喝水了，這些日子我是接二連三地吃虧……」

方鐵匠他們問：「兩碗什麼？」

那時候許玉蘭正坐在她父親的家中，她坐在父親每天都要躺著午睡的藤榻上抹著眼淚，她的父親坐在一只凳子上眼圈也紅了。許玉蘭將昨天被方鐵匠他們搬走的東西，數著手指一件一件報給她的父親，接著又把沒有被搬走的也數著手指報給她的父親，她說：

「我辛辛苦苦十年，他們兩個多小時就搬走了我七、八年的辛苦，連那兩塊綢緞也拿走了，那是你給我陪嫁的，我一直捨不得用它們……」

就在她數著手指的時候，方鐵匠他們把東西搬回去了，等她回到家中時，方鐵匠他們已經走了，她站在門口瞪圓了眼睛，她半張著嘴看到昨天被搬走的東西又回到了原來的地方，她十年的辛苦全在屋裡擺著，她把桌子、箱子、凳子……看了一遍又一遍，然後才去看和她十年一起辛苦過來的許三觀，許三觀正坐在屋子中間的桌旁。

第十三章

許玉蘭問許三觀：「你是向誰借的錢？」

許玉蘭伸直了她的手，將她的手指一直伸到許三觀的鼻子前，她說話時手指就在許三觀的鼻尖前抖動，抖得許三觀的鼻子一陣陣地發酸，許三觀拿開了她的手，她又伸過去另一隻手，她說：

「你還了方鐵匠的債，又添了新的債，你是拆了東牆去補西牆，東牆的窟窿怎麼辦？你向誰借的錢？」

許三觀捲起袖管，露出那個針眼給許玉蘭看：

「看到了嗎？看到這一點紅的了嗎？這像是被臭蟲咬過一口的紅點，那是醫院裡最粗的針扎的。」

然後許三觀放下袖管，對許玉蘭叫道：

「我賣血啦！我許三觀賣了血，替何小勇還了債，我許三觀賣了血，又去做了一次烏龜。」

許玉蘭聽說許三觀賣了血，「啊呀」叫了起來：

「你賣血也不和我說一聲，你賣血為什麼不和我說一聲？我們這個家要完蛋啦，家裡有人賣血啦，讓別人知道了他們會怎麼想？他們會說許三觀賣血啦，許三觀活不下去了，所以許三觀去賣血了。」

許三觀說：「你聲音輕一點，你不去喊叫就沒有人會知道。」

許玉蘭仍然響亮地說著：「從小我爹就對我說過，我爹說身上的血是祖宗傳下來的，做人可以賣油條、賣屋子、賣田地……就是不能賣血。就是賣身也不能賣血，賣身是賣自己，賣血就是賣祖宗，許三觀，你把祖宗給賣啦。」

許三觀說：「你聲音輕一點，你在胡說些什麼？」

許玉蘭掉出了眼淚，「沒想到你會去賣血，你賣什麼都行，你為什麼要去賣血？你就是把床賣了，把這屋子賣了，也不能去賣血。」

許三觀說：「你聲音輕一點，我為什麼賣血？我賣血就是為了做烏龜。」

許玉蘭哭著說：「我聽出來了，我聽出來你是在罵我，我知道你心裡在恨我，所以你嘴上就罵我了。」

許玉蘭哭著向門口走去，許三觀在後面低聲喊叫：

「你回來，你這個潑婦，你又要坐到門檻上去了，你又要去喊叫了……」

許玉蘭沒有在門檻上坐下，她的兩隻腳都跨了出去。她轉身以後一直向巷子口走去，走出了巷子，她沿著那條大街走到頭，又走完了另一條大街，走進了一條巷子，最後她來到了何小勇家門口。

許玉蘭站在何小勇敞開的門前，雙手拍拍自己的衣服，又用手指梳理了自己的頭髮，然後她亮起自己的嗓子對周圍的人訴說了起來：

「你們都是何小勇的鄰居，你們都認識何小勇，你們都知道何小勇是個黑心爛肝的人，你們都知道何小勇不要自己的兒子，你們都知道我前世造了孽，今生讓何小勇占了便宜，這些我都不說了……我今天來是要對你們說，我今天才知道我前世還燒了香，讓我今生嫁給了許三觀，你們不知道許三觀有多好，他的好是幾天幾夜都說不完，別的我都不說了，我就說說許三觀賣血的事，許三觀為了我，為了一樂，為了這個家，今天都到醫院裡去賣血啦，你們想想，賣血是要丟命的，就是不丟命，也會頭暈，也會眼花，也會沒有力氣，許三觀為了我，為了一樂，為了我們這個家，是命都不要了……」

何小勇很瘦的妻子站到了門口，冷冷地說：

「許三觀這麼好，你還要偷我家何小勇。」

許玉蘭看到何小勇的妻子在冷笑，她也冷笑了起來，她說：

「有一個女人前世做了很多壞事，今世就得報應了，生不出兒子，只能生女兒，這女兒養大了也是別人家裡的人，替別人傳香火，自己的香火就斷掉啦。」

何小勇的妻子一步跨出了門檻，雙手拍著自己的大腿說：

「有一個女人死不要臉，偷了別人兒子的種，還神氣活現的。」

許玉蘭說：「一口氣生下了三個兒子的女人，當然神氣。」

何小勇妻子說：「三個兒子不是一個爹，還神氣？」

「兩個女兒也不見得就是一個爹。」

「只有你，只有你這種下賤女人才會有幾個男人。」

「你就不下賤啦？你看看自己的褲襠裡有什麼？你褲襠裡夾著一個百貨店，誰都能進。」

「我褲襠裡夾了個百貨店，你褲襠裡夾了一個公共廁所……」

有一個人來對許三觀說：「許三觀，你快去把你的女人拉回來，你的女人和何小勇的女人越說越下流啦，你快去把你女人拉回來，要不你的臉都被丟盡啦。」

又有一個人來對許三觀說：「許三觀，你的女人和何小勇的女人打起來啦，兩個人揪頭髮，吐唾沫，還用牙齒咬。」

最後一個過來的是方鐵匠，方鐵匠說：

「許三觀，我剛才從何小勇家門前走過，那裡圍了很多人，起碼有三十來個人，他們都在看你女人的笑話，你女人與何小勇的女人又打又罵的，她們嘴裡吐出來的話實在太難聽了，讓別人聽了哈哈笑，我還聽到他們私下裡在說你，說你許三觀是賣血做烏龜……」

許三觀說：「讓她去吧……」

說著許三觀坐到了桌旁的凳子上，他看著站在門口的方鐵匠說：

「她是破罐子破摔，我也就死豬不怕開水燙了。」

第十四章

許三觀想起了林芬芳，辮子垂到腰下的林芬芳嫁給了一個戴眼鏡的男人，生下一男一女，然後開始發胖了，一年比一年胖，林芬芳就剪掉了辮子，留起了齊耳短髮。

許三觀看著她的脖子變短了，肩膀變粗了，看著她的腰變得看不清楚了，看著她手指上的肉如何鼓出來……他還是把最好的蠶繭往她那裡送，一直送到現在。

現在的林芬芳經常提著籃子走在街上。她的籃子裡有時候放著油鹽醬醋；有時候放著買來的蔬菜，在蔬菜的上面偶爾會出現一塊很肥的豬肉，或者一、兩條已經死去的鰱魚；當她的籃子裡放著準備清洗的衣服時，她就會向河邊走去，她另一隻手裡總是要拿著一只小木凳，她的身體太重了，她在河邊蹲下去時兩條腿會哆嗦起來，所以她要坐在河邊，脫掉自己的鞋，自己的襪子，將褲管捲起來，把兩隻胖腳丫伸到河水裡，這一切都完成以後，她才能從籃子裡取出衣服在河水裡清洗起來。

林芬芳提著籃子走在街上，因為身體的肥胖，她每走一步都要搖晃一下，在街上走得最慢的人都會超過她。她笑呵呵地走在別人的後面，街上的人都知道她是誰，都知道她是絲廠的林芬芳，那個城裡最胖的女人，那個就是不吃飯不吃菜，光是喝水都會長肉的女人，他們都知道這個一走上街就笑呵呵的女人叫林芬芳。

許玉蘭經常在清晨買菜的時候見到林芬芳，見到她提著籃子一個一個菜攤子走過去，和賣菜的一個一個地去討價還價，然後慢吞吞地蹲下去，一棵一棵地去挑選著青菜、白菜、芹菜什麼的。許玉蘭經常對一樂、二樂、三樂說：

「你們知道絲廠的林芬芳嗎？她做一身衣服要剪兩個人的布料。」

林芬芳也知道許玉蘭，知道她是許三觀的女人，知道她給許三觀生了三個兒子，她生了三個兒子以後一點都沒有發胖，只是肚子稍稍有些鼓出來。她和賣菜的說話時聲音十分響亮，她首先在聲音上把他們壓下去，然後再在價格上把他們壓下去。她買菜的時候不像別人那樣幾個人擠在一起，一棵一棵地去挑選，而是把所有的菜都抱進自己的籃子，接著將她不要的菜再一棵一棵地扔出來，她從來不和別人共同挑選，她只讓別人去挑選她不要的那些菜。林芬芳經常站在她的身旁，看著她蹲在那裡衣服繃緊後顯示出的腰部，她的腰一點都沒有粗起來，她的兩隻手飛快地在籃子裡進進出出，她的眼睛同時還向別處張望。

林芬芳對許三觀說：

「我認識你的女人，我知道她叫許玉蘭，她是南塘街上炸油條的油條西施，她給你生了三個兒子，她還是長得像姑娘一樣，不像我，都胖成這樣了。你的女人又漂亮又能幹，手腳又麻利，她買菜的時候……我沒有見過像她這麼霸道的女人……」

許三觀對林芬芳說：「她是一個潑婦，她一不高興就要坐到門檻上又哭又叫，她還讓我做了九年的烏龜……」

林芬芳聽了這話咯咯地笑了起來，許三觀看著林芬芳繼續說：

「我現在想起來就後悔，我當初要是娶了你，我就不會做烏龜了……林芬芳，你什麼都比許玉蘭好，就是你的名字也要比許玉蘭這個名字好聽，寫出來也好看。你說話時的聲音軟綿綿的，那個許玉蘭整天都是又喊又叫，晚上睡覺時還打呼嚕。你一回家就把門關上了，家裡的事你從來不到外面去說，那麼多年下來，我沒聽你說過你家男人怎麼不好，我家的那個許玉蘭只要有三天沒有坐到門檻上哭哭叫叫，她就會難受，比一個月沒有拉屎還要難受……這些都不說了，最要命的是她讓我做了九年的烏龜，我自己還不知道已經做了九年的烏龜了，要不是一樂越長越像那個狗日的何小勇，我一輩子都被蒙在鼓裡了……」

林芬芳看到許三觀說得滿頭大汗，就把手裡的扇子移過去給他搧起了風，林芬芳對他說：

「你家的許玉蘭長得比我漂亮……」

「長得也沒有你漂亮，」許三觀說，「你從前比她漂亮。」

「從前我是很漂亮的，現在我長胖了，現在我比不上許玉蘭。」

許三觀這時候問林芬芳：「我當初要是娶你的話，你會不會嫁給我？」

林芬芳看著許三觀咯咯地笑，她說：

「我想不起來了。」

許三觀說：「怎麼會想不起來？」

林芬芳說：「是想不起來了，都十年過去了。」

他們說話的時候，林芬芳正躺在自己的床上，許三觀坐在床前的椅子裡，林芬芳那位戴眼鏡的丈夫在牆上鏡框裡看著他們。這時候的林芬芳摔斷了右腿，她是在河邊石階上滑倒的，她剛剛把清洗乾淨的衣服放進籃子裡，站起來才跨出去了一步，她的左腳踩在了一塊西瓜皮上，她還來不及喊叫就摔倒了，摔斷了右腿。

許三觀這天上午推著蠶繭來到車間裡，沒有看到林芬芳，他就在林芬芳的繅絲機旁站了一會兒，然後在車間裡轉了一圈，和另外幾個繅絲女工推推打打了一陣子，他還是沒有看到林芬芳，他以為林芬芳上廁所去了，他就說：
「林芬芳是不是掉進廁所裡去了，這麼久還沒有回來。」
她們說：「林芬芳怎麼會掉進廁所裡去？她那麼胖，她的屁股都放不進去，我們才會掉進去呢。」
許三觀說：「那她去哪裡了？」
她們說：「你沒有看到她的繅絲機都關掉了？她摔斷了腿，她腿上綁著石膏躺在家裡，她左腳踩在了西瓜皮上，摔斷的倒是右腳，這是她自己說的，我們都去看過她了，你什麼時候也去看望她？」
許三觀在心裡對自己說：「我今天就去看望她。」
下午的時候，許三觀坐在了林芬芳床前的椅子裡，林芬芳穿著紅紅綠綠的褲衩躺在床上，她手裡拿著一把扇子給自己搧著風，她的右腿綁上了繃帶，左腿光溜溜地放在草席上，她看到許三觀進來了，就拉過來一條毯子，把兩條腿都蓋住。
許三觀看著她肥胖的身體躺在床上，身上的肉像是倒塌的房屋一樣鋪在了床上，尤其是她碩大的胸脯，滑向兩側時都超過了肩膀。毯子蓋住了她的腿，她的腿又透過毯子向許三觀顯示肥碩的線條。許三觀問林芬芳：
「是哪條腿斷了？」

林芬芳指指自己的右腿，「這條腿。」

許三觀把手放在她的右腿上說：「這條右腿？」

林芬芳點了點頭，許三觀的手在她腿上捏了一下說：

「我捏到綳帶了。」

許三觀的手放在了林芬芳的腿上，放了一會兒，許三觀說：

「你腿上在出汗。」

林芬芳微微地笑著，許三觀說：

「你蓋著毯子太熱了。」

說著許三觀揭開了林芬芳腿上的毯子，他看到了林芬芳的兩條腿，一條被綳帶裹著，另一條光溜溜地伸在那裡，許三觀從來沒有見過這麼粗的腿，腿上的粉白的肉鋪展在草席上，由於肉太多，又湧向兩端，林芬芳的腿看上去扁扁的兩大片，它們從一條又紅又綠的短褲衩裡伸出來，讓許三觀看得氣喘吁吁，他抬起頭來看了看林芬芳，看到林芬芳還是微笑著，他就咧著嘴笑著說：

「想不到你的腿會這麼又嫩又白，比肥豬肉還要白。」

林芬芳說：「許玉蘭也很白很嫩的。」

許三觀說：「許玉蘭的臉和你的臉差不多白，她身上就不如你白了。」

然後許三觀的手在林芬芳的膝蓋上捏了捏，問她：

「是這裡嗎？」

林芬芳說：「在膝蓋下面一點。」

許三觀在她膝蓋下面一點的地方捏了捏，「這裡疼嗎？」

「有點疼。」

「就是這裡斷了骨頭。」

「還要下去一點。」

「那就是這裡了。」

「對了，這裡很疼。」

然後，許三觀的手回到了林芬芳的膝蓋上捏了捏，問林芬芳：

「這裡疼嗎？」

林芬芳說：「不疼。」

許三觀的手移到膝蓋上面捏了捏，「這裡呢？」

「不疼。」

許三觀看著林芬芳的大腿從褲衩裡出來的地方，他的手在那裡捏了捏，他問林芬芳：

「大腿根疼不疼？」

林芬芳說：「大腿根不疼。」

林芬芳話音未落，許三觀霍地站了起來，他的雙手撲向了林芬芳豐碩的胸脯……

第十五章

許三觀從林芬芳家裡出來，彷彿是從澡堂裡出來似的身上沒有了力氣，他在夏日的陽光裡滿頭大汗地走完了一條大街，正要拐進一條街時，看到有兩個戴著草帽挑著空擔子的鄉下人向他招手，叫著他的名字。他們就站在街道的對面，他們問許三觀：

「你是不是許三觀？」

許三觀說：「我是許三觀。」

然後，許三觀認出了他們，認出他們是從他已經死去的爺爺的那個村莊裡來的，他伸出手指過去，指著他們叫道：

「我知道你們是誰？你是阿方，你是根龍。我知道你們進城來幹什麼？你們是來賣血的。我看到你們腰裡都繫著一只白瓷杯子，以前你們是口袋裡放一只碗，現在你們換成白瓷杯子了，你們喝了有多少水啦？」

「我們喝了有多少水了？」根龍問阿方。

根龍和阿方從街對面走過來，阿方說：

「我們也不知道喝了有多少水了。」

許三觀這時想起了十多年前李血頭的話，他對他們說：

「你們還記得嗎？李血頭說你們的尿肚子，他是說膀胱，你們的膀胱比女人懷孩子的子宮還要大。你們叫尿肚子，李血頭叫膀胱，這膀胱是尿肚子的學名……」

接下去他們三個人站在大街上哈哈笑了一陣，許三觀自從第一次和他們一起賣血以後，這十來年裡只見過他們兩次，兩次都是他回到村裡去奔喪，第一次是他爺爺死了，第二次是他四叔死了。阿方說：

「許三觀，你有七、八年沒有回來了。」

許三觀說：「我爺爺死了，我四叔也死了，兩個和我最親的人都死了，我也就死了回村裡的心了。」

七、八年時間沒有見過他們，許三觀覺得阿方老了，頭髮也花白了，阿方笑的時候臉上的皺紋湧來湧去的，像是一塊石頭扔進水裡，一石擊起千層浪。許三觀對阿方說：

「阿方，你老了。」

阿方點著頭說：「我都四十五歲了。」

根龍說：「我們鄉下人顯老，要是城裡人，四十五歲看上去就像是三十多歲。」

許三觀去看根龍，根龍比過去結實了很多，他穿著背心，胸膛上胳膊上全是一塊一塊的肌肉，許三觀對根龍說：

「根龍，你越長越結實了，你看你身上的肌肉，你一動就像小松鼠那樣竄來竄去的。你娶到桂花了嗎？那個屁股很大的桂花，我四叔死的時候你還沒娶她。」

根龍說：「她都給我生了兩個兒子了。」

阿方問許三觀：「你女人給你生了幾個兒子？」

許三觀本來是要說生了三個兒子，可轉念一想一樂是何小勇的兒子，他就說：

「和根龍的女人一樣，也生了兩個兒子。」

許三觀在心裡想：要是兩個月以前阿方這麼問我，我就會說生了三個兒子。他們不知道我許三觀做了九年的烏龜，他們不知道我就不說了。

然後許三觀對阿方和根龍說：「我看到你們要去賣血，不知道為什麼我身上的血也癢起來了。」

阿方和根龍就說：「你身上的血癢起來了，就是說你身上的血太多了，這身上的血一多也難受，全身都會發脹，你就跟著我們一起去賣血吧。」

許三觀想了想，就和他們一起往醫院走去。他走去的時候心裡想著林芬芳，他覺得林芬芳對他真是好，他去摸她的腳，她讓他摸了，他去摸她的大腿根，她讓他摸了，他跳起來捏住她的兩個奶子，她也讓他捏了，他想幹什麼，她都讓他幹成了。林芬芳都摔斷了腿，還讓他幹那種事，他把她的斷腿碰疼了，她也只是哼哼哈哈叫了幾聲。許三觀心想應該給她送十斤肉骨頭，送五斤黃豆。醫院裡的醫生經常對骨頭斷掉的病人說：

「要多吃肉骨頭燉黃豆。」

光送些肉骨頭和黃豆還不夠，還得送幾斤綠豆，綠豆是清火的，林芬芳天天躺在床上，天氣又熱，綠豆吃了能讓她涼快一些。除了綠豆，再送一斤菊花，泡在水裡喝了也是清火的。他跟著阿方和根龍去賣血，賣血掙來的錢就可以給林芬芳買肉骨頭，買黃豆、綠豆和菊花，這樣也就報答林芬芳了。

他賣血能掙三十五塊錢，給林芬芳買了東西後還有三十來塊錢，這三十來塊錢他要藏起來，要花在他自己身上，花在二樂和三樂身上也行，有時候也可以花到許玉蘭身上，就是不能花到一樂身上。

許三觀跟著阿方和根龍來到醫院前，他們沒有馬上走進醫院，因為許三觀還沒有喝水，他們來到醫院近旁的一口井前，根龍提起井旁的木桶，扔進井裡打上來一桶水，阿方解下腰裡的白瓷杯子遞給許三觀。許三觀拿著阿方的杯子，蹲在井旁喝了一杯又一杯，阿方在邊上數著，數到第六杯時，許三觀說喝不下去了，根龍說最少也得喝十來杯，阿方說根龍說得對。許三觀就喝起了第七杯，他喝幾口，就要喘一會兒粗氣，第九杯沒有喝完，許三觀站起來，說不能再喝了，再喝就要出人命了，而且他的腿也蹲麻了。阿方說腿蹲麻了就站著喝，根龍說再喝一杯，許三觀連連搖頭，說他一口也不能喝了，他說他身上的血本來已經在發脹了，水喝多了就脹得更難受了。阿方說那就去醫院吧，於是他們三個人走進了醫院。

他們把身上的血賣給了李血頭，從李血頭手裡拿過來錢以後，就來到了勝利飯店，三個人在靠窗的桌旁一坐下，許三觀搶在阿方和根龍前面拍起了桌子，對著跑堂喊道：

「一盤炒豬肝，二兩黃酒，黃酒給我溫一溫。」

然後他心滿意足地看著阿方和根龍也和他一樣地拍起了桌子，阿方和根龍先後對跑堂說：

「一盤炒豬肝，二兩黃酒。」

「一盤炒豬肝，二兩黃酒。」

許三觀看到他們忘了說「黃酒溫一溫」這句話，就向離開的跑堂招招手，然後指著阿方和根龍對跑堂說：

「他們的黃酒溫一溫。」

跑堂說：「我活到四十三歲了，沒見過大熱天還要溫黃酒的。」

許三觀聽了這話，就去看阿方和根龍，看到他們兩個人都嘻嘻笑了，他知道自己丟醜了，也跟著阿方和根龍嘻嘻笑了起來。

笑了一會，阿方對許三觀說：「你要記住了，你賣了血以後，十天不能和你女人幹事。」

許三觀問：「這是為什麼？」

阿方說：「吃一碗飯才只能生出幾滴血來，而一碗血只能變成幾顆種子，我們鄉下人叫種子，李血頭叫精子……」

許三觀這時候心都提起來了，他想到自己剛才還和林芬芳一起幹事了，這麼一想他覺得自己都要癱瘓了，他問阿方：

「要是先和女人幹了事，再去賣血呢？」

阿方說：「那就是不要命了。」

第十六章

一個戴眼鏡的男人提著十斤肉骨頭、五斤黃豆、兩斤綠豆、一斤菊花，滿頭大汗地來到了許玉蘭家，許玉蘭不知道他是誰，看著他把提來的東西往桌子上一放，又看著他撩起汗衫擦乾淨臉上的汗水，再看著他拿起她涼在桌上的一大杯子水咕咚咕咚地全喝了下去。戴眼鏡的男人喝完了水，對許玉蘭說：

「你是許玉蘭，我認識你，大家都叫你油條西施，你的男人叫許三觀，我也認識，你知道我是誰嗎？我是林芬芳的男人，絲廠的林芬芳，和你的男人在一個廠，一個車間，我的女人去河邊洗衣服，洗完衣服站起來就摔倒了，摔斷了右腿……」

許玉蘭插進去問他：「怎麼摔倒的？」

「踩到了一塊西瓜皮，」戴眼鏡的男人問許玉蘭，「許三觀呢？」

「他不在，」許玉蘭說，「他在絲廠上班，他馬上就要回來了。」

然後許玉蘭看著桌上的肉骨頭、黃豆什麼的對他說：

「你以前沒到我家來過，許三觀也沒說起過你，你剛才進來時，我還在心裡想這人是誰呀？怎麼給我們送這麼多東西來，你看那張桌子都快放不下了。」

戴眼鏡的男人說：「這不是我送給你們的，這是許三觀送給我女人林芬芳的。」

許玉蘭說：「許三觀送給你的女人？你的女人是誰？」

「我剛才說過了，我的女人叫林芬芳。」

「我知道了，」許玉蘭說，「就是絲廠的林大胖子。」

戴眼鏡的男人說完那句話以後，什麼話都不說了，他坐在許玉蘭家的門旁，好像沒有遇到風的樹一樣安靜。他看著門外，等著許三觀回來。讓許玉蘭一個人在桌子旁站著，看著肉骨頭，看著黃豆，看著綠豆和菊花，心裡一陣陣糊塗。

許玉蘭對他說，又像是在對自己說：

「許三觀為什麼給你女人送東西？一送就送了這麼多，把這張桌子都快堆滿了，這肉骨頭有十來斤，這黃豆有四、五斤，這綠豆也有兩斤，還有一斤菊花。他送這麼多東西給你的女人……」

許玉蘭一下子明白了，「許三觀肯定和你的女人睡過覺了。」

許玉蘭喊叫起來：「許三觀，你這個敗家子。平日裡比誰都要小氣，我扯一塊布，你都要心疼半年。可是給別的女人送東西，一送就送這麼多，多得我掰著手指數都數不過來……」

然後，許三觀回來了。許三觀看到一個戴眼鏡的男人坐在他家門口，他認出來這是林芬芳的男人，於是腦子裡「嗡嗡」叫了兩聲，他跨進家門，看到桌子上堆的東西，腦子裡又「嗡嗡」叫了兩聲。他再去看許玉蘭，許玉蘭正對著他在喊叫，他心想自己要完蛋了。

戴眼鏡的男人這時站起來，走到屋外，向許三觀的鄰居們說：

「你們都過來，我有話要對你們說，你們都過來，小孩也過來，你們聽我說……」

戴眼鏡的男人指著桌上的東西，對許三觀的鄰居們說：

「你們都看到桌子上堆著的肉骨頭、黃豆、綠豆了吧？還有一斤菊花你們看不到，被肉骨頭擋住了，這是許三觀送給我女人的，我女人叫林芬芳，這城裡很多人都認識她，你們也認識她？我看到你們點頭了。我女人和這個許三觀都在絲廠裡工作，還在一個車間。我女人去河邊洗衣服時摔了一跤，把腿摔斷了，這個許三觀就到我們家來看望我女人。別人來看望我女人，也就是坐一會，說幾句話就走了。這個許三觀來看望我的女人，是爬到我女人床上去看望，他把我女人強姦了，你們想想，我女人還斷著一條腿……」

許三觀這時申辯道：「不是強姦……」

「就是強姦。」

戴眼鏡的男人斬釘截鐵，然後他對許三觀的鄰居們說：

「你們說是不是？我女人斷著一條腿，推得開他嗎？我女人一動都要疼半天，你們想想，我女人能把他推開嗎？這個許三觀，連一個斷了腿的女人都不放過，你們說，他是不是禽獸不如？」

鄰居們沒有回答戴眼鏡男人的提問，他們都好奇地看著許三觀，只有許玉蘭出來同意他的話，她伸手捏住許三觀的耳朵：

「你這個人真是禽獸不如，你把我的臉都丟盡啦，你讓我以後怎麼做人啊？」

戴眼鏡的男人繼續說：「這個許三觀強姦了我的女人，就買了這些肉骨頭、黃豆送給我女人，我女人的嘴還真被他堵住了。要不是我看到這一大堆東西，我還真不知道自己的女人被別人睡過了。我看到這一大堆東西，就知道裡面有問題，要不是我拍著桌子罵了半天，我女人還不會告訴我這些。」

說到這裡，戴眼鏡的男人走到桌子旁，收拾起了桌上的肉骨頭、黃豆來了，他將這些東西背到了肩上，對許三觀的鄰居們說：

「我今天把這些東西帶來，就是要讓你們看看，也讓你們知道許三觀是個什麼樣的人，往後你們都要提防他，這是一條色狼，誰家沒有女人？誰家都得小心著。」

戴眼鏡的男人背著十斤肉骨頭、五斤黃豆、兩斤綠豆，還有一斤菊花回家去了。

那時候許玉蘭正忙著用嘴罵許三觀，同時還用手擰著許三觀的臉，沒注意戴眼鏡的男人在做什麼，當她扭頭看到桌子上什麼都沒有時，戴眼鏡的男人已經走出去了，她馬上追出去，在後面喊叫：

「你回來，你怎麼把我家的東西拿走啦？」

戴眼鏡的男人對她的喊叫充耳不聞，頭都沒回地往前走去，許玉蘭指著他的背影對鄰居們說：

「世上還有臉皮這麼厚的人，拿著人家的東西，還走得這麼大搖大擺。」

許玉蘭罵了一會，看到戴眼鏡的男人走遠了，才回過身來，她看了一眼許三觀，一看到許三觀，她的身體就往下一沉，坐在了門檻上。她對鄰居們哭訴起來，她抹著眼淚說：

「這個家要亡啦，別人是國破家亡，我們是國沒破，家先亡。先是方鐵匠來抄家，還沒出一個月，又出了個家賊，這個許三觀真是禽獸不如，平日裡是出了名的小氣，我扯一塊布他都要心疼半年，可是給那個林大胖子，那個胖騷娘們一送就送了十斤肉骨頭，黃豆有四、五斤，綠豆也不會少於兩斤，還有菊花，這可要花多少錢啊？」

說到這裡，許玉蘭想到了什麼，她一下子站起來，轉身對著許三觀喊叫道：

「你偷了我的錢，你偷了我藏在箱子底下的錢，那可是我一分錢、兩分錢積蓄起來的，我積蓄了十年，我十年的心血啊，你去給了那個胖女人……」

許玉蘭說著跑到箱子前，打開箱子在裡面找了一陣，漸漸地她沒有了聲音，她找到了自己的錢。當她關上箱子時，看到許三觀已將門關上了。許三觀把鄰居們關到了屋外，然後站在那裡對著許玉蘭討好地笑著，手裡還拿著三十元錢，三張十元的錢像撲克牌似的在他手裡打開著，許玉蘭走過去就把錢拿了過來，低聲問他：

「這是哪來的錢？」

許三觀也低聲說：「是我賣血掙來的。」

「你又去賣血啦。」

許玉蘭叫了起來，隨後又哭開了，她邊哭邊說：

「我當初為什麼要嫁給你啊？我受苦受累跟了你十年，為你生了三個兒子，你什麼時候為我賣過一次血？想不到你是個狼心狗肺的人，你賣了血就是為了給那個胖騷娘們送什麼肉骨頭……」

許三觀這時拍著她的肩膀說：「你什麼時候給我生了三個兒子？一樂是誰的兒子？我賣血去還了方鐵匠的債，我是為了誰？」

許玉蘭一時間沒有了聲音，她看了許三觀一會兒後，對他說：

「你說，你和那個林大胖子是怎麼回事？這麼胖的女人你都要。」

許三觀伸手摸著自己的臉說：「她摔斷了腿，我就去看看她，這也是人之常情……」

「什麼人之常情，」許玉蘭說，「你爬到人家床上去也是人之常情？你說下去。」

許三觀說：「我伸手去捏捏她的腿，問她哪兒疼……」

「是大腿？還是小腿？」

「先是捏小腿，後來捏到了大腿上。」

「你這個不要臉的。」許玉蘭伸出手指去戳他的臉，「接下去呢？接下去你幹了什麼？」

「接下去？」許三觀遲疑了一下後說，「接下去我就捏住了她的奶子。」

「啊呀！」許玉蘭喊叫起來，「你這個沒出息的，你怎麼去學那個王八蛋何小勇？」

第十七章

許玉蘭從許三觀手裡繳獲的三十元錢，有二十一元五角花在做衣服上，她給自己做了一條卡其布的灰色褲子，一件淺藍底子深藍碎花的棉襖，也給一樂、二樂、三樂都做了新棉襖，就是沒有給許三觀做衣服，因為他和林芬芳的事讓她想起來就生氣。

一轉眼冬天來了，許三觀看到許玉蘭和一樂、二樂、三樂都穿上了新棉襖，就對許玉蘭說：

「我賣血掙來的錢，花在你身上，花在二樂和三樂身上，我都很高興，就是花在一樂身上，我心裡不高興了。」

許玉蘭這時候就會叫起來：「把錢花到林大胖子身上，你就高興啦？」

許三觀低下頭去，有些傷心起來，他說：

「一樂不是我兒子，我養了他九年了，接下去還要養他好幾年，這些我都認了，我在絲廠送蠶繭掙來的汗錢花到一樂身上，我也願意了。我賣血掙來的血錢再花到他身上，我心裡就要難受起來。」

許玉蘭聽他這麼一說，就把那三十元裡面剩下的八元五角拿出來，又往裡面貼了兩元錢，給許三觀做了一身藏青的卡其布中山服。她對許三觀說：

「這衣服是你賣血的錢做的，我還往裡面貼了兩塊錢，這下你心裡不難受了吧？」

許三觀沒有作聲，許三觀被許玉蘭抓住把柄以後，不能像以往那樣神氣了。以前家裡的活都是許玉蘭在做，家外的活由許三觀承擔。許三觀與林芬芳的事被揭出來後，許玉蘭神氣了一些日子，經常穿上精紡的線衣，手裡放一把瓜子，在鄰居的家中進進出出，嗑著瓜子與別人聊天，一聊就是兩、三個小時，而這時候許三觀卻在家裡滿頭大汗地煮飯炒菜，鄰居經常走進去看著許三觀做飯，看著他手忙腳亂的模樣就要笑，他們會說：

「許三觀，你在做飯？」

「許三觀，你炒菜時太使勁啦，像是劈柴似的。」

「許三觀，你什麼時候變得這麼勤快了？」

許三觀就說：「沒辦法，我女人抓住我把柄啦。這叫風流一時，吃苦一世。」

許玉蘭則是對別人說：「我現在想明白了，我以前什麼事都先想著男人，想著兒子。只要他們吃得多，我寧願自己吃得少；只要他們舒服，我寧願自己受累。現在我想明白了，往後我要多想想自己了，我要是不替自己著想，就沒人會替我著想。男人靠不住，家裡有個西施一樣漂亮的女人，他還要到外面去風流。兒子也靠不住……」

許三觀後來覺得自己確實幹了一件傻事，傻就傻在給林芬芳送什麼肉骨頭黃豆，那麼一大堆東西往桌子上一放，林芬芳的男人再笨也會起疑心。

許三觀再一想，又覺得自己和林芬芳的事其實也沒什麼，再怎麼他也沒和林芬芳弄出個兒子來，而許玉蘭與何小勇弄出來了一樂，他還把一樂撫養到今天。這麼一想，許三觀心裡生氣了，他把許玉蘭叫過來，告訴她：

「從今天起，家裡的活我不幹了。」

他對許玉蘭說：「你和何小勇是一次，我和林芬芳也是一次；你和何小勇弄出個一樂來，我和林芬芳弄出四樂來了沒有？沒有。我和你都犯了生活錯誤，可你的錯誤比我嚴重。」

許玉蘭聽了他的話以後，哇哇叫了起來，她兩隻手同時伸出去指著許三觀說：

「你這個人真是禽獸不如，本來我已經忘了你和那個胖騷娘們的事，你還來提醒我。我前世造的孽啊，今世得報應……」

喊叫著，許玉蘭又要坐到門檻上去了，許三觀趕緊拉住她，對她說：

「行啦，行啦，我以後不說這話了。」

第十八章

許三觀對許玉蘭說：

「今年是一九五八年，人民公社，大躍進，大煉鋼鐵，還有什麼？我爺爺、我四叔他們村裡的田地都被收回去了，從今往後誰也沒有自己的田地了，田地都歸國家了，要種莊稼得向國家租田地，到了收成的時候要向國家交糧食，國家就像是從前的地主，當然國家不是地主，應該叫人民公社……我們絲廠也煉上鋼鐵了，廠裡砌出了八個小高爐，我和四個人管一個高爐，我現在不是絲廠的送繭工許三觀，我現在是絲廠的煉鋼工許三觀，他們都叫我許煉鋼。你知道為什麼要煉那麼多鋼鐵出來？人是鐵，飯是鋼，這鋼鐵就是國家的糧食，就是國家的稻子、小麥，就是國家的魚和肉。所以煉鋼鐵就是在田地裡種稻子……」

許三觀對許玉蘭說：

「我今天到街上去走了走，看到很多戴紅袖章的人挨家挨戶地進進出出，把鍋收了，把碗收了，把米收了，把油鹽醬醋都收了去，我想過不了兩天，他們就會到我們家來收這些了，說是從今往後誰家都不可以自己做飯了，要吃飯去大食堂，你知道城裡有多少個大食堂？我這一路走過來看到了三個，我們絲廠一個；天寧寺是一個，那個和尚廟也改成食堂了，裡面的和尚全戴上了白帽子，圍上了白圍裙，全成了大師傅；還有我們家前面的戲院，戲院也變成了食堂，你知道戲院食堂的廚房在哪裡嗎？就在戲臺上，唱越劇的小旦、小生一大群都在戲臺上洗菜淘米，聽說那個唱老生的是司務長，那個丑角是副司務長……」

許三觀對許玉蘭說：

「前天我帶你們去絲廠大食堂吃了飯，昨天我帶你們去天寧寺大食堂吃了飯，今天我帶你們去戲院大食堂吃了飯。天寧寺大食堂的菜裡面肉太少，和尚們以前是不吃葷的，所以肉就少，我們昨天在那裡吃青椒炒肉時，你沒聽到他們在說『這不是青椒炒肉，這是青椒少肉』嗎？三個大食堂吃下來，你和兒子們都喜歡戲院的大食堂，我還是喜歡我們絲廠的大食堂，戲院食堂的菜味道不錯，就是量太少；我們絲廠大食堂菜多，肉也多，吃得我心滿意足。我在天寧寺食堂吃了以後，沒有打飽嗝；在戲院食堂吃了也沒打飽嗝；就是在絲廠食堂吃了以後，飽嗝打了一宵，一直打到天亮。明天我帶你們去市政府的大食堂吃飯，那裡的飯菜是全城最好吃的，我是聽方鐵匠說的，他說那裡的大師傅全是勝利飯店過去的廚師，勝利飯店的廚師做出來的菜，肯定是全城最好的，你知道他們最拿手的菜是什麼？就是爆炒豬肝……」

許三觀對許玉蘭說：

「我們明天不去市政府大食堂吃飯了，在那裡吃一頓飯累得我一點力氣都沒有了，全城起碼有四分之一的人都到那裡去吃飯，吃一頓飯比打架還費勁，把我們的三個兒子都要擠壞了，我衣服裡面的衣服全濕了，還有人在那裡放屁，弄得我一點胃口都沒有。我們明天去絲廠食堂吧？我知道你們想去戲院食堂，可是戲院食堂已經關掉了，聽說天寧寺食堂這兩天也要關門了，就是我們絲廠食堂還沒有關門，不過我們要去得早，去晚了就什麼都吃不上了……」

許三觀對許玉蘭說：

「城裡的食堂全關門了，好日子就這麼過去了，從今以後誰也不來管我們吃什麼了，我們是不是重新自己管自己了？可是我們吃什麼呢？」

許玉蘭說：

「床底下還有兩缸米。當初他們來我們家收鍋、收碗、收米、收油鹽醬醋時，我捨不得這兩缸米，捨不得這些從你們嘴裡節省出來的米，我就沒有交出去……」

第十九章

許玉蘭嫁給許三觀已經有十年，這十年裡許玉蘭天天算計著過日子，她在床底下放著兩口小缸，那是盛米的缸。在廚房裡還有一口大一點的米缸，許玉蘭每天做飯時，先是揭開廚房裡米缸的木蓋，按照全家每個人的飯量，往鍋裡倒米，然後再抓出一把米放到床下的小米缸中。她對許三觀說：

「每個人多吃一口飯，誰也不會覺得多；少吃一口飯，誰也不會覺得少。」

她每天都讓許三觀少吃兩口飯，有了一樂、二樂、三樂以後，也讓他們每天少吃兩口飯，至於她自己，每天少吃的就不止是兩口飯了。節省下來的米，被她放進床下的小米缸。原先只有一口小缸，放滿了米以後，她又去弄來了一口小缸，沒有半年又放滿了，她還想再去弄一口小缸來，許三觀沒有同意，他說：

「我們家又不開米店，存了那麼多米幹什麼？到了夏天吃不完的話，米裡面就會長蟲子。」

許玉蘭覺得許三觀說得有道理，就滿足於床下只有兩口小缸，不再另想辦法。米放久了就要長出蟲子來，蟲子在米裡面吃喝拉睡的，把一粒一粒的米都吃碎了，好像麵粉似的，蟲子拉出來的屎也像麵粉似的，混在裡面很難看清楚，只是稍稍有些發黃。所以床下兩口小缸裡的米放滿以後，許玉蘭就把它們倒進廚房的米缸裡。

然後，她坐在床上，估算著那兩小缸的米有多少斤，值多少錢，她把算出來的錢疊好了放到箱子底下。這些錢她不花出去，她對許三觀說：

「這些錢是我從你們嘴裡一點一點掏出來的，你們一點都沒覺察到吧？」

她又說：「這些錢平日裡不能動，到了緊要關頭才能拿出來。」

許三觀對她的做法不以為然，他說：

「你這是脫褲子放屁，多此一舉。」

許玉蘭說：「話可不能這麼說，人活一輩子，誰會沒病沒災？誰沒有個三長兩短？遇到那些倒楣的事，有準備總比沒有準備好。聰明人做事都給自己留著一條退路……」

「再說，我也給家裡節省出了錢……」

許玉蘭經常說：「災荒年景會來的，人活一生總會遇到那麼幾次，想躲是躲不了的。」

當三樂八歲，二樂十歲，一樂十一歲的時候，整個城裡都被水淹到了，最深的地方有一米多，最淺的地方也淹到了膝蓋。在這一年六月裡，許三觀的家有七天成了池塘，水在他們家中流來流去，到了晚上睡覺的時候，還能聽到波浪的聲音。

水災過去後，荒年就跟著來了。剛開始的時候，許三觀和許玉蘭還沒有覺得荒年就在面前了，他們只是聽說鄉下的稻子大多數都爛在田裡了，許三觀就想到爺爺和四叔的村莊，他心想好在爺爺和四叔都已經死了，要不他們的日子怎麼過呢？他另外三個叔叔還活著，可是另外三個叔叔以前對他不好，所以他也就不去想他們了。

到城裡來要飯的人越來越多，許三觀和許玉蘭這才真正覺得荒年已經來了。每天早晨打開屋門，就會看到巷子裡睡著要飯的人，而且每天看到的面孔都不一樣，那些面孔也是越來越瘦。

城裡米店的大門有時候開著，有時候就關上了，每次關上後重新打開時，米價就往上漲了幾倍。沒過多久，以前能買十斤米的錢，只能買兩斤紅薯了。絲廠停工了，因為沒有蠶繭；許玉蘭也用不著去炸油條，因為沒有麵粉，沒有食油。學校也不上課了，城裡很多店都關了門，以前有二十來家飯店，現在只有勝利飯店還在營業。

許三觀對許玉蘭說：「這荒年來得真不是時候，要是早幾年來，我們還會好些；就是晚幾年來，我們也能過得去。偏偏這時候來了，偏偏在我們家底空了的時候來了。

「你想想，先是家裡的鍋和碗，米和油鹽醬醋什麼的被收去了，家裡的灶也被他們砸了，原以為那幾個大食堂能讓我們吃上一輩子，沒想到只吃了一年，一年以後又要吃自己了，重新起個灶要花錢，重新買鍋碗瓢盆要花錢，重新買米和油鹽醬醋也要花錢。這些年你一分、兩分節省下來的錢就一下子花出去了。

「錢花出去了倒也不怕，只要能安安穩穩過上幾年，家底自然又能積起來一些。可是這兩年安穩了嗎？先是一樂的事，一樂不是我兒子，我是當頭挨了一記悶棍，這些就不說了，這個一樂還給我們去闖了禍，讓我賠給了方鐵匠三十五元錢。這兩年我過得一點都不順心，緊接著這荒年又來了。

「好在床底下還有兩缸米……」

許玉蘭說：「床底下的米現在不能動，廚房的米缸裡還有米。從今天起，我們不能再吃乾飯了，我估算過了，這災荒還得有半年，要到明年開春以後，地裡的莊稼都長出來以後，這災荒才會過去。家裡的米只夠我們吃一個月，如果每天都喝稀粥的話，也只夠吃四個月多幾天。剩下還有一個多月的災荒怎麼過？總不能一個多月不吃不喝，要把這一個多月拆開了，插到那四個月裡面去。趁著冬天還沒有來，我們到城外去採一些野菜回來，廚房的米缸過不了幾天就要空了，剛好把它騰出來放野菜，再往裡面撒上鹽，野菜撒上了鹽就不會爛，起碼四、五個月不會爛掉。家裡還有一些錢，我藏在褥子底下，這錢你不知道，是我這些年買菜時節省下來的，有十九元六角七分，拿出十三元去買玉米棒子，能買一百斤回來，把玉米剝下來，自己給磨成粉，估計也有三十來斤，玉米粉混在稀粥裡一起煮了吃，稀粥就會很稠，喝到肚子裡也能覺得飽……」

許三觀對兒子們說：「我們喝了一個月的玉米稀粥了，你們臉上紅潤的顏色喝沒了，你們身上的肉也越喝越少了，你們一天比一天無精打采，你們現在什麼話都不會說了，只會說餓、餓、餓，好在你們的小命都還在。現在城裡所有的人都在過苦日子，你們到鄰居家去看看，再到你們的同學家裡去看看，每天有玉米稀粥喝的已經是好人家了。這苦日子還得往下熬，米缸裡的野菜你們都說吃膩，吃膩了也得吃，你們想吃一頓乾飯，吃一頓不放玉米粉的飯，我和你們媽商量了，以後會做給你們吃的，現在還不行，現在還得吃米缸裡的野菜，喝玉米稀粥。你們說玉米稀粥也越來越稀了，這倒是真的，因為這苦日子還沒有完，苦日子往下還很長，我和你們媽也沒有別的辦法，只好先把你們的小命保住，別的就顧不上了，俗話說得好，留得青山在不怕沒柴燒，只要把命保住了，熬過了這苦日子，往下就是很長很長的好日子了。現在你們還得喝玉米稀粥，稀粥越來越稀，你們說尿一泡尿，肚子裡就沒有稀粥了。這話是誰說的？是一樂說的，我就知道這話是他說的，你這小崽子。你們整天都在說餓、餓、餓，你們這麼小的人，一天喝下去的稀粥也不比我少，可你們整天說餓、餓、餓，為什麼？就是因為你們每天還出去玩，你們一喝完粥就溜出去，我叫都叫不住，三樂這小崽子今天還在外面喊叫，這時候還有誰會喊叫？這時候誰說話都是輕聲細氣的，誰的肚子裡都在咕咚咕咚響著，本來就沒吃飽，一喊叫，再一跑，喝下去的粥他媽的還會有嗎？早他媽的消化乾淨了。從今天起，二樂，三樂，還有你，一樂，喝完粥以後都給我上床去躺著，不要動，一動就會餓，你們都給我靜靜地躺著，我和你們媽也上床躺著……我不能再說話了，我餓得一點力氣都沒有了，我剛才喝下去的稀粥一點都沒有了。」

許三觀一家人從這天起，每天只喝兩次玉米稀粥了，早晨一次，晚上一次，別的時間全家都躺在床上，不說話也不動。一說話一動，肚子裡就會咕咚咕咚響起來，就會餓。不說話也不動，靜靜地躺在床上，就會睡著了。於是許三觀一家人從白天睡到晚上，又從晚上睡到白天，一睡睡到了這一年的十二月七日。

這一天晚上，許玉蘭煮玉米稀粥時比往常多煮了一碗，而且玉米粥也比往常稠了很多，她把許三觀和三個兒子從床上叫起來，笑嘻嘻地告訴他們：

「今天有好吃的。」

許三觀和一樂、二樂、三樂坐在桌前，伸長了脖子看著許玉蘭端出來什麼？結果許玉蘭端出來的還是他們天天喝的玉米粥，先是一樂失望地說：

「還是玉米粥。」

二樂和三樂也跟著同樣失望地說：

「還是玉米粥。」

許三觀對他們說：「你們仔細看看，這玉米粥比昨天的，比前天的，比以前的可是稠了很多。」

許玉蘭說：「你們喝一口就知道了。」

三個兒子每人喝了一口以後，都眨著眼睛一時間不知道是什麼味道，許三觀也喝了一口，許玉蘭問他們：

「知道我在粥裡放了什麼嗎？」

三個兒子都搖了搖頭，然後端起碗呼呼地喝起來，許三觀對他們說：

「你們真是越來越笨了，連甜味道都不知道了。」

這時一樂知道粥裡放了什麼了，他突然叫起來：

「是糖，粥裡放了糖。」

二樂和三樂聽到一樂的喊叫以後，使勁地點起了頭，他們的嘴卻沒有離開碗，邊喝邊發出咯咯的笑聲。許三觀也哈哈笑著，把粥喝得和他們一樣響亮。

許玉蘭對許三觀說：「今天我把留著過春節的糖拿出來了，今天的玉米粥煮得又稠又黏，還多煮了一碗給你喝，你知道是為什麼？今天是你的生日。」

許三觀聽到這裡，剛好把碗裡的粥喝完了，他一拍腦袋叫起來：

「今天就是我媽生我的那一天。」

然後他對許玉蘭說：「所以你在粥裡放了糖，這粥也比往常稠了很多，你還為我多煮了一碗，看在我自己生日的分上，我今天就多喝一碗了。」

當許三觀把碗遞過去的時候，他發現自己晚了。一樂、二樂、三樂的三只空碗已經搶在了他的前面，朝許玉蘭的胸前塞過去，他就揮揮手說：

「給他們喝吧。」

許玉蘭說：「不能給他們喝，這一碗是專門為你煮的。」

許三觀說：「誰喝了都一樣，都會變成屎，就讓他們去多屙一些屎出來。給他們喝。」

然後許三觀看著三個孩子重新端起碗來，把放了糖的玉米粥喝得嘩啦嘩啦響，他就對他們說：

「喝完以後，你們每人給我叩一個頭，算是給我的壽禮。」

說完心裡有些難受了，他說：

「這苦日子什麼時候才能完？小崽子們苦得都忘記什麼是甜，吃了甜的都想不起來這就是糖。」

這天晚上，一家人躺在床上時，許三觀對兒子們說：

「我知道你們心裡最想的是什麼？就是吃，你們想吃米飯，想吃用油炒出來的菜，想吃魚啊肉啊的。今天我過生日，你們都跟著享福了，連糖都吃到了，可我知道你們心裡還想吃，還想吃什麼？看在我過生日的分上，今天我就辛苦一下，我用嘴給你們每人炒一道菜，你們就用耳朵聽著吃了，你們別用嘴，用嘴連個屁都吃不到，都把耳朵豎起來，我馬上就要炒菜了。想吃什麼，你們自己點。一個一個來，先從三樂開始。三樂，你想吃什麼？」

三樂輕聲說：「我不想再喝粥了，我想吃米飯。」

「米飯有的是，」許三觀說，「米飯不限制，想吃多少就有多少，我問的是你想吃什麼菜？」

三樂說：「我想吃肉。」

「三樂想吃肉。」許三觀說，「我就給三樂做一個紅燒肉。肉，有肥有瘦，紅燒肉的話，最好是肥瘦各一半，而且還要帶上肉皮，我先把肉切成一片一片的，有手指那麼粗，半個手掌那麼大，我給三樂切三片……」

三樂說：「爹，給我切四片肉。」

「我給三樂切四片肉……」

三樂又說：「爹，給我切五片肉。」

許三觀說：「你最多只能吃四片，你這麼小一個人，五片肉會把你撐死的。我先把四片肉放到水裡煮一會，煮熟就行，不能煮老了，煮熟後拿起來晾乾，晾乾以後放到油鍋裡一炸，再放上醬油，放上一點五香，放上一點黃酒，再放上水，就用文火慢慢地燉，燉上兩個小時，水差不多燉乾時，紅燒肉就做成了……」

許三觀聽到了吞口水的聲音。「揭開鍋蓋，一股肉香是撲鼻而來，拿起筷子，夾一片放到嘴裡一咬……」

許三觀聽到吞口水的聲音越來越響。「是三樂一個人在吞口水嗎？我聽聲音這麼響，一樂和二樂也在吞口水吧？許玉蘭你也吞上口水了。你們聽著，這道菜是專給三樂做的，只准三樂一個人吞口水，你們要是吞上口水，就是說你們在搶三樂的紅燒肉吃，你們的菜在後面，先讓三樂吃得心裡踏實了，我再給你們做。三樂，你把耳朵豎直了……夾一片放到嘴裡一咬，味道是，肥的是肥而不膩，瘦的是絲絲飽滿。我為什麼要用文火燉肉？就是為了讓味道全部燉進去。三樂的這四片紅燒肉是……三樂，你可以慢慢品嘗了。接下去是二樂，二樂想吃什麼？」

二樂說：「我也要紅燒肉，我要吃五片。」

「好，我現在給二樂切上五片肉，肥瘦各一半，放到水裡一煮，煮熟了拿出來晾乾，再放到……」

二樂說：「爹，一樂和三樂在吞口水。」

「一樂，」許三觀訓斥道，「還沒輪到你吞口水。」

然後他繼續說：「二樂是五片肉，放到油鍋裡一炸，再放上醬油，放上五香……」

二樂說：「爹，三樂還在吞口水。」

許三觀說：「三樂吞口水，吃的是他自己的肉，不是你的肉，你的肉還沒有做成呢……」

許三觀給二樂做完紅燒肉以後，去問一樂：

「一樂想吃什麼？」

一樂說：「紅燒肉。」

許三觀有點不高興了，他說：

「三個小崽子都吃紅燒肉，為什麼不早說？早說的話，我就一起給你們做了……我給一樂切了五片肉……」

一樂說：「我要六片肉。」

「我給一樂切了六片肉，肥瘦各一半……」

一樂說：「我不要瘦的，我全要肥肉。」

許三觀說：「肥瘦各一半才好吃。」

一樂說：「我想吃肥肉，我想吃的肉裡面要沒有一點是瘦的。」

二樂和三樂這時也叫道：「我們也想吃肥肉。」

許三觀給一樂做完了全肥的紅燒肉以後，給許玉蘭做了一條清燉鯽魚。他在魚肚子裡面放上幾片火腿，幾片生薑，幾片香菇，在魚身上抹上一層鹽，澆上一些黃酒，撒上一些蔥花，然後燉了一個小時，從鍋裡取出來時是清香四溢……

許三觀繪聲繪色做出來的清燉鯽魚，使屋子裡響起一片吞口水的聲音，許三觀就訓斥兒子們：

「這是給你們媽做的魚，不是給你們做的，你們吞什麼口水？你們吃了那麼多的肉，該給我睡覺了。」

最後，許三觀給自己做一道菜，他做的是爆炒豬肝，他說：

「豬肝先是切成片，很小的片，然後放到一只碗裡，放上一些鹽，放上生粉，生粉讓豬肝鮮嫩，再放上半盅黃酒，黃酒讓豬肝有酒香，再放上切好的蔥絲，等鍋裡的油一冒煙，把豬肝倒進油鍋，炒一下，炒兩下，炒三下……」

「炒四下……炒五下……炒六下。」

一樂、二樂、三樂接著許三觀的話，一人跟著炒了一下，許三觀立刻制止他們：

「不，只能炒三下，炒到第四下就老了，第五下就硬了，第六下那就咬不動了，三下以後趕緊把豬肝倒出來。這時候不忙吃，先給自己斟上二兩黃酒，先喝一口黃酒，黃酒從喉嚨裡下去時熱呼呼的，就像是用熱毛巾洗臉一樣，黃酒先把腸子洗乾淨了，然後再拿起一雙筷子，夾一片豬肝放進嘴裡……這可是神仙過的日子……」

屋子裡吞口水的聲音這時是又響成一片，許三觀說：

「這爆炒豬肝是我的菜，一樂，二樂，三樂，還有你許玉蘭，你們都在吞口水，你們都在搶我的菜吃。」

說著許三觀高興地哈哈大笑起來，他說：

「今天我過生日，大家都來嚐嚐我的爆炒豬肝吧。」

第二十章

生日的第二天，許三觀掰著手指數了數，一家人已經喝了五十七天的玉米粥，他就對自己說：我要去賣血了，我要讓家裡的人吃上一頓好的飯菜。

於是，許三觀來到了醫院，他看到李血頭，心裡想：全城人的臉上都是灰顏色，只有李血頭的臉上還有紅潤；全城人臉上的肉都少了，只有李血頭臉上的肉還和過去一樣多；全城人都苦著臉，只有李血頭笑嘻嘻的。

李血頭笑嘻嘻地對許三觀說：

「我認識你，你以前來賣過血，你以前來時手裡都提著東西，今天你怎麼兩手空空？」

許三觀說：「我們一家五口人喝了五十七天的玉米粥，我現在除了身上的血，別的什麼都沒有了，我兩手空空來，就是求你把我身上的血買兩碗過去，我有了錢回家，就能讓家裡人吃上一頓好的。你幫了我，我會報答你的。」

李血頭問：「你怎麼報答我？」

許三觀說：「我現在什麼都沒有，我以前給你送過雞蛋，送過肉，還送過一斤白糖，白糖你沒有要，你不僅沒有要，還把我罵了一頓，你說你是共產黨員了，你要不拿群眾一針一線。我不知道你現在又要收東西了，我一點準備都沒有，我不知道怎麼報答你。」

李血頭說：「現在我也是沒有辦法了，遇上這災荒年，我要是再不收點吃的，不收點喝的，這城裡有名的李血頭就餓死啦，等日子好過起來，我還是會不拿群眾一針一線的。現在你就別把我當共產黨員了，你就把我當一個恩人吧，俗話說滴水之恩，當湧泉相報。我也不要你湧泉相報，你就滴水相報吧，你就把賣了血的錢給我幾元，把零頭給我，整數你拿走。」

許三觀賣血以後，給了李血頭五元，自己帶回家三十元。他把錢放到許玉蘭手裡，告訴她這是賣血掙來的錢，還有五元錢給了李血頭，去湧泉相報了。他還告訴許玉蘭，全家已經喝了五十七天的玉米粥，再往後不能天天喝玉米粥了，往後隔三差五地要吃些別的什麼，他賣了血就有錢了，等到沒錢時他就再去賣血，這身上的血就像井裡的水一樣，不用是這麼多，天天用也是這麼多。最後他說：

「晚上不吃玉米粥了，晚上我們到勝利飯店去吃一頓好吃的。」

他說：「我現在沒有力氣，我說話聲音小，你聽到了嗎？你聽我說，我今天賣了血以後，沒有喝二兩黃酒，也沒有吃一盤炒豬肝，所以我現在沒有力氣……不是我捨不得吃，我去了勝利飯店，飯店裡是什麼都沒有，只有陽春麵，飯店也在鬧災荒，從前的陽春麵用的是肉湯，現在就是一碗清水，放一點醬油，連蔥花都沒有了，就是這樣，還要一元七角錢一碗，從前一碗麵只要九分錢。我現在一點力氣都沒有了，我賣了血都沒有吃炒豬肝，我現在空著肚子，俗話說吃不飽飯睡覺來補，我現在要去睡覺了。」

說著許三觀躺到了床上，他伸開手腳，閉上眼睛後繼續對許玉蘭說：

「我現在眼前一陣陣發黑，心跳得像是沒有力氣似的，胃裡也是一抽一抽的，想吐點什麼出來，我要上床去躺一會兒了，我要是睡三、五個小時沒有醒來，不要管我；我要是睡七、八個小時還沒有醒來，你趕緊去叫幾個人，把我抬到醫院裡去。」

許三觀睡著以後，許玉蘭手裡捏著三十元錢，坐到了門檻上，她看著門外空蕩蕩的街道，看著風將沙土吹過去，看著對面灰濛濛的牆壁，她對自己說：

「一樂把方鐵匠兒子的頭砸破了，他去賣了一次血；那個林大胖子摔斷了腿，他也去賣了一次血，為了這麼胖的一個野女人，他也捨得去賣血，身上的血又不是熱出來的汗；如今一家人喝了五十七天的玉米粥，他又去賣血了，他說往後還要去賣血，要不這苦日子就過不下去了。這苦日子什麼時候才能完？」

說著，許玉蘭掉出了眼淚，她把錢疊好放到裡面的衣服口袋裡，然後舉起手去擦眼淚，她先是用手心擦去臉頰上的淚水，再用手指去擦眼角的淚水。

第二十一章

到了晚上，許三觀一家要去勝利飯店吃一頓好吃的。許三觀說：

「今天這日子，我們要把它當成春節來過。」

所以，他要許玉蘭穿上精紡的線衣，再穿上卡其布的褲子，還有那件淺藍底子深藍碎花的棉襖，許玉蘭聽了許三觀的話後，就穿上了它們；許三觀還要她把紗巾圍在脖子上，許玉蘭就去把紗巾從箱子裡找了出來；許三觀讓許玉蘭再去洗一次臉，洗完臉以後，又要許玉蘭在臉上擦一層香噴噴的雪花膏，許玉蘭就擦上了香噴噴的雪花膏。當許三觀要許玉蘭走到街道拐角的地方，去王二鬍子的小吃店給一樂買一個烤紅薯時，許玉蘭這次站著沒有動，她說：

「我知道你心裡在想什麼，你不願意帶一樂去飯店吃一頓好吃的，你賣血掙來的錢不願意花在一樂身上，就是因為一樂不是你兒子。一樂不是你兒子，你不帶他去，我也不說了，誰也不願意把錢花到外人身上，可是那個林大胖子不是你的女人，她沒有給你生過兒子，也沒有給你洗過衣服，做過飯，你把賣血掙來的錢花在她身上，你就願意了。」

許玉蘭不願意讓一樂只吃一個烤紅薯，許三觀只好自己去對一樂說話，他把一樂叫過來，脫下棉襖，露出左胳膊上的針眼給一樂看，問一樂：

「你知道這是什麼嗎？」

一樂說：「這地方出過血。」

許三觀點點頭說：「你說得對，這地方是被針扎過的，我今天去賣血了，我為什麼要賣血呢？就是為了能讓你們吃上一頓好吃的，我和你媽，還有二樂和三樂要去飯店吃麵條，你呢，就拿著這五角錢去王二鬍子的小店買個烤紅薯吃。」

一樂伸手接過許三觀手裡的五角錢，對許三觀說：

「爹，我剛才聽到你和媽說話了，你讓我去吃五角錢的烤紅薯，你們去吃一元七角錢的麵條。爹，我知道我不是你的親生兒子，二樂和三樂是你的親生兒子，所以他們吃得比我好。爹，你能不能把我當一回親生兒子，讓我也去吃一碗麵條？」

許三觀搖搖頭說：「一樂，平日裡我一點也沒有虧待你，二樂、三樂吃什麼，你也能吃什麼。今天這錢是我賣血掙來的，這錢來得不容易，這錢是我拿命去換來的，我賣了血讓你去吃麵條，就太便宜那個王八蛋何小勇了。」

一樂聽了許三觀的話，像是明白似的點了點頭，他拿著許三觀給他的五角錢走到了門口，他從門檻上跨出去以後，又回過頭來問許三觀：

「爹，如果我是你的親生兒子，你就會帶我去吃麵條，是不是？」

許三觀伸手指著一樂說：「如果你是我的親生兒子，我最喜歡的就是你。」

一樂聽了許三觀的話，咧嘴笑了笑，然後他朝王二鬍子開的小吃店走去。

王二鬍子是在炭盆裡烤著紅薯，幾個烤好的紅薯放在一只竹編的盤子裡。王二鬍子和他的女人，還有四個孩子正圍著炭盆在喝粥，一樂走進去的時候，聽到他們六張嘴把粥喝得嘩啦嘩啦響。他把五角錢遞給王二鬍子，然後指著盤子裡最大的那個紅薯說：

「你把這個給我。」

王二鬍子收下了他的錢，卻給了他一個小的，一樂搖搖頭說：

「這個我吃不飽。」

王二鬍子把那個小的紅薯塞到一樂手裡，對他說：

「最大的是大人吃的，最小的就是你這樣的小孩吃的。」

一樂將那個紅薯拿在手裡看了看，對王二鬍子說：

「這個紅薯還沒有我的手大，我吃不飽。」

王二鬍子說：「你還沒有吃，怎麼會知道吃不飽？」

一樂聽到王二鬍子這樣說，覺得有道理，就點點頭拿著紅薯回家了。一樂回到家中時，許三觀他們已經走了，他一個人在桌前坐下來，將那個還熱著的紅薯放在桌上，開始小心翼翼地剝下紅薯的皮，他看到剝開皮以後，裡面是橙黃一片，就像陽光一樣。他聞到了來自紅薯熱烈的香味，而且在香味裡就已經洋溢出了甜的滋味。他咬了一口，香和甜立刻沾滿了他的嘴。

那個紅薯一樂才咬了四口，就沒有了。之後他繼續坐在那裡，讓舌頭在嘴裡捲來捲去，使殘留在嘴中的紅薯繼續著最後的香甜，直到滿嘴都是口水以後。他知道紅薯已經吃完了，可是他還想吃，他就去看剛才剝下來的紅薯皮，他拿起一塊放到嘴裡，在焦糊裡他仍然吃到了香甜，於是他把紅薯的皮也全吃了下去。

吃完薯皮以後，他還是想吃，他就覺得自己沒有吃飽，他站起來走出門去，再次來到王二鬍子家開的小吃店，這時王二鬍子他們已經喝完粥了，一家六口人都伸著舌頭在舔著碗，一樂看到他們舔碗時眼睛都瞪圓了，一樂對王二鬍子說：

「我沒有吃飽，你再給我一個紅薯。」

王二鬍子說：「你怎麼知道自己沒有吃飽？」

一樂說：「我吃完了還想吃。」

王二鬍子問他：「紅薯好吃嗎？」

一樂點點頭說：「好吃。」

「是非常好吃呢，還是一般的好吃？」

「非常好吃。」

「這就對了。」王二鬍子說，「只要是好吃的東西，吃完了誰都還想吃。」

一樂覺得王二鬍子說得對，就點了點頭。王二鬍子對他說：

「你回去吧，你已經吃飽了。」

於是一樂又回到了家裡，重新坐在桌前，他看著空蕩蕩的桌子，心裡還想吃。這時候他想起許三觀他們來了，想到他們四個人正坐在飯店裡，每個人都吃著一大碗的麵條，麵條熱氣騰騰。而他自己，只吃了一個還沒有手大的烤紅薯。他開始哭泣了，先是沒有聲音的流淚，接著他撲在桌子上嗚嗚地大哭起來。

他哭了一陣以後，又想起許三觀他們在飯店裡正吃著熱氣騰騰的麵條，他立刻止住哭聲，他覺得自己應該到飯店去找他們，他覺得自己也應該吃一碗熱氣騰騰的麵條，所以他走出了家門。

這時候天已經黑了，街上的路燈因為電力不足，發出來的亮光像是蠟燭一樣微弱，他在街上走得呼呼直喘氣，他對自己說：快走，快走，快走。他不敢奔跑，他聽許三觀說過，也聽許玉蘭說過，吃了飯以後一跑，肚子就會跑餓。他又對自己說：不要跑，不要跑，不要跑。他低頭看著自己的腳，沿著街道向西一路走去，在西邊的十字路口，有一家名叫解放的飯店。在夜晚的時候，解放飯店的燈光在那個十字路口最為明亮。

他低著頭一路催促自己快走，走過了十字路口他也沒有發現，他一直走到這條街道中斷的地方，再往前就是一條巷子了，他才站住腳，東張西望了一會兒，他知道自己已經走過解放飯店了，於是再往回走。往回走的時候，他不敢再低著頭了，而是走一走看一看，就這樣他走回到了十字路口。他看到解放飯店門窗緊閉，裡面一點燈光都看不到，他心想飯店已經關門了，許三觀他們已經吃完麵條了。他站在一根木頭電線桿的旁邊，嗚嗚地哭了起來。這時候走過來兩個人，他們說：

「誰家的孩子在哭？」

他說：「是許三觀家的孩子在哭。」

他們說：「許三觀是誰？」

他說：「就是絲廠的許三觀。」

他們又說：「你一個小孩，這麼晚了也不回家，快回家吧。」

他說：「我要找我爹媽，他們上飯店吃麵條了。」

「你爹媽上飯店了？」他們說，「那你上勝利飯店去找，這解放飯店關門都有兩個月了。」

一樂聽到他們這麼說，立刻沿著北上的路走去，他知道勝利飯店在什麼地方，就在勝利橋的旁邊。他重新低著頭往前走，因為這樣走起來快。他走完了這條街道，走進一條巷子，穿過巷子以後，他走上了另外一條街道，他看到了穿過城鎮的那一條河流，他沿著河流一路走到了勝利橋。

勝利飯店的燈光在夜晚裡閃閃發亮，明亮的燈光讓一樂心裡湧上了歡樂和幸福，好像他已經吃上了麵條一樣，這時候他奔跑了起來。當他跑過了勝利橋，來到勝利飯店的門口時，卻沒有看到許三觀、許玉蘭，還有二樂和三樂。裡面只有兩個飯店的夥計拿著大掃把在掃地，他們已經掃到了門口。

一樂站在門口，兩個夥計把垃圾掃到了他的腳上，他問他們：

「許三觀他們來吃過麵條了嗎？」

他們說：「走開。」

一樂趕緊讓到一旁，看著他們把垃圾掃出來，他又問：

「許三觀他們來吃過麵條了嗎？就是絲廠的許三觀。」

他們說：「早走啦，來吃麵條的人早就走光啦。」

一樂聽他們這樣說，就低著頭走到一棵樹的下面，低著頭站了一會兒，然後坐到了地上，雙手抱住自己的膝蓋，又將頭靠在了膝蓋上，他開始哭了。他讓自己的哭聲越來越響，他聽到這個夜晚裡什麼聲音都沒有了，風吹來吹去的聲音沒有了，樹葉抖動的聲音沒有了，身後飯店裡凳子搬動的聲音也沒有了，只有他自己的哭聲在響著，在這個夜晚裡飄著。

他哭了一會兒，覺得自己累了，就不再哭下去，伸手去擦眼淚，這時候他聽到那兩個夥計在關門了。他們關上門，看到一樂還坐在那裡，就對他說：

「你不回家了？」

一樂說：「我要回家。」

他們說：「要回家還不快走，還坐在這裡幹什麼？」

一樂說：「我坐在這裡休息，我剛才走了很多路，我很累，我現在要休息。」

他們走了，一樂看著他們先是一起往前走，走到前面拐角的地方，有一個轉身走了進去，另一個繼續往前走，一直走到一樂看不見他的地方。

然後一樂也站了起來，他開始往家裡走去了。他一個人走在街道上和巷子裡，聽著自己走路的聲音，他覺得自己越來越餓，他覺得自己像是沒有吃過那個烤紅薯，力氣越來越沒有了。

當他回到家中時，家裡人都在床上睡著了，他聽到許三觀呼嚕呼嚕的鼾聲，二樂翻了一個身又說了一句夢話，只有許玉蘭聽到他推門進屋的聲音，許玉蘭說：

「一樂。」

一樂說：「我餓了。」

一樂站在門口等了一會兒，許玉蘭才又說：「你去哪裡了？」

一樂說：「我餓了。」

又是過了一會，許玉蘭說：「快睡吧，睡著了就不餓了。」

一樂還是站在那裡，可是很久以後，許玉蘭都沒再說話，一樂知道她睡著了，她不會再對他說些什麼，他就摸到床前，脫了衣服上床躺了下來。

他沒有馬上睡著，他的眼睛看著屋裡的黑暗，聽著許三觀的鼾聲在屋裡滾動，他告訴自己：就是這個人，這個正打著呼嚕的人，不讓他去飯店吃麵條；也是這個人，讓他現在餓著肚子躺在床上；還是這個人，經常說他不是他的親生兒子。最後，他對許三觀的鼾聲說：我不是你的親生兒子，你也不是我的親爹。

第二十二章

第二天早晨，一樂喝完玉米粥以後，就抬腳跨出了門檻。那時候許三觀和許玉蘭還在屋子裡，二樂和三樂坐在門檻上，他們看著一樂的兩條腿跨了出去，從他們的肩膀旁像是胳膊似的一揮就出去了，二樂看著一樂向前走去，頭也不回，就對他叫道：

「一樂，你去哪裡？」

一樂說：「去找我爹。」

二樂聽了他的回答以後，回頭往屋裡看了看，他看到許三觀正伸著舌頭在舔碗，他覺得很奇怪，接著他咯咯笑了起來，他對三樂說：

「爹明明在屋子裡，一樂還到外面去找。」

三樂聽了二樂的話，也跟著二樂一起咯咯笑了起來，三樂說：

「一樂沒有看見爹。」

這天早晨一樂向何小勇家走去了，他要去找他的親爹，他要告訴親爹何小勇，他不再回到許三觀家裡去了，哪怕許三觀天天帶他去勝利飯店吃麵條，他也不會回去了。他要在何小勇家住下來，他不再有兩個弟弟了，而是有了兩個妹妹，一個叫何小英，一個叫何小紅。他的名字也不叫許一樂了，應該叫何一樂。總而言之，從今往後他看到何小勇就要爹、爹、爹的一聲聲叫了。

一樂來到了何小勇家門口，就像他離開許三觀家時，二樂和三樂坐在門檻上一樣，他來到何小勇家時，何小英和何小紅也坐在門檻上。兩個女孩看到一樂走過來，都扭回頭去看屋裡了。一樂對她們說：

「你們的哥哥來啦。」

於是兩個女孩又把頭扭回來看他了，他看到何小勇在屋裡，就向何小勇叫道：

「爹，我回來啦。」

何小勇從屋裡出來，伸手指著一樂說：「誰是你的爹？」

隨後他的手往外一揮，說：「走開。」

一樂站著沒有動，他說：「爹，我今天來和上次來不一樣，上次是我媽要我來的，上次我還不願意來。今天是我自己要來的，我媽不知道，許三觀也不知道。爹，我今天來了就不回去了，爹，我就在你這裡住下了。」

何小勇又說：「誰是你的爹？」

一樂說：「你就是我的爹。」

「放屁。」何小勇說，「你爹是許三觀。」

「許三觀不是我親爹，你才是我的親爹。」

何小勇告訴一樂：「你要是再說我是你爹，我就要用腳踢你，用拳頭揍你了。」

一樂搖搖頭說：「你不會的。」

何小勇的鄰居們都站到了門口，有幾個人走過來，走過來對何小勇說：

「何小勇，他是你的兒子也好，不是你的兒子也好，你都不能這樣對待他。」

一樂對他們說：「我是他的兒子。」

何小勇的女人出來了，指著一樂對他們說：

「又是那個許玉蘭，那個騷女人讓他來的，那個騷女人今天到東家去找個野男人，明天又到西家去找個野男人，生下了野種就要往別人家裡推，要別人拿錢供她的野種吃，供她的野種穿。這年月誰家的日子都過不下去，我們一家人已經幾天沒吃什麼東西了，一家人餓了一個多月了，肚皮上的皮都要和屁股上的皮貼到一起了……」

一樂一直看著何小勇的女人，等她把話說完了，他扭過頭來對何小勇說：

「爹，你是我的親爹，你帶我到勝利飯店去吃一碗麵條。」

「你們聽到了嗎？」

何小勇的女人對鄰居們說：「他還想吃麵條，我們一家人吃糠嚥菜兩個月了，他一來就要吃麵條，還要去什麼勝利飯店……」

一樂對何小勇說：「爹，我知道你現在沒有錢，你去醫院賣血吧，賣了血你就會有錢了，賣了血你帶我去吃麵條。」

「啊呀！」

何小勇的女人叫了起來，她說：「他還要何小勇去醫院賣血，他是要我們何小勇的命啊，他想害死我們何小勇。何小勇，你還不把他趕走。」

何小勇走過去對一樂說：「滾開。」

一樂沒有動，他說：「爹，我不走。」

何小勇一把抓住一樂的衣服領子，將一樂提了起來，走了幾步，何小勇提不動了，就把一樂放下，然後拖著一樂走。一樂的兩隻手使勁地拉住自己的衣領，半張著嘴呼哧呼哧地喘著氣。何小勇拖著一樂走到巷子口才站住腳，把一樂推到牆上，伸手指著一樂的鼻子說：

「你要是再來，我就宰了你。」

說完，何小勇轉身就走。一樂貼著牆壁站在那裡，看著何小勇走回到家裡，他的身體才離開了牆壁，走到了大街上，站在那裡左右看了一會兒以後，他低著頭向西走去。

有幾個認識許三觀的人，看到一個十一、二歲的孩子，低著頭一路向西走去，他們看到這個孩子的眼淚不停地掉到了地上，有時掉在鞋上。他們想這是誰家的孩子？哭得這麼傷心？走近了一看，認出來是許三觀家的一樂。

最先是方鐵匠，方鐵匠說：

「一樂，一樂你為什麼哭？」

一樂說：「許三觀不是我的親爹，何小勇也不是我的親爹，我沒有親爹了，所以我就哭了。」

方鐵匠說：「一樂你為什麼要往西走？你的家在東邊。」

一樂說：「我不回家了。」

方鐵匠說：「一樂，你快回家去。」

一樂說：「方鐵匠，你給我買一碗麵條吃吧！我吃了你的麵條，你就是我的親爹。」

方鐵匠說：「一樂，你在胡說些什麼？我就是給你買十碗麵條，我也做不了你的親爹。」

然後是其他人，他們也對一樂說：

「你是許三觀家的一樂，你為什麼哭？你為什麼一個人往西走？你的家在東邊，你快回家吧。」

一樂說：「我不回家了，你們去對許三觀說，說一樂不回家了。」

他們說：「你不回家了，你要去哪裡？」

一樂說：「我不知道要去哪裡，我只知道不回家了。」

一樂又說：「你們誰去給我買一碗麵條吃，我就做誰的親生兒子，你們誰去買麵條？」

他們去告訴許三觀：

「許三觀，你家的一樂嗚嗚哭著往西走了；許三觀，你家的一樂不認你這個爹了；許三觀，你家的一樂見人就張嘴要麵條吃；許三觀，你家的一樂說誰給他吃一碗麵條，誰就是他的親爹；許三觀，你家的一樂到處在要親爹，就跟要飯似的，你還不知道，你還躺在藤楊裡，你還架著腿，你快去把他找回來吧。」

許三觀從藤楊裡站起來說：

「這個小崽子是越來越笨了，他找親爹不去找何小勇？倒去找別人。他找親爹不到何小勇家裡去找？倒是往西走，越走離他親爹的家越遠。」

說完許三觀重新躺到藤楊裡，他們說：「你怎麼又躺下了，你快去把他找回來吧。」

許三觀說：「他要去找自己親爹，我怎麼可以去攔住他呢？」

他們聽了許三觀的話，覺得有道理，就不再說什麼，一個一個離去了。後來，又來了另外幾個人，他們對許三觀說：

「許三觀，你知道嗎？今天早晨你家的一樂去找何小勇了，一樂去認親爹了。一樂這孩子可憐，被何小勇的女人指著鼻子罵，還罵了你女人許玉蘭，罵出來的話要有多難聽就有多難聽。一樂可憐，被那個何小勇從家門口一直拖到巷子口。」

許三觀問他們：「何小勇的女人罵我了沒有？」

他們說：「倒是沒有罵你。」

許三觀說：「那我就不管這麼多了。」

這一天過了中午以後，一樂還沒有回來，許玉蘭心裡著急了，她對許三觀說：

「看到過一樂的人，都說一樂向西走了，沒有一個人說他向別處走。向西走，他會走到哪裡去？他已經走到鄉下了，他要是再向西走，他就會忘了回家的路，他才只有十一歲。許三觀，你快去把他找回來。」

許三觀說：「我不去。一樂這小崽子，我供他吃，供他穿，還供他念書，我對他有多好，可他這麼對我，竟然背著我去找什麼親爹。那個王八蛋何小勇，對他又是罵又是打，還把他從家門口拖到巷子口，可他還要去認親爹。我想明白了，不是自己親生的兒子，是怎麼養也養不親。」
許玉蘭就自己出門去找一樂，她對許三觀說：
「你不是一樂的親爹，我可是他的親媽，我要去把他找回來。」
許玉蘭一走就是半天，到了黃昏的時候，她回來了。她一進門就問許三觀：
「一樂回來了沒有？」
許三觀說：「沒有，我一直在這裡躺著，我的眼睛也一直看著這扇門，我只看見二樂和三樂進來出去，沒看到一樂回來。」
許玉蘭聽後，眼淚掉了出來，她對許三觀說：
「我一路往西走，一路問別人，他們都說看到一樂走過去了。我出了城，再問別人，就沒有人看到過一樂了。我在城外走了一陣，就看不到別人了，沒有一個人可以打聽，我都不知道該往哪裡走。」
說著許玉蘭一轉身，又出門去找一樂了。許玉蘭這次走後，許三觀在家裡坐不住了，他站到了門外，看著天色黑下來，心想一樂這時候還不回家，就怕是出事了。這麼一想，許三觀心裡也急上了。看著黑夜越來越濃，許三觀就對二樂和三樂說：
「你們就在家裡待著，誰也不准出去，一樂回來了，你們就告訴他，我和他媽都去找他了。」

許三觀說完就把門關上，然後向西走去，走了沒有幾步路，他聽到旁邊有人在哭泣，低頭一看，看到了一樂，一樂坐在鄰居家凹進去的門旁，脖子一抽一抽地看著許三觀，許三觀急忙蹲下去：

「一樂，你是不是一樂？」

許三觀看清了這孩子是一樂以後，就罵了起來：

「他媽的，你把你媽急了個半死，把我嚇了個半死，你倒好，就坐在鄰居家的門口。」

一樂說：「爹，我餓了，我餓得一點力氣都沒有了。」

許三觀說：「活該，你餓死都是活該，誰讓你走的？還說什麼不回來了……」

一樂抬起手擦起了眼淚，他邊擦邊說：

「本來我是不想回來了，你不把我當親兒子，我去找何小勇，何小勇也不把我當親兒子，我就想不回來了……」

許三觀打斷他的話，許三觀說：

「你怎麼又回來了？你現在就走，現在走還來得及，你要是永遠不回來了，我才高興。」

一樂聽了這話，哭得更傷心了，他說：

「我餓了，我睏了，我想吃東西，我想睡覺，我想你就是再不把我當親兒子，你也比何小勇疼我，我就回來了。」

一樂說著伸手扶著牆站起來，又扶著牆要往西走，許三觀說：

「你給我站住，你這小崽子還真要走。」

一樂站住了腳，歪著肩膀低著頭，哭得身體一抖一抖的，許三觀在他身前蹲下來，對他說：

「爬到我背上來。」

一樂爬到了許三觀的背上，許三觀背著他往東走去，先是走過了自己的家門，然後走進了一條巷子，走完了巷子，就走到了大街上，也就是走在那條穿過小城的河流旁。許三觀嘴裡不停地罵著一樂：

「你這個小崽子，小王八蛋，小混蛋，我總有一天要被你活活氣死。你他媽的想走就走，還見了人就說，全城的人都以為我欺負你了，都以為我這個後爹天天揍你，天天罵你。我養了你十一年，到頭來我才是個後爹，那個王八蛋何小勇一分錢都沒出，反倒是你的親爹。誰倒楣也不如我倒楣，下輩子我死也不做你的爹了，下輩子你做我的後爹吧。你等著吧，到了下輩子，我要把你折騰得死去活來……」

一樂看到了勝利飯店明亮的燈光，他小心翼翼地問許三觀：

「爹，你是不是要帶我去吃麵條？」

許三觀不再罵一樂了，他突然溫和地說道：

「是的。」

第二十三章

兩年以後的有一天，何小勇走在街上時，被一輛從上海來的卡車撞到了一戶人家的門上，把那扇關著的門都撞開了，然後何小勇就躺在了這戶人家屋裡的地上。

何小勇被卡車撞倒的消息傳到許三觀那裡，許三觀高興了一天。在夏天的這個傍晚，許三觀光著膀子，穿著短褲從鄰居的家中進進出出，他見了人就說：

「這叫惡有惡報，善有善報。做了壞事不肯承認，以為別人就不知道了，老天爺的眼睛可是看得清清楚楚。老天爺要想罰你了，別說是被車撞，就是好端端地走在屋簷下，瓦片都會飛下來砸你的腦袋；就是好端端地走在橋上，橋也會塌到河裡去。你們再來看看我，身強力壯，臉色紅潤，雖然日子過得窮過得苦，可我身體好，身體就是本錢，這可是老天爺獎我的……」

說著許三觀還使了使勁，讓鄰居們看看他胳膊上的肌肉和腿上的肌肉。然後又說：

「說起來我做了十三年的烏龜，可你們看看一樂，對我有多親，比二樂、三樂還親，平日裡有什麼好吃的，總要問我：爹，你吃不吃。二樂和三樂這兩個小崽子有好吃的，從來不問我。一樂對我好，為什麼？也是老天爺獎我的……」

許三觀最後總結道：「所以，做人要多行善事，不行惡事。做了惡事的話，若不馬上改正過來，就要像何小勇一樣，遭老天爺的罰，老天爺罰起人來可是一點都不留情面，都是把人往死裡罰，那個何小勇躺在醫院裡面，還不知道死活呢。

「經常做善事的人，就像我一樣，老天爺時時惦記著要獎勵我些什麼，別的就不說了，就說我賣血，你們也都知道我許三觀賣血的事，這城裡的人都覺得賣血是丟臉的事，其實在我爺爺他們村裡，誰賣血，他們就說誰身體好。你們看我，賣了血身體弱了嗎？沒有，為什麼？老天爺獎我的，我就是天天賣血，我也死不了。我身上的血，就是一棵搖錢樹，這棵搖錢樹，就是老天爺給我的。」

許玉蘭聽到何小勇被車撞了以後，沒有像許三觀那樣高興，她像是什麼都沒有發生一樣。該去炸油條了，她就去炸油條；該回家做飯了，她就回家做飯；該給許三觀，給一樂、二樂、三樂洗衣服了，她就端著木盆到河邊去。她知道何小勇倒楣了，只是睜圓了眼睛，半張著嘴，吃驚了一些時候，連笑都沒有笑一下，許三觀對她很不滿意，她就說：

「何小勇被車撞了，我們得到了什麼了？如果他被車撞了，我們家裡掉進來一塊金子，我們高興還有個道理。家裡什麼都沒多出來，有什麼好高興的？」

許玉蘭看著許三觀光著膀子，笑呵呵的在鄰居家進進出出，嘴邊掛著惡有惡報善有善報那些話，倒是心裡不滿意，她對許三觀說：

「你想說幾句，就說他幾句，別一說上就沒完沒了。昨天說了，今天又說，今天說了，明天還說。何小勇再壞，再沒有良心，也是一個躺在醫院裡不死不活的人了，你還整天這麼去說他，小心老天爺要罰你了。」

許玉蘭最後那句話，讓許三觀吸了一口冷氣，他心想這也是，他整天這麼幸災樂禍的，老天爺說不定還真會罰他。於是許三觀收斂起來，從這一天起就不再往鄰居家進進出出了。

何小勇在醫院裡躺了七天，前面三天都是昏迷不醒，第四天眼睛睜開來看了看，隨後又閉上，接著又是三天的昏迷。

他被卡車撞斷了右腿和左胳膊，醫生說骨折倒是問題不大，問題是他的內出血一下子沒有辦法止住，何小勇的血壓在水銀柱子裡上上下下。每天上午輸了血以後，血壓就上去，到了晚上出血一多，血壓又下來了。

何小勇的幾個朋友互相間說：「何小勇的血壓每天都在爬樓梯，早晨上去，晚上下來。爬那麼三天、四天的還行，天天這樣爬上爬下的，就怕是有一天爬不動了。」

他們對何小勇的女人說：「我們看醫生也不會有什麼好辦法了，他們每天在何小勇的病床前一站就是一、兩個小時，討論這個，討論那個。討論完了，何小勇還是鼻子裡插一根氧氣管，手臂上吊著輸液瓶。今天用的藥，七天前就在用了，也沒看到醫生給什麼新藥。」

他們最後說：「你還是去找找城西的陳先生吧……」

城西的陳先生是一個老中醫，也是一個占卦算命的先生，陳先生對何小勇的女人說：「我已經給你開了處方，我用的都是最重的藥，這些藥再重也只能治身體，治不了何小勇的魂，他的魂要飛走，是什麼藥都拉不住的。人的魂要飛，先是從自己家的煙囪裡出去。你呵，就讓你的兒子上屋頂去，屁股坐在煙囪上，對著西天喊：『爹，你別走；爹，你回來。』不用喊別的，就喊這兩句，連著喊上半個時辰，何小勇的魂聽到了兒子的喊叫，飛走了也會飛回來；還沒有飛走的話，它就不會飛了，就會留下來。」

何小勇的女人說：「何小勇沒有兒子，只有兩個女兒。」

陳先生說：「女兒是別人家的，嫁出去的女兒就是潑出去的水，女兒上了屋頂喊得再響，傳得再遠，做爹的魂也聽不到。」

何小勇的女人說：「何小勇沒有兒子，我沒有給何小勇生兒子，我只給他生了兩個女兒，不知道是我前世造孽了，還是何小勇前世造孽了，我們沒有兒子，何小勇沒有兒子，他的命是不是就保不住了？」

何小勇的朋友們說：「誰說何小勇沒有兒子？許三觀家的一樂是誰的兒子？」

於是，何小勇的女人就來到了許三觀家裡，這個很瘦的女人見了許玉蘭就是哭。先是站在門口，拿著塊手絹擦著通紅的眼睛，隨後坐在了門檻上，嗚嗚地哭出了聲音。

當時，許玉蘭一個人在家裡，她看到何小勇的女人來到門口，心想她來幹什麼？過了一會兒看到這個瘦女人在門檻上坐下了，還哭出了聲音，許玉蘭就說話了，她說：

「是誰家的女人？這麼沒臉沒皮，不在自己家裡哭，坐到人家門檻上來哭，哭得就跟母貓叫春似的。」

聽了這話，何小勇的女人不哭了，她對許玉蘭說：

「我命苦啊，我男人何小勇好端端地走在街上，不招誰也不惹誰，還是讓車給撞了，在醫院裡躺了七天，就昏迷了七天，醫院裡的醫生是沒辦法救他了，他們說只有城西的陳先生能救他，城西的陳先生說只有一樂能救他，我只好來求你了……」

許玉蘭接過她的話說：「我的命真好啊，我男人許三觀這輩子沒有進過醫院，都四十來歲的人了，還不知道躺在病床上是什麼滋味。力氣那個大啊，一百斤的米扛起來就走，從米店到我們家有兩里路，中間都沒有歇一下……」

何小勇的女人嗚嗚地又哭上了，她邊哭邊說：

「我命苦啊，何小勇躺在醫院裡面都快要死了，醫生救不了他，城西的陳先生也救不了他，只有一樂能救他，一樂要是上了我家屋頂去喊魂，還能把何小勇的魂給喊回來，一樂要是不去喊魂，何小勇就死定了，我就要做寡婦了……」

許玉蘭說：「我的命好，他們都說許三觀是長壽的相，說許三觀天庭飽滿，我家許三觀手掌上的那條生命線又長又粗，就是活到八、九十歲，閻王爺想叫他去，還叫不動呢。我的命也長，不過再長也沒有許三觀長，我是怎麼都會死在他前面的，他給我送終。做女人最怕什麼？還不是怕做寡婦，做了寡婦以後，那日子怎麼過？家裡掙的錢少了不說，孩子們沒了爹，欺負他們的人就多，還有下雨天打雷的時候，心裡害怕都找不到一個肩膀可以靠上去……」

何小勇的女人越哭越傷心，她對許玉蘭說：

「我命苦啊，求你開開恩，讓一樂去把何小勇的魂喊回來，求你看在一樂的分上，怎麼說何小勇也是一樂的親爹……」

許玉蘭笑嘻嘻地說：「這話你要是早說，我就讓一樂跟你走了，現在你才說何小勇是一樂的親爹，已經晚了，我男人許三觀不會答應的。想當初，我到你們家裡來，你罵我，何小勇還打我，那時候你們兩口子可神氣呢，沒想到你們會有今天，許三觀說得對，你們家是惡有惡報，我們家是善有善報。你看看我們家的日子，越過越好，你再看看我身上的襯衣，這可是棉綢的襯衣，一個月以前才做的……」

何小勇的女人說：

「我們是惡有惡報，當初為了幾個錢，我們不肯認一樂，是我們錯。何小勇造了孽，我跟著他也受了不少罪，這些都不說了，求你看在我的可憐上，就讓一樂去救救何小勇。我也恨他，可怎麼說他也是我的男人。我的眼睛都哭腫了，都哭疼了。何小勇要是死了，我以後怎麼辦啊？」

許玉蘭說：「以後怎麼辦？以後你就做寡婦了。」

許玉蘭對許三觀說：「何小勇的女人來過了，兩隻眼睛哭得和電燈泡一樣了……」

許三觀問：「她來幹什麼？」

許玉蘭說：「她本來人就瘦，何小勇一出事，就更瘦了，真像是一根竹竿，都可以架起來晾衣服了……」

許三觀問：「她來幹什麼？」

許玉蘭說：「她的頭髮有好幾天沒有梳理了，衣服上的鈕釦也掉了兩個，兩只鞋是一只乾淨，一只全是泥，不知道她在哪個泥坑裡踩過……」

許三觀說：「我在問你，她來幹什麼？」

「是這樣的，」許玉蘭說，「何小勇躺在醫院裡快死了，醫生救不了何小勇了，她就去找城西的陳先生，陳先生也救不了何小勇，陳先生說只有一樂能救何小勇，讓一樂爬到他們家的屋頂上去喊魂，去把何小勇的魂喊回來，所以她就來找一樂了。」

許三觀說：「她自己為什麼不爬到屋頂上去喊？她的兩個女兒為什麼不爬到屋頂上去喊？」

「是這樣的，」許玉蘭說，「她去喊，何小勇的魂聽不到；她的兩個女兒去喊，何小勇的魂也聽不到；一定要親生兒子去喊，何小勇的魂才會聽到，這是陳先生說的，所以她就來找一樂了。」

「她是來做夢。」許三觀說，「她是做夢想吃屁，當初我許三觀大人大量，把養了九年的一兒子白白還給何小勇，他們不要。我又養了四年，他們現在來要了，現在我不給了。何小勇活該要死，這種人活在世上有害無益，就讓他死掉算了。他媽的，還想讓一樂去喊他的魂，就是喊回來了，也是個王八蛋的魂……」

許玉蘭說：「我看著何小勇的女人也真是可憐，做女人最怕的也就是遇上這事，家裡死了男人，日子怎麼過？想想自己要是遇上了這種事，還不……」

「放屁。」許三觀說，「我身體好著呢，力氣都使不完，全身都是肌肉，一走路，身上的肌肉就蹦蹦跳跳的……」

許玉蘭說：「我不是這個意思，我是說有時候替別人想想，就覺得心裡也不好受。何小勇的女人都哭著求上門來了，再不幫人家，心裡說不過去。他們以前怎麼對我們的，我們就不要去想了，怎麼說人家的一條命在我們手裡，總不能把人家的命捏死吧？」

許三觀說：「何小勇的命就該捏死，這叫為民除害，那個開卡車的司機真是做了一件大好事……」

許玉蘭說：「你常說善有善報，你做了好事，別人都看在眼裡。這次你要是讓一樂去把何小勇的魂喊回來，他們都會說許三觀是好人，都會說何小勇這麼對不起許三觀，許三觀還去救了何小勇的命……」

許三觀說：「他們會說我許三觀是個笨蛋，是個傻子，是個二百五，是他媽的老烏龜；他們會說我許三觀烏龜越做越甜了，越做越香了……」

許玉蘭說：「怎麼說何小勇也是一樂的親爹……」

許三觀伸手指著許玉蘭的臉說：「你要是再說一遍何小勇是一樂的親爹，我就打爛你的嘴。」

接著他問許玉蘭：「我是一樂的什麼人？我辛辛苦苦養了一樂十三年，我是一樂的什麼人？」

最後他說：「我告訴你，你想讓一樂去把那個王八蛋的魂喊回來，先從我屍體上踩過去。只要我還活著，何小勇的魂就別想回來。」

許三觀把一樂叫到面前，對他說：

「一樂，你已經十三歲了，我像你這麼大的時候，我爹已經死了，我媽跟著一個男人跑了，我一個人在城裡活不下去，我就走了一天的路，到鄉下去找我爺爺，其實路不遠，走上半天就夠了，我中間迷路了，要不是遇上我四叔，我不知道會走到什麼地方。我四叔不認識我，他看到天都快黑了，我又是一個小孩，他就問我到什麼地方去？我說我爹死了，我媽跟別人走了，我要去找我爺爺。我四叔知道我就是他哥哥的兒子時，蹲下來摸著我的頭髮就哭了，那時我已經走不動了，我四叔就背著我回家……

「一樂，我為什麼和我四叔感情深？就是因為四叔把我背回到爺爺家裡的，做人要有良心。我四叔死了有好幾年了，我現在想到四叔的時候，眼淚又要下來了。做人要有良心，我養了你十三年，這十三年裡面，我打過你，罵過你，你不要記在心裡，我都是為你好。這十三年裡面，我不知道為你操了多少心，就不說這些了，你也知道我不是你的親爹，你的親爹現在躺在醫院裡，你的親爹快要死了，醫生救不了他，城西的陳先生，就是那個算命的陳先生，也是個中醫，陳先生說只有你能救何小勇，何小勇的魂已經從胸口飛出去了，陳先生說你要是爬到何小勇家的屋頂上，就能把何小勇的魂喊回來……

「一樂，何小勇以前對不起我們，這是以前的事了，我們就不要再記在心裡了，現在何小勇性命難保，救命要緊。怎麼說何小勇也是個人，只要是人的命都要去救，再說他也是你的親爹，你就看在他是你親爹的分上，爬到他家的屋頂上去喊幾聲吧……

「一樂，何小勇現在認你這個親兒子了，他就是不認你這個親兒子，我也做不了你的親爹……

「一樂，你記住我今天說的話，做人要有良心，我也不要你以後報答我什麼，只要你以後對我，就像我對我四叔一樣，我就心滿意足了。等到我老了，死了，你想起我養過你，心裡難受一下，掉幾顆眼淚出來，我就很高興了……

「一樂，你跟著你媽走吧。一樂，聽我的話，去把何小勇的魂喊回來。一樂，你快走。」

第二十四章

這一天，很多人都聽說許三觀家的一樂，要爬到何小勇家的屋頂上，還要坐在煙囪上，去把何小勇飛走的魂喊回來。於是，很多人來到了何小勇的家門前，他們站在那裡，看著許玉蘭帶著一樂走過來，又看著何小勇的女人迎上去說了很多話，然後這個很瘦的女人拉著一樂的手，走到了已經架在那裡的梯子前。

何小勇的一個朋友這時站在屋頂上，另一個朋友在下面扶著梯子，一樂沿著梯子爬到了屋頂，屋頂上的那個人拉住他的手，斜著走到煙囪旁，讓一樂坐在煙囪上，一樂坐上去以後兩隻手放在了腿上，他看著把他拉過來的那個人走到梯子那裡，那人用手撐住屋頂上的瓦片，兩隻腳摸索著踩到了梯子上，然後就像是被河水淹沒似的，那人沉了下去。

一樂坐在屋頂的煙囪上，看到另外的屋頂在陽光裡發出了濕漉漉的亮光。有一隻燕子尖利地叫著飛過來，盤旋了幾圈又飛走了，然後很多小燕子發出了纖細的叫聲，叫聲就在一樂前面的屋簷裡。一樂又去看遠處起伏的山群，山群因為遙遠，看上去就像是雲朵一樣虛幻，灰濛濛如同影子似的。

站在屋頂下面的人都仰著頭，等待著一樂喊叫何小勇的魂，他們的頭抬著，所以他們都半張著嘴，他們等待了很久，什麼聲音都沒有聽到，於是他們的頭一個一個低了下去，放回到正常的位置上，他們開始議論紛紛，一樂坐在屋頂上，聽到他們的聲音像麻雀一樣嘰嘰喳喳。

何小勇的女人這時對一樂喊叫道：

「一樂，你快哭，你要哭，這是陳先生說的，你一哭，你爹的魂就會聽到了。」

一樂低頭看了看下面的人，看到他們對他指指點點的，他就扭開頭去，他發現只有自己一個人在屋頂上，四周的屋頂上沒有別人，所有的屋頂上都長滿了青草，在風裡搖晃著。

何小勇的女人又叫道：

「一樂，你快哭，你為什麼不哭？一樂，你快哭。」

一樂還是沒有哭，倒是何小勇的女人自己哭了起來，她哭著說：

「這孩子怎麼不哭？剛才對他說得好好的，他怎麼不哭？」

然後她又對一樂喊叫：

「一樂，你快哭，我求你快哭。」

一樂問：「為什麼要我哭？」

何小勇的女人說：「你爹躺在醫院裡，你爹快死了，你爹的魂已經從胸口飛出去了，飛一截就遠一截，你快哭，你再不哭，你爹的魂就飛遠了，就聽不到你喊他了，你快哭……」

一樂說：「我爹沒有躺在醫院裡，我爹正在絲廠裡上班，我爹不會死的，我爹正在絲廠裡推著小車送蠶繭，我爹的魂在胸口裡藏得好好的，誰說我爹的魂飛走了？」

何小勇的女人說：「絲廠裡的許三觀不是你爹，醫院裡躺著的何小勇才是你爹……」

一樂說：「你胡說。」

何小勇的女人說：「我說的是真話，許三觀不是你親爹，何小勇才是你親爹……」

一樂說：「你胡說。」

何小勇的女人轉過身去對許玉蘭說：

「我只好求你了，你是他媽，你去對他說說，你去讓他哭，讓他把何小勇的魂喊回來。」

許玉蘭站在那裡沒有動，她對何小勇的女人說：

「那麼多人看著我，你要我去說些什麼？我已經丟人現眼了，他們都在心裡笑話我呢，我能說些什麼呢？我不去說。」

何小勇的女人身體往下一沉，撲通一下跪在了許玉蘭面前，她對許玉蘭說：

「我跪在你面前了，我比你更丟人現眼了，他們在心裡笑，也是先笑我。我跪在這裡求你了，求你去對一樂說……」

何小勇的女人說得眼淚汪汪，許玉蘭就對她說：

「你快站起來，你跪在我面前，丟人現眼的還是我，不是你，你快站起來，我去說就是了。」

許玉蘭上前走了幾步，她抬起頭來，對屋頂上的一樂叫道：

「一樂，一樂你把頭轉過來，是我在叫你，你就哭幾聲，喊幾聲，去把何小勇的魂喊回來，喊回來了我就帶你回家。你快喊吧……」

一樂說：「媽，我不哭，我不喊。」

許玉蘭說：「一樂，你快哭，你快喊。到這裡來的人越來越多了，我的臉都丟盡了，要是人再多，我都沒地方躲了。你快喊吧，怎麼說何小勇也是你的親爹……」

一樂說：「媽，你怎麼能說何小勇是我的親爹？你說這樣的話，你就是不要臉了……」

「我前世造孽啊！」

許玉蘭喊叫了一聲，然後回過身來對何小勇的女人說：

「連兒子都說我不要臉，全是你家的何小勇害的，他要死就讓他死吧，我是不管了，我自己都顧不上了……」

許玉蘭不管這事了，何小勇的朋友就對何小勇的女人說：

「還是去把許三觀叫來，許三觀來了，一樂或許會哭幾聲，會喊幾聲……」

當時，許三觀正在絲廠裡推著蠶繭車，何小勇的兩個朋友跑來告訴他：

「一樂不肯哭，不肯喊，坐在屋頂上說何小勇不是他親爹，說你才是他親爹。許玉蘭去讓他哭，讓他喊，他說許玉蘭不要臉。許三觀，你快去看看，救命要緊……」

許三觀聽了這話，放下蠶繭車就說：

「好兒子啊。」

然後許三觀來到了何小勇屋前，他仰著頭對一樂說：

「好兒子啊，一樂，你真是我的好兒子，我養了你十三年，沒有白養你，有你今天這些話，我再養你十三年也高興……」

一樂看到許三觀來了，就對他說：

「爹，我在屋頂上待夠了，你快來接我下去，我一個人不敢下去。爹你快上來接我。」

許三觀說：「一樂，我現在還不能上來接你，你還沒有哭，還沒有喊，何小勇的魂還沒有回來……」

一樂說：「爹，我不哭，我不喊，我要下去。」

許三觀說：「一樂，你聽我的話，你就哭幾聲，喊幾聲。這是我答應人家的事，我答應人家了，就要做到。君子一言，駟馬難追。再說那個王八蛋何小勇也真是你的親爹……」

一樂在屋頂上哭了起來，他對許三觀說：

「他們都說你不是我的親爹，媽也說你不是我的親爹，現在你又這麼說。我沒有親爹，我也沒有親媽，我什麼親人都沒有，我就一個人。你不上來接我，我就自己下來了。」

一樂站起來走了兩步，屋頂斜著下去，他又害怕了，就一屁股坐在了瓦片上，響亮地哭了起來。

何小勇的女人對一樂喊叫：

「一樂，你總算哭了；一樂，你快喊……」

「你閉嘴。」許三觀對何小勇的女人吼道。

他說：「一樂不是為你那個王八蛋何小勇哭，一樂是為我哭。」

然後許三觀抬起頭來，對一樂說：

「一樂，好兒子，你就喊幾聲吧。你喊了以後，我就上來接你，我接你到勝利飯店去吃炒豬肝……」

一樂哭著說：「爹，你快上來接我。」

許三觀說：「一樂，你就喊幾聲吧，你喊了以後，我就是你的親爹了。一樂，你就喊幾聲吧，你喊了以後，何小勇那個王八蛋就再不會是你親爹了。從今往後，我就是你的親爹了……」

一樂聽到許三觀這樣說，就對著天空喊道：

「爹，你別走。爹，你回來。」

喊完他對許三觀說：「爹，你快上來接我。」

何小勇的女人說：「一樂，你再喊幾聲。」

一樂去看許三觀，許三觀說：「一樂，你就再喊兩聲吧。」

一樂就喊：「爹，你別走，你回來；爹，你別走，你回來。」

一樂對許三觀說：「爹，你快上來接我。」

何小勇的女人說：「一樂，你還要喊，陳先生說要喊半個時辰。一樂，你快喊。」

「夠啦。」許三觀對何小勇的女人說，「什麼陳先生，也是個王八蛋。一樂就喊這幾聲了，何小勇要死就死，要活就活……」

然後他對一樂說：「一樂，你等著，我上來接你。」

許三觀沿著梯子爬到了屋頂，他讓一樂伏在自己的背上，背著一樂從梯子上爬了下去。

站到地上以後，許三觀把一樂放下來，對一樂說：

「一樂，你站在這裡，你別動。」

說著許三觀走進了何小勇的家，接著他拿著一把菜刀走出來，站在何小勇家門口，用菜刀在自己臉上劃了一道口子，又伸手摸了一把流出來的鮮血，他對所有的人說：

「你們都看到了吧，這臉上的血是用刀劃出來的，從今往後，你們……」

他又指指何小勇的女人，「還有你，你們中間有誰敢再說一樂不是我親生兒子，我就和誰動刀子。」

說完他把菜刀一扔，拉起一樂的手說：

「一樂，我們回家去。」

第二十五章

這一年夏天的時候，許三觀從街上回到家裡，對許玉蘭說：

「我這一路走過來，沒看到幾戶人家屋裡有人，全到街上去了，我這輩子沒見過街上有這麼多人，胳膊上都套著個紅袖章，遊行的、刷標語的、貼大字報的，大街的牆上全是大字報，一張一張往上貼，越貼越厚，那些牆壁都像是穿上棉襖了。我還見到了縣長，那個大胖子山東人，從前可是城裡最神氣的人，我從前見到他時，他手裡都端著一個茶杯，如今他手裡提著個破臉盆，邊敲邊罵自己，罵自己的頭是狗頭，罵自己的腿是狗腿……」

許三觀說：「你知道嗎？為什麼工廠停工了、商店關門了、學校不上課、你也用不著去炸油條了？為什麼有人被吊在了樹上、有人被關進了牛棚、有人被活活打死？你知道嗎？為什麼毛主席一說話，就有人把他的話編成了歌，就有人把他的話刷到了牆上、刷到了地上、刷到了汽車上和輪船上、床單上和枕巾上、杯子上和鍋上，連廁所的牆上和痰盂上都有？毛主席的名字為什麼會這麼長？你聽著：偉大的領袖偉大的導師偉大的統帥偉大的舵手毛主席萬歲萬歲萬歲萬萬歲。一共有三十個字，這些都要一口氣念下來，中間不能換氣。你知道這是為什麼？因為文化大革命來啦……」

許三觀說：「文化大革命鬧到今天，我有點明白過來了，什麼叫文化革命？其實就是一個報私仇的時候，以前誰要是得罪了你，你就寫一張大字報，貼到街上去，說他是漏網地主也好，說他是反革命也好，怎麼說都行。這年月法院沒有了，警察也沒有了，這年月最多的就是罪名，隨便拿一個過來，寫到大字報上，再貼出去，就用不著你自己動手了，別人會把他往死裡整……這些日子，我躺在床上左思右想，是不是也找個仇人出來，寫他一張大字報，報一下舊仇。我想來想去，竟然想不出一個仇人來，只有何小勇能算半個仇人，可那個王八蛋何小勇四年前就讓卡車給撞死了。我許三觀為人善良，幾十年如一日，沒有一個仇人，這也好，我沒有仇人，就不會有人來貼我的大字報。」

許三觀話音未落，三樂推門進來，對他們說：

「有人在米店牆上貼了一張大字報，說媽是破鞋……」

許三觀和許玉蘭嚇了一跳，立刻跑到米店那裡，往牆上的大字報一看，三樂沒有說錯，在很多大字報裡，有一張就是寫許玉蘭的，說許玉蘭是破鞋，是爛貨，說許玉蘭十五歲就做了妓女，出兩元錢就可以和她睡覺，說許玉蘭睡過的男人十輛卡車都裝不下。

許玉蘭伸手指著那張大字報，破口大罵起來：

「你媽才是破鞋，你媽才是爛貨，你媽才是妓女，你媽睡過的男人，別說是十輛卡車，就是地球都裝不下。」

然後，許玉蘭轉過身來，對著許三觀哭了起來，她哭著說：

「只有斷子絕孫的人，只有頭上長瘡、腳底流膿的人，才會這麼血口噴人……」

許三觀對身旁的人說：「這全是誣衊，這上面說許玉蘭十五歲就做了妓女，胡說！別人不知道，我還會不知道嗎？我們結婚的那個晚上，許玉蘭流出來的血有這麼多……」

許三觀用手比劃著繼續說：「要是許玉蘭十五歲就做了妓女，新婚第一夜會見紅嗎？」

「不會。」許三觀看到別人沒有說話，他就自己回答。

到了中午，許三觀把一樂、二樂、三樂叫到面前，對他們說：

「一樂，你已經十六歲了；二樂，你也有十五歲了。你們到大街上去抄寫一張大字報，隨便你們抄誰的，抄完了就貼到寫你媽那張大字報上去。三樂，你胸口那一攤鼻涕是越來越大了，你這小崽子不會幹別的，總還會幫著提一桶漿糊吧？記住了，這年月大字報不能撕，誰撕了大字報誰就是反革命，所以你們千萬別去撕，你們抄一張新的大字報，貼上去蓋住那張就行了。這事我出面去辦不好，別人都盯著我呢，你們去就不會有人注意，你們三兄弟天黑以前去把這事辦了。」

到了晚上，許三觀對許玉蘭說：

「你的三個兒子把那張大字報蓋住了，現在你可以放心了，不會有多少人看過，大街上有那麼多的大字報，看得過來嗎？還不斷往上貼新的，一張還沒有看完，新的一張就貼上去了。」

沒過兩天，一群戴著紅袖章的人來到許三觀家，把許玉蘭帶走了。他們要在城裡最大的廣場上開一個萬人批鬥大會，他們已經找到了地主，找到了富農，找到了右派，找到了反革命，找到了走資本主義道路的當權派，什麼樣的人都找到了，就是差一個妓女，他們說為了找一個妓女，已經費了三天的時間，現在離批鬥大會召開只有半個小時，他們終於找到了，他們說：

「許玉蘭，快跟著我們走，救急如救火。」

許玉蘭被他們帶走後，到了下午才回來。回來時左邊的頭髮沒有了，右邊的頭髮倒是一根沒少。他們給她剃了一個陰陽頭，從腦袋中間分開來，剃得很整齊，就像收割了一半的稻田。

許三觀看到許玉蘭後，失聲驚叫。許玉蘭走到窗前，拿起窗臺上的鏡子，她在鏡子裡看到自己後，哇哇的哭了起來，她邊哭邊說：

「我都成這副樣子了，我以後怎麼見人？我以後怎麼活？我這一路走回家，他們看到我都指指點點，他們都張著嘴笑。許三觀，我還不知道自己這麼醜了，我知道自己一半的頭髮沒有了，可我不知道自己會這麼醜，我照了鏡子才知道。許三觀，我以後怎麼辦？許三觀，他們是在批鬥會上給我剃的頭髮，那時候我就聽到下面的人在笑，我看到自己的頭髮掉到腳上，我就知道他們在剃我的頭髮，我伸手去摸，他們就打我的嘴，打得我牙齒都疼了，我就不敢再去摸了。許三觀，我以後怎麼活啊？我還不如死掉。我和他們無冤無仇，我和他們都不認識，他們為什麼要剃我的頭髮？他們為什麼不讓我死掉？許三觀，你為什麼不說話？」

「我能說些什麼呢？」許三觀說。

然後他嘆息一聲：「事到如今還有什麼辦法？你都是陰陽頭了，這年月被剃了陰陽頭的女人，不是破鞋，就是妓女。你成了這副樣子，你就什麼話都說不清了，沒人會相信你的話，你就是跳進黃河也洗不清。以後你就別出門了，你就把自己關在家裡。」

許三觀把許玉蘭另一半的頭髮也剃掉，然後把許玉蘭關在家裡。許玉蘭也願意把自己關在家裡，可是胳膊上戴著紅袖章的人不願意，他們隔上幾天就要把許玉蘭帶走。許玉蘭經常被拉出去批鬥，城裡大大小小的批鬥會上，幾乎都有許玉蘭站在那裡，差不多每次都只是陪鬥，所以許玉蘭對許三觀說：

「他們不是批鬥我，他們是批鬥別人，我只是站在一邊陪著別人被他們批鬥。」

許三觀就對兒子們說：

「其實你們媽不是他們要批鬥的，你們媽是去陪著那些走資派，那些右派、反革命、地主，你們媽站在那裡也就是裝裝樣子。你們媽是陪鬥，什麼叫陪鬥？陪鬥就是味精，什麼菜都能放，什麼菜放了味精以後都吃起來可口。」

後來，他們讓許玉蘭搬著一把凳子，到街上最熱鬧的地方去站著。許玉蘭就站在了凳子上，胸前還掛著一塊木板，木板是他們做的，上面寫著妓女許玉蘭。

他們把許玉蘭帶到那裡，看著許玉蘭把木板掛到胸前，站到凳子上以後，他們就走開了，然後又把許玉蘭忘掉了。許玉蘭在那裡一站就是一天，左等右等不見他們回來，一直到天黑了，街上的人也少了，許玉蘭心想他們是不是把她忘掉了？然後，許玉蘭才搬著凳子，提著木板回到家裡。

許玉蘭在街上常常一站就是一天，站累了就自己下來在凳子上坐一會，用手捶捶自己的兩條腿，揉揉自己的兩隻腳，休息得差不多了，再站到凳子上去。

許玉蘭經常站著的地方，離廁所很遠，有時候許玉蘭要上廁所了，就胸前掛著那塊木板走過兩條街道，到米店旁邊的廁所去。街上的人都看著她雙手扶著胸前的木板，貼著牆壁低著頭走過去，走到廁所門前，她就把那塊木板取下來，放在外面，上完廁所她重新將木板掛到胸前，走回到站著的地方。

許玉蘭站在凳子上，就和站在批鬥會的臺上一樣，都要低著頭，低著頭才是一副認罪的模樣。許玉蘭在凳子上低著頭，看著自己的腳。眼睛盯著一個地方看久了，就會痠疼，有時候她就會看看街上走來走去的人，她看到誰也沒有注意她，雖然很多人走過時看了她一眼，可是很少有人會看她兩眼，許玉蘭心裡覺得踏實了很多，她對許三觀說：

「我站在街上，其實和一根電線桿立在那裡一樣……」

她說：「許三觀，我現在什麼都不怕了，我什麼罪都受過了，我都成這樣子了，再往下也沒什麼了，再往下就是死了，死就死吧，我一點都不怕。有時候就是想想你，想想三個兒子，心裡才會怕起來，要是沒有你們，我真是什麼都不怕了。」

說到三個兒子，許玉蘭掉出了眼淚，她說：

「一樂和二樂不理我，他們不和我說話，我叫他們，他們裝著沒有聽到，只有三樂還和我說話，還叫我一聲媽。我在外面受這麼多罪，回到家裡只有你對我好，我腳站腫了，你倒熱水給我燙腳；我回來晚了，你怕飯菜涼了，就焐在被窩裡；我站在街上，送飯送水的也是你。許三觀，你只要對我好，我就什麼都不怕了……」

許玉蘭在街上一站，常常是一天，許三觀就要給她送飯送水，許三觀先是要一樂去送，一樂不願意，一樂說：

「爹，你讓二樂去送。」

許三觀就把二樂叫過來，對他說：

「二樂，我們都吃過飯了，可是你媽還沒有吃，你把飯送去給你媽吃。」

二樂搖搖頭說：「爹，你讓三樂去送。」

許三觀發火了，他說：「我要一樂去送，一樂推給二樂，二樂又推給三樂，三樂這小崽子放下飯碗就跑得沒有了蹤影。要吃飯了，要穿衣服了，要花錢了，我就有三個兒子；要給你們媽送了，我就一個兒子都沒有了。」

二樂對許三觀說：「爹，我現在不敢出門，我一出門，認識我的人都叫我兩元錢一夜，叫得我頭都抬不起來。」

一樂說：「我倒是不怕他們叫我兩元錢一夜，他們叫我，我也叫他們兩元錢一夜，我叫得比他們還響。我也不怕和他們打架，他們人多我就跑，跑回家拿一把菜刀再出去，我對他們說：『我可是殺人不眨眼的，你們不信的話，可以去問問方鐵匠的兒子。』我手裡有菜刀，就輪到他們跑了。我是不願意出門，不願意上街，不是不敢出門……」

許三觀對他們說：「不敢出門的應該是我，我上街就有人向我扔小石子，吐唾沫，還有人要我站住腳，要我在大街上揭發你們媽，這事要是你們遇上了，你們可以說不知道，我可不敢說不知道，我和你們不一樣，你們怕什麼？你們生在新社會，長在紅旗下，你們都清清白白。你們看看三樂，三樂這小崽子還不是天天出去，每天都玩得好好的回來。可是今天這小崽子太過分了，都是下午了，他還沒回來……」

三樂回來了，許三觀把他叫過來，問他：

「你去哪裡了？你吃了早飯就出去了，到現在才回來，你去哪裡了？你和誰一起去玩了？」

三樂說：「我去的地方太多，我想不起來了。我沒和別人玩，我就一個人，我自己和自己玩。」

三樂願意給許玉蘭去送飯，可是許三觀對他不放心，許三觀只好自己給許玉蘭送飯。他把飯放在一只小鋁鍋裡來到大街上，很遠就看到許玉蘭站在凳子上，低著頭，胸前掛著那塊木板，頭髮長出來一些了，從遠處看過去像個小男孩的頭。許玉蘭身上的衣服破破爛爛的，她的脊背彎得就像大字報上經常有的問號一樣，兩隻手垂在那裡，由於脊背和頭一樣高了，她的手都垂到膝蓋上。許三觀看著許玉蘭這副模樣，走過去時心裡一陣一陣的難受，他走到許玉蘭面前，對她說：

「我來了。」

許玉蘭低著的頭轉過來看到了許三觀，許三觀把手裡的鋁鍋抬了抬，說：

「我把飯給你送來了。」

許玉蘭就從凳子上下來，然後坐在了凳子上，她把胸前的木板擺好了，接過許三觀手裡的鋁鍋，把鍋蓋揭開放到身邊的凳子上，她看到鍋裡全是米飯，一點菜都沒有，她也不說什麼，用勺子吃了一口飯，她眼睛看著自己踩在地上的腳，嚼著米飯。許三觀就在她身邊站著，看著她沒有聲音地吃飯，看了一會，他抬起頭看看大街上走過來和走過去的人。

有幾個人看到許玉蘭坐在凳子上吃飯，就走過來往許玉蘭手上的鍋裡看了看，問許三觀：

「你給她吃些什麼？」

許三觀趕緊把許玉蘭手上的鍋拿過來給他們看，對他們說：

「你們看，鍋裡只有米飯，沒有菜；你們看清楚了，我沒有給她吃菜。」

他們點點頭說：「我們看見了，鍋裡沒有菜。」

有一個人問：「你為什麼不給她在鍋裡放些菜？全是米飯，吃起來又淡又沒有味道。」

許三觀說：「我不能給她吃好的。」

「我要是給她吃好的，」許三觀指著許玉蘭說，「我就是包庇她了，我讓她只吃米飯不吃菜，也是在批鬥她……」

許三觀和他們說話的時候，許玉蘭一直低著頭，飯含在嘴裡也不敢嚼了，等他們走開去，走遠了，許玉蘭才重新咀嚼起來。看到四周沒有人了，許三觀就輕聲對她說：

「我把菜藏在米飯下面，現在沒有人，你快吃一口菜。」

許玉蘭用勺子從米飯上面挖下去，看到下面藏了很多肉，許三觀為她做了紅燒肉，她就往嘴裡放了一塊紅燒肉，低著頭繼續咀嚼，許三觀輕聲說：

「這是我偷偷給你做的，兒子們都不知道。」

許玉蘭點點頭，她又吃了幾口米飯，然後她蓋上鍋蓋，對許三觀說：

「我不吃了。」

許三觀說：「你才吃了一塊肉，你把肉都吃了。」

許玉蘭搖搖頭說：「給一樂他們吃，你拿回去給一樂他們吃。」

然後許玉蘭伸手去捶自己的兩條腿，她說：

「我的腿都站麻了。」

看著許玉蘭這副樣子，許三觀眼淚都快出來了，他說：

「有一句老話說得對，叫見多識廣，這一年讓我長了十歲，人心隔肚皮，知人知面不知心。到了今天還不知道那張大字報是誰寫的，你平日裡心直口快，得罪了人你都不知道，往後你可要少說話了，古人說言多必失……」

許玉蘭聽了這話，觸景生情，她說：

「我和何小勇就是這麼一點事，他們就把我弄成了這樣。你和林芬芳也有事，就沒有人來批鬥你。」

許三觀聽到許玉蘭這麼說，嚇了一跳，趕緊抬頭看看四周，一看沒人，他才放心下來，他說：

「這話你不能說，這話你對誰都不能說……」

許玉蘭說：「我不會說的。」

許三觀說：「你已經在水裡了，這世上只有我一個人還想著救你，我要是也被拉到水裡，就沒人救你了。」

許三觀經常在中午的時候，端著那口小鋁鍋走出家門，熟悉許三觀的人都知道他是給許玉蘭去送飯，他們說：

「許三觀，送飯啦。」

這一天，有一個人擋住了許三觀，對他說：

「你是不是叫許三觀？你是不是給那個叫許玉蘭的送飯去？我問你，你們家裡開過批鬥會了嗎？就是批鬥許玉蘭。」

許三觀將鋁鍋抱在懷裡，點著頭，陪著笑臉說：

「城裡很多地方都批鬥過許玉蘭了。」

然後他數著手指對那個人說：「工廠裡批鬥過，學校裡批鬥過，大街上也批鬥過，就是廣場上都批鬥過五次……」

那個人說：「家裡也要批鬥。」

許三觀不認識這個人，看到他的胳膊上也沒有戴紅袖章，他摸不準這個人的來歷，可是這個人說出來的話他不敢不聽，所以他對許玉蘭說：

「別人都盯著我們呢，都開口問我了，在家裡也要開你的批鬥會，不開不行了。」

那時候許玉蘭已經從街上回到了家裡，她正把那塊寫著「妓女許玉蘭」的木板取下來，放到門後，又把凳子搬到桌旁，她聽到許三觀這樣對她說，她頭都沒抬，拿起抹布去擦被踩過的凳子，許玉蘭邊擦邊說：

「那就開吧。」

這天傍晚，許三觀把一樂、二樂、三樂叫過來，對他們說：

「今天，我們家裡要開一個批鬥會，批鬥誰呢？就是批鬥許玉蘭。從現在開始，你們都叫她許玉蘭，別叫她媽，因為這是批鬥會，開完了批鬥會，你們才可以叫她媽。」

許三觀讓三個兒子坐成一排，他自己坐在他們面前，許玉蘭站在他身邊，他給許玉蘭也準備了一只凳子。他們四個人都坐著，只有許玉蘭站在那裡，許玉蘭低著頭，就像是站在大街上一樣。許三觀對兒子們說：

「今天批鬥許玉蘭，許玉蘭應該是站著的，考慮到許玉蘭在街上站了一天了，她的腳都站腫了，腿也站麻了，是不是可以讓她坐在凳子上，同意的舉起手來。」

許三觀說著自己舉起了手，三樂也緊跟著舉起了手，二樂和一樂互相看了看，也舉起手來。許三觀就對許玉蘭說：

「你可以坐下了。」

許玉蘭坐在了凳子上，許三觀指著三個兒子說：

「你們三個人都要發言，有話則長，無話則短，誰都要說兩句，別人問起來，我就可以說都發言了，我也可以理直氣壯。一樂，你先說兩句。」

一樂扭過頭去看二樂，他說：

「二樂，你先說。」

二樂看看許玉蘭，又看看許三觀，最後他去看三樂，他說：

「讓三樂先說。」

三樂半張著嘴，似笑非笑的樣子，他對許三觀說：

「我不知道說什麼。」

許三觀看著三樂說：「我想你也說不出個什麼來。」

然後他咳嗽了兩聲：「我先說兩句吧。他們說許玉蘭是個妓女，說許玉蘭天天晚上接客，兩元錢一夜，你們想想，是誰天天晚上和許玉蘭睡在一張床上？」

許三觀說完以後將一樂、二樂、三樂挨個看過來，三個兒子也都看著他，這時三樂說：

「是你，你天天晚上和媽睡在一張床上。」

「對。」許三觀說，「就是我，許玉蘭晚上接的客就是我，我能算是客嗎？」

許三觀看到三樂點了點頭，又看到二樂也點了點頭，只有一樂沒有點頭，他就指著二樂和三樂說：

「我沒讓你們點頭，我是要你們搖頭，你們這兩個笨蛋，我能算是客嗎？我當年娶許玉蘭花了不少錢，我雇了六個人敲鑼打鼓，還有四個人抬轎子，擺了三桌酒席，所有的親戚朋友都來了，我和許玉蘭是明媒正娶。所以我不是什麼客，所以許玉蘭也不是妓女。不過，許玉蘭確實犯了生活錯誤，就是何小勇……」

許三觀說著看了看一樂，繼續說：

「許玉蘭和何小勇的事，你們也都知道，今天要批鬥的就是這件事……」

許三觀轉過臉去看許玉蘭：

「許玉蘭，你就把這事向三個兒子交代清楚。」

許玉蘭低著頭坐在那裡，她輕聲說：

「這事我怎麼對兒子說，我怎麼說得出口呢？」

許三觀說：「你不要把他們當成兒子，你要把他們當成批鬥你的革命群眾。」

許玉蘭抬頭看看三個兒子，一樂坐在那裡低著頭，只有二樂和三樂看著她，她又去看許三觀，許三觀說：

「你就說吧。」

「是我前世造的孽。」許玉蘭伸手去擦眼淚了，她說，「我今世才得報應，我前世肯定是得罪了何小勇，他今世才來報復我，他死掉了，什麼事都沒有了，我還要在世上沒完沒了地受罪……」

許三觀說：「這些話你就別說了。」

許玉蘭點點頭，她抬起雙手擦了一會眼淚，繼續說：

「其實我和何小勇也就是一次，沒想到一次就懷上了一樂……」

這時候一樂突然說：「你別說我，要說就說你自己。」

許玉蘭抬頭看了看一樂，一樂臉色鐵青地坐在那裡，他不看許玉蘭，許玉蘭眼淚又出來了，她流著眼淚說：

「我知道自己對不起你們，我知道你們都恨我，我讓你們都沒臉做人了，可這事也不能怪我，是何小勇，是那個何小勇，趁著我爹去上廁所了，把我壓在了牆上，我推他，我對他說我已經是許三觀的女人了，他還是把我壓在牆上，我是使勁地推他，他力氣比我大，我推不開他，我想喊叫，他捏住了我的奶子，我就叫不出來了，我人就軟了……」

許三觀看到二樂和三樂這時候聽得眼睛都睜圓了，一樂低著頭，兩隻腳在地上使勁地劃來劃去，許玉蘭還在往下說：

「他就把我拖到床上，解開我的衣服，還脫我的褲子，我那時候一點力氣也沒有了，他把我一條腿從褲管裡拉出來，另一條腿他沒管，他又把自己的褲子褪到屁股下面……」

許三觀這時叫道：「你別說啦，你沒看到二樂和三樂聽得眼珠子都要出來了，你這是在放毒，你這是在毒害下一代……」

許玉蘭說：「是你讓我說的……」

「我沒讓你說這些。」

許三觀說著伸手指著許玉蘭，對二樂和三樂吼道：

「這是你們的媽，你們還聽得下去。」

二樂使勁搖頭，他說：「我什麼都沒聽到，是三樂在聽。」

三樂說：「我也什麼都沒聽到。」

「算啦。」許三觀說，「許玉蘭就交代到這裡，現在輪到你們發言了，一樂，你先說。」

一樂這時候抬起頭來，他對許三觀說：

「我沒什麼可說的，我現在最恨的就是何小勇，第二恨的就是她……」

一樂伸手指著許玉蘭，「我恨何小勇是他當初不認我，我恨她是她讓我做人抬不起頭來……」

許三觀擺擺手，讓一樂不要說了，然後他看著二樂：

「二樂，輪到你說了。」

二樂伸手搔著頭髮，對許玉蘭說：

「何小勇把你壓在牆上，你為什麼不咬他，你推不開他可以咬他，你說你沒有力氣了，咬他的力氣總還有吧……」

「二樂！」

許三觀吼叫了一聲，把二樂嚇得哆嗦了幾下，許三觀指著二樂的鼻子說：

「你剛才還說什麼都沒聽到，你沒聽到還說什麼？你沒聽到就什麼都別說，三樂，你來說。」

三樂看看二樂，二樂縮著脖子，正驚恐不安地看著許三觀。三樂又看看許三觀，許三觀一臉的怒氣，三樂嚇得什麼都不敢說了，他半張著嘴，嘴唇一動一動的，就是沒有聲音。許三觀就揮揮手說道：

「算啦，你就別說了，我想你這狗嘴裡也吐不出象牙來。今天的批鬥會就到這裡了……」

這時一樂說：「我剛才的話還沒有說完……」

許三觀很不高興地看著一樂，「你還有什麼要說的？」

一樂說：「我剛才說到我最恨的，我還有最愛的，我最愛的當然是偉大領袖毛主席，第二愛的……」

一樂看著許三觀說：「就是你。」

許三觀聽到一樂這麼說，眼睛一動不動地看著一樂，看了一會，他眼淚流出來了，他對許玉蘭說：

「誰說一樂不是我的親生兒子？」

許三觀抬起右手去擦眼淚，擦了一會兒，他又抬起左手，兩隻手一起擦起了眼淚，然後他溫和地看著三個兒子，對他們說：

「我也犯過生活錯誤，我和林芬芳，就是那個林大胖子……」

許玉蘭說：「許三觀，你說這些幹什麼？」

「我要說。」許三觀向許玉蘭擺擺手，「事情是這樣的，那個林芬芳摔斷了腿，我就去看她，她的男人不在家，就我和她兩個人，我問她哪條腿斷了，她說右腿，我就去摸摸她的右腿，問她疼不疼。我先摸小腿，又摸了她的大腿，最後摸到她大腿根……」

「許三觀。」

這時許玉蘭叫了起來，她說：

「你不能再往下說了，你再說就是在毒害他們了。」

許三觀點點頭，然後他去看三個兒子，三個兒子這時候都低著頭，看著地上，許三觀繼續說：

「我和林芬芳只有一次，你們媽和何小勇也只有一次。我今天說這些，就是要讓你們知道，其實我和你們媽一樣，都犯過生活錯誤。你們不要恨她……」

許三觀指指許玉蘭，「你們要恨她的話，你們也應該恨我，我和她是一路貨色。」

許玉蘭搖搖頭，對兒子們說：

「他和我不一樣，是我傷了他的心，他才去和那個林芬芳……」

許三觀搖著頭說：「其實都一樣。」

許玉蘭對許三觀說：「你和我不一樣，要是沒有我和何小勇的事，你就不會去摸林芬芳的腿。」

許三觀這時候同意許玉蘭的話了，他說：

「這倒是。」

「可是……」他又說，「我和你還是一樣的。」

後來，毛主席說話了。毛主席每天都在說話，他說：「要文鬥，不要武鬥。」於是人們放下了手裡的刀，手裡的棍子；毛主席接著說：「要復課鬧革命。」於是一樂、二樂、三樂背上書包去學校了，學校重新開始上課。毛主席又說：「要抓革命促生產。」於是許三觀去絲廠上班，許玉蘭每天早晨又去炸油條了，許玉蘭的頭髮也越來越長，終於能夠遮住耳朵了。

又過去了一些日子，毛主席來到天安門城樓上，他舉起右手向西一揮，對千百萬的學生說：

「知識青年到農村去，接受貧下中農的再教育，很有必要。」

於是一樂背上了鋪蓋捲，帶著暖瓶和臉盆走在一支隊伍的後面，這支隊伍走在一面紅旗的後面，走在隊伍裡的人都和一樂一樣年輕，他們唱著歌，高高興興地走上了汽車，走上了輪船，向父母的眼淚揮手告別後，他們就去農村插隊落戶了。

一樂去了農村以後，經常在夕陽西下的時候，一個人坐在山坡上，雙手抱住自己的膝蓋，發呆地看著田野。與一樂一起來到農村的同學，見到他這麼一副樣子，就問他：

「許一樂，你在幹什麼？」

一樂說：「我在想我的爹媽。」

這話傳到許三觀和許玉蘭耳中，許三觀和許玉蘭都哭了，這時候二樂中學也已經畢業，二樂也背上了鋪蓋捲，也帶著暖瓶和臉盆，也跟在一面紅旗的後面，也要去農村插隊落戶了。

許玉蘭就對二樂說：

「二樂，你到了農村，日子苦得過不下去時，你就坐到山坡上，想想你爹，想想我……」

這一天，毛主席坐在書房的沙發上說：身邊只留一個。於是三樂留在了父母身邊，三樂十八歲時，中學畢業進了城裡的機械廠。

第二十六章

幾年以後的一天，一樂從鄉下回到城裡，他骨瘦如柴，臉色灰黃，手裡提著一個破舊的籃子，籃子裡放著幾棵青菜，這是他帶給父母的禮物。他已經有半年沒有回家了，所以當他敲開家門時，許三觀和許玉蘭把他看了一會，然後才確認是兒子回來了。

一樂憔悴的模樣讓他們吃驚，因為在半年前，一樂離家回到鄉下時，還不是這樣，雖然那時已經又黑又瘦了，可是精神不錯，走時還把家裡一只能放一百斤大米的缸背在身後，他彎著腰走去時腳步咚咚直響。他在鄉下沒有米缸，他說把米放在一只紙盒子裡，潮濕的氣候使盒底都爛了，米放不了多久就會發黃變綠。

現在一樂又回來了，許三觀對許玉蘭說：

「一樂會不會是病了？他不是躺著，就是坐著，吃得也很少，他的脊背整天都彎著……」

許玉蘭就去摸一樂的額頭，一樂沒有發燒，許玉蘭對許三觀說：

「他沒有病，有病的話會發燒的，他是不想回到鄉下去，鄉下太苦了，就讓他在城裡多住些日子，讓他多休息幾天，把身體多養幾天，他就會好起來的。」

一樂在城裡住了十天，白天的時候他總是坐在窗前，兩條胳膊擱在窗臺上，頭擱在胳膊上，眼睛看著外面的那一條巷子。他經常看著的是巷子的牆壁，牆壁已經有幾十年的歲月了，磚縫裡都長出了青草，伸向他，在風裡搖動著。有時候會有幾個鄰居的女人，站到一樂的窗下，嘰嘰喳喳說很多話，聽到有趣的地方，一樂就會微微笑起來，他的胳膊也會跟著變換一下位置。

那時三樂已經在機械廠當工人了，他在工廠的集體宿舍裡有一張床，五個人住一間屋子，三樂更願意住在廠裡，和年齡相仿的人住在一起，他覺得很快樂。知道一樂回來了，三樂每天吃過晚飯以後，就到家裡來坐一會兒。三樂來的時候，一樂總是躺在床上，三樂就對一樂說：

「一樂，別人是越睡越胖，只有你越睡越瘦了。」

三樂回到家裡的時候，一樂看上去才有些生氣，他會微笑著和三樂說很多話，有幾次兩個人還一起出去走了走。三樂離開後，一樂又躺到了床上，或者坐在窗前，一動不動，像是癱在了那裡。

許玉蘭看著一樂在家裡住了一天又一天，也不說什麼時候回到鄉下去，就對他說：

「一樂，你什麼時候回去？你在家裡住了十天了。」

一樂說：「我現在沒有力氣，我回到鄉下也沒有用，我沒有力氣下地幹活。讓我在家裡再住些日子吧？」

許玉蘭說：「一樂，不是我要趕你回去。一樂，你想想，和你一起下鄉的人裡面，有好幾個已經抽調上來了，已經回城了，三樂他們廠裡就有四個人是從鄉下回來的。你在鄉下要好好幹活，要討好你們的生產隊長，爭取早一些日子回城來。」

許三觀同意許玉蘭的話，他說：

「你媽說得對，我們不是要趕你回去，你就是在家裡住上一輩子，我們都不會趕你走的。現在你還是應該在鄉下好好幹活，你要是在家裡住久了，你們生產隊的人就會說你的閒話，你們的隊長就不會讓你抽調上來了。一樂，你回去吧，你再苦上一年、兩年的，爭取到一個回城的機會，以後的日子就會好過了。」

一樂搖搖頭，他說：「我實在是沒有力氣，我回去以後也沒法好好幹活……」

許三觀說：「力氣這東西，和錢不一樣，錢是越用越少，力氣是越用越多。你在家裡整天躺著坐著，力氣當然越來越少了，你回到鄉下，天天幹活，天天出汗，力氣就會回來了，就會越來越多……」

一樂還是搖搖頭，「我已經半年沒有回來過了，這半年裡二樂回來過兩次，我一次都沒有。你們就再讓我住些日子……」

「不行。」許玉蘭說，「你明天就回去。」

一樂在家裡住了十天，又要回到鄉下去了。這一天早晨，許玉蘭炸完油條回來時，也給一樂帶了兩根油條，她對一樂說：

「快趁熱吃了，吃了你就走。」

一樂坐在窗前有氣無力地看了看油條，搖搖頭說：

「我不想吃，什麼都不想吃，我沒有胃口。」

然後他站起來，把兩件帶來的衣服疊好了，放進一個破舊的書包裡，他背起書包對許玉蘭和許三觀說：

「我回去了。」

許三觀說：「你把油條吃了再走。」

一樂搖搖頭說：「我一點都不想吃東西。」

許玉蘭說：「不吃可不行，你還要走很多路呢。」

說完，許玉蘭讓一樂等一會兒，她去煮了兩個雞蛋，又用手絹將雞蛋包起來，放到一樂手裡，對他說：

「一樂，你拿著，餓了想吃了，你就吃。」

一樂將雞蛋捧在手裡，走出門去，許三觀和許玉蘭走到門口看著他走去。許三觀看到一樂低著頭，走得很慢，很小心，他差不多是貼著牆壁往前走，他瘦得肩膀都尖起來了，本來已經是小了的衣服，現在看上去顯得空空蕩蕩，好像衣服裡面沒有身體。一樂走到那根電線桿時，許三觀看到他抬起左手擦了擦眼睛，許三觀知道他哭了。許三觀對許玉蘭說：

「我去送送一樂。」

許三觀追上去，看到一樂真是在流眼淚，就對他說：

「我和你媽也是沒有辦法，我們就指望你在鄉下好好幹，能早一天抽調回城。」

一樂看到許三觀走在了自己身邊，就不再擦眼淚，他將快要滑下肩膀的書包背帶往裡挪了挪，他說：

「我知道。」

他們兩個人一起往前走去，接下去都沒有說話，許三觀走得快，所以走上幾步就要站住腳，等一樂跟上他了，再往前走。他們走到醫院大門前時，許三觀對一樂說：

「一樂，你等我一會兒。」

說完，許三觀進了醫院。一樂在醫院外面站了一會兒，看到許三觀還沒有出來，他就在一堆亂磚上坐下，他抱著書包坐在那裡，手裡還捧著那兩個雞蛋。這時候他有點想吃東西了，就拿出來一個雞蛋，在一塊磚上輕輕敲了幾下，接著剝開蛋殼，將雞蛋放進了嘴裡。他眼睛看著醫院的大門，嘴裡慢慢地咀嚼，他吃得很慢，當他吃完了一個雞蛋，許三觀還沒有出來，他就不再去看醫院的大門，他把書包放在膝蓋上，又把胳膊放到書包上，然後腦袋靠在胳膊上。

這麼過了一會兒，許三觀出來了，他對一樂說：

「我們走。」

他們一直往西走，走到了輪船碼頭。許三觀讓一樂在候船室裡坐下，他買了船票以後，坐在一樂身邊，這時離開船還有半個小時。候船室裡擠滿了人，大多是挑著擔子的農民，他們都是天沒亮就出來賣菜，或者賣別的什麼，現在賣完了，他們準備回家了。他們將空擔子疊在一起，手裡抱著扁擔，抽著劣質的香菸，坐在那裡笑咪咪地說著話。

許三觀從胸前的口袋裡拿出了三十元錢，塞到一樂手裡，說：

「拿著。」

一樂看到許三觀給他這麼多錢，吃了一驚，他說：

「爹，給我這麼多錢？」

許三觀說：「快收起來，藏好了。」

一樂又看了看錢，他說：「爹，我就拿十元吧。」

許三觀說：「你都拿著，這是我剛才賣血掙來的，你都拿著，這裡面還有二樂的，二樂離我們遠，離你近，他去你那裡時，你就給他十元、十五元的，你對二樂說不要亂花錢。我們離你們遠，平日裡也照顧不到你們，你們兄弟要互相照顧。」

一樂點點頭，把錢收了起來。許三觀繼續說：

「這錢不要亂花，要節省著用。覺得人累了，不想吃東西了，就花這錢去買些好吃的，補補身體。還有，逢年過節的時候，買兩盒菸，買一瓶酒，去送給你們的生產隊長，到時候就能讓你們早些日子抽調回城。知道嗎？這錢不要亂花，好鋼要用在刀刃上……」

這時候一樂要上船了，許三觀就站起來，一直把一樂送到剪票口，又看著他上船，然後又對一樂喊道：

「一樂，記住我的話，好鋼要用在刀刃上。」

一樂回過頭來，對許三觀點點頭，接著低下頭進了船艙。許三觀仍然站在剪票口，直到船開走了，他才轉身走出了候船室，往家裡走去。

一樂回到鄉下，不到一個月，二樂所在生產隊的隊長進城來了，這位年過五十的男子滿臉都是鬍子，他抽菸時喜歡將菸屁股接在另一根香菸上，他在許三觀家裡坐了半個小時，接了三次香菸屁股，抽了四根香菸，他將第四根菸屁股在地上撳滅後，放進口袋，站起來說要走了，他說他中午在別的地方吃飯，晚上再來許三觀家吃飯。

二樂的隊長走後，許玉蘭就坐到門檻上抹眼淚了，她邊抹著眼淚邊說：

「都到月底了，家裡只剩下兩元錢了，兩元錢怎麼請人家吃飯？請人家吃飯總得有魚有肉，還要有酒有菸，兩元錢只能買一斤多肉和半條魚，我怎麼辦啊？巧婦難為無米之炊，沒有錢我怎麼請人家吃飯？這可不是別的什麼人，這可是二樂的隊長啊，要是這頓飯不豐盛，二樂的隊長就會吃得不高興，二樂的隊長不高興，我家二樂就要苦了，別說是抽調回城沒了指望，就是待在生產隊裡也不會有好日子了。這次請的可是二樂的隊長啊，請他吃了，請他喝了，還得送他一份禮物，這兩元錢叫我怎麼辦啊？」

許玉蘭哭訴著轉回身來，對坐在屋裡的許三觀說：

「許三觀，只好求你再去賣一次血了。」

許三觀聽完許玉蘭的話，坐在那裡點了點頭，對她說：

「你去給我打一桶井水來，我賣血之前要喝水。」

許玉蘭說：「杯子裡有水，你喝杯子裡的水。」

許三觀說：「杯子裡的水太少了，我要喝很多。」

許玉蘭說：「暖瓶裡也有水。」

許三觀說：「暖瓶裡的水燙嘴，我讓你去打一桶井水來，你去就是了。」

許玉蘭答應了一聲，急忙站起來，到外面去打了一桶井水回來。許三觀讓她把那一桶井水放在桌子上，又讓她去拿來一只碗。然後他一碗一碗地喝著桶裡的水，喝到第五碗時，許玉蘭擔心出事了，她對許三觀說：

「你別喝了，你再喝會出事的。」

許三觀沒有理睬她，又喝了兩碗井水，然後他捧著自己的肚子小心翼翼地站起來，站起來以後走了兩步，他又在那裡站了一會，隨後才走了出去。

許三觀來到了醫院，他見到李血頭，對李血頭說：

「我又來賣血了。」

這時的李血頭已經有六十多歲了，他的頭髮全部白了，背也弓了，他坐在那裡邊抽菸邊咳嗽，同時不停地往地上吐痰，穿著布鞋的兩隻腳就不停地在地上擦來擦去，要將地上的痰擦乾淨。李血頭看了一會兒許三觀，說道：

「你前天還來賣過血。」

許三觀說：「我是一個月以前來賣過。」

李血頭笑起來，他說：「你是一個月以前來過，所以我還記得，你別看我老了，我記憶很好，什麼事，不管多小的事，我只要見過，只要知道，就不會忘掉。」

許三觀微笑著連連點頭，他說：

「你的記憶真是好，我就不行，再重要的事，睡上一覺我就會忘得乾乾淨淨。」

李血頭聽了這話，身體很高興地往後靠了靠，他看著許三觀說：

「你比我小很多歲，記憶還不如我。」

許三觀說：「我怎麼能和你比？」

李血頭說：「這倒也是，我的記憶別說是比你好，就是很多二、三十歲的年輕人都不如我。」

許三觀看到李血頭咧著嘴笑得很高興，就問他：

「你什麼時候讓我賣血？」

「不行。」李血頭馬上收起了笑容，他說，「你小子不要命了，賣一次血要休息三個月，三個月以後才可以再賣血。」

許三觀聽他這麼說，不知所措了，他那麼站了一會兒，對李血頭說：

「我急著要用錢，我家二樂的隊長……」

李血頭打斷他的話，「到我這裡來的人，都是急著要用錢。」

許三觀說：「我求你了……」

李血頭又打斷他的話，「你別求我，到我這裡來的人，都求我。」

許三觀又說：「我求你了，我家二樂的隊長要來吃晚飯，可是家裡只有兩元錢……」

李血頭揮揮手，「你別說了，你再說也沒用，我不會聽你說了。你兩個月以後再來。」

許三觀這時候哭了，他說：「兩個月以後再來，我就會害了二樂，二樂就會苦一輩子了，我把二樂的生產隊長得罪了，二樂以後怎麼辦啊？」

「二樂是誰？」李血頭問。

「我兒子。」許三觀回答。

「噢……」李血頭點了點頭。

許三觀看到李血頭的臉色溫和了一些，就擦了擦眼淚，對他說：

「這次就讓我賣了，就這一次，我保證沒有第二次。」

「不行。」李血頭搖著頭說，「我是為你好，你要是把命賣掉了，誰來負這個責任？」

許三觀說：「我自己來負這個責任。」

「你負個屁。」李血頭說，「你都死掉了，你死了什麼事都沒有了，我就跟著你倒楣了，你知道嗎？這可是醫療事故，上面會來追查的……」

李血頭說到這裡停住了，他看到許三觀的兩條腿在哆嗦，他就指著許三觀的腿，問他：

「你哆嗦什麼？」

許三觀說：「我尿急，急得不行了。」

這時候有一個人走了進來，他挑著空擔子，手裡提著一隻母雞，他一進屋就認出了許三觀，就叫了他一聲，可是許三觀一下子沒認出他來，他就對許三觀說：

「許三觀，你不認識我啦？我是根龍。」

許三觀認出來了，他對根龍說：

「根龍，你的樣子全變了，你怎麼一下子這麼老了，你的頭髮都白了，你才四十多歲吧？」

根龍說：「我們鄉下人辛苦，所以人顯得老。你的頭髮也白了，你的樣子也變了很多，可我還是一眼認出你來了。」

然後根龍把手裡的母雞遞給李血頭，他說：

「這是下蛋雞，昨天還下了一個雙黃蛋。」

李血頭伸手接過母雞，笑得眼睛都沒有了，他連連說：

「啊呀，你這麼客氣，根龍，你這麼客氣……」

根龍又對許三觀說：「你也來賣血了，這真是巧，我會在這裡碰上你，我們有十多年沒見了吧？」

許三觀對根龍說：「根龍，你替我求求李血頭，求他讓我賣一次血。」

根龍就去看李血頭，李血頭對根龍說：

「不是我不讓他賣，他一個月以前才來過。」

根龍就點點頭，對許三觀說：

「要三個月，賣一次血要休息三個月。」

許三觀說：「根龍，我求你了，你替我求求他，我實在是急著要用錢，我是為了兒子……」

根龍聽許三觀說完了，就對李血頭說：

「求你看在我的面子上，讓他賣一次血，就這一次。」

李血頭拍了一下桌子說：「你根龍出面為他說情，我就讓他賣這次血了，我的朋友裡面，根龍的面子是最大的，只要根龍來說情，我沒有不答應的……」

許三觀和根龍賣了血以後，兩個人先去醫院的廁所把肚子裡的尿放乾淨了，然後來到了勝利飯店，他們坐在臨河的窗前，要了炒豬肝和黃酒，許三觀問起了阿方，他說：

「阿方還好嗎？他今天怎麼沒來？」

根龍說：「阿方身體敗掉了。」

許三觀嚇了一跳，他問：

「是怎麼回事？」

「他把尿肚子撐破了。」根龍說，「我們賣血以前都要喝很多水，阿方那次喝得太多了，就把尿肚子撐破了。那次我都沒賣成血，我們還沒走到醫院，阿方就說肚子疼了，我說肚子疼了就在路邊歇一會兒，我們就坐在城裡電影院的臺階上，阿方一坐下，疼得喊起來，嚇得我不知道出了什麼事，沒一會兒工夫，阿方就昏過去了，好在離醫院近，送到醫院，才知道他的尿肚子破了……」

許三觀問：「他的命沒有丟掉吧？」

「命倒是保住了，」根龍說，「就是身體敗掉了，以後就再不能賣血了。」

然後根龍問許三觀：「你還好吧？」

許三觀搖搖頭，「兩個兒子都在鄉下，只有三樂還好，在機械廠當工人，在鄉下的兩個兒子實在是太苦了。城裡有頭有臉的人，他們的孩子下鄉沒幾年，全抽調上來了。我有多少本事，你根龍也是知道的，一個絲廠的送繭工能有多少本事？只有看兒子自己的本事了，他們要是命好，人緣好，和隊長關係好，就可以早一些日子回城裡來工作……」

根龍對許三觀說：「你當初為什麼不讓兩個兒子到我們生產隊來落戶呢？阿方就是生產隊長，他現在身體敗掉了還在當隊長，你的兩個兒子在我們生產隊裡，我們都會照應他們的，要抽調回城了，肯定先讓你的兒子走……」

根龍說到這裡，舉起手摸著頭，他說：

「我怎麼頭暈了？」

「對啊，」許三觀聽了這話，眼睛都睜圓了，他說，「我當初怎麼沒想到這事……」

他看到根龍的腦袋靠在了桌子上，他說：

「根龍，你沒事吧？」

根龍說：「沒事，就是頭越來越暈了。」

許三觀這時候又去想自己的事了，他嘆了一口氣，說道：

「我當初沒想到這事，現在想到了也已經晚了……」

他看到根龍的眼睛閉上了，他繼續說：

「其實當初想到了也不一定有用，兒子去哪個生產隊落戶，也不是我們能夠說了算的……」

他看到根龍沒有反應，就去推推根龍，叫了兩聲：

「根龍，根龍。」

根龍沒有動，許三觀嚇了一跳，他回頭看了看，看到飯店裡已經坐滿人了，人聲十分嘈雜，香菸和飯菜的蒸氣使飯店裡灰濛濛的，兩個夥計托著碗在人堆裡擠過來。許三觀又去推推根龍，根龍還是沒有反應，許三觀叫了起來，他對那兩個夥計叫道：

「你們快過來看看，根龍像是死了。」

聽說有人死了，飯店裡一下子沒有了聲音，那兩個夥計立刻擠了過來，他們一個搖搖根龍的肩膀，另一個去摸根龍的臉，摸著根龍臉的那個人說：

「沒死，臉上還熱著。」

還有一個夥計托起根龍的臉看了看，對圍過來的人說：

「像是快要死了。」

許三觀問：「怎麼辦啊？」

有人說：「快送到醫院去。」

根龍被他們送到了醫院，醫生說根龍是腦溢血，他們問什麼是腦溢血，醫生說腦袋裡有一根血管破了，旁邊另外一個醫生補充說：

「看他的樣子，恐怕還不止是一根血管破了。」

許三觀在醫院走廊的椅子裡坐了三個小時，等到根龍的女人桂花來了，他才站起來。他有二十多年沒有見過桂花了，眼前的桂花和從前的桂花是一點都不像，桂花看上去像個男人似的，十分強壯，都已經是深秋了，桂花還赤著腳，褲管捲到膝蓋上，兩隻腳上都是泥，她是從田裡上來的，沒顧得上回家就到醫院來了。許三觀看到她的時候，她的眼睛已經腫了，許三觀心想她是一路哭著跑來的。

根龍的女人來了，許三觀離開醫院回家了。他往家裡走去時，心裡一陣陣發虛，他覺得自己的身體很沉，像是扛了一百斤大米似的，兩條腿邁出去的時候都在哆嗦。醫生說根龍是腦溢血，許三觀不這樣想，許三觀覺得根龍是因為賣血，才病成這樣的，他對自己說：

「醫生不知道根龍剛才賣血了，才說他是腦溢血。」

許三觀回到家裡，許玉蘭看到他就大聲叫了起來：

「你去哪裡了？你都把我急死了，二樂的隊長就要來吃飯了，你還不回來。你賣血了嗎？」

許三觀點點頭說：「賣了，根龍快死了。」

許玉蘭伸出手說：「錢呢？」

許三觀把錢給她，她數了數錢，然後才想起許三觀剛才說的話，她問：

「你說誰快要死了？」

「根龍，」許三觀在凳子上坐下，「和我一起賣血的根龍，就是我爺爺村裡的根龍……」

許玉蘭不知道根龍是誰，也不知道他為什麼快要死了，她把錢放進衣服裡面的口袋，沒有聽許三觀把話說完，就出門去買魚買肉，買菸買酒了。

許三觀一個人在家裡，先是坐在凳子上，坐了一會兒，他覺得累，就躺到了床上。許三觀心想連坐著都覺得累，自己是不是也快要死了？這麼一想，他又覺得胸口悶得發慌。過了一會兒，他覺得頭也暈起來了。他想起來，根龍先就是頭暈，後來頭就靠在了桌子上，再後來他們叫根龍，根龍就不答應了。

許三觀在床上一直躺著，許玉蘭買了東西回來後，看到許三觀躺在床上，就對他說：

「你就躺著吧，你賣了血身體弱，你就躺著吧，你什麼都別管了，等到二樂的隊長來了，你再起來。」

傍晚的時候，二樂的隊長來了，他一進屋就看到桌子上的菜，他說：

「這麼多的菜，桌子都快放不下了，你們太客氣了，還有這麼好的酒……」

然後他才看到許三觀，他看著許三觀說：

「你像是瘦了，比上午見到你時瘦了。」

許三觀聽了這話，心直往下沉了，他強作笑顏地說：

「是，是，我是瘦了。隊長，你坐下。」

「隔上半年、一年的，我倒是經常見到有人瘦了，隔了不到一天，人就瘦了，我還是第一次見到。」

二樂的隊長說著在桌子前坐下來，他看到桌上放了一條香菸，不由叫了起來：

「你們還買了一條香菸？吃一頓飯抽不了這麼多香菸。」

許玉蘭說：「隊長，這是送給你的，你抽不完就帶回家。」

二樂的隊長嘻嘻笑著點起了頭，又嘻嘻笑著把桌上的那瓶酒拿到手裡，右手一擰，擰開了瓶蓋，他先把自己的杯子倒滿了，再去給許三觀的杯子裡倒酒，許三觀急忙拿起自己的杯子，他說：

「我不會喝酒。」

二樂的隊長說：「不會喝酒，你也得陪我喝，我不喜歡一個人喝酒。有人陪著喝，喝酒才有意思。」

許玉蘭說：「許三觀，你就陪隊長喝兩杯。」

許三觀只好將杯子給了二樂的隊長，二樂的隊長倒滿酒以後，讓許三觀拿起酒杯，他說：

「一口乾了。」

許三觀說：「就喝一點吧。」

「不行，」二樂的隊長說，「要全喝了，這叫感情深，一口吞；感情淺，舔一舔。」

許三觀就一口將杯中的酒喝了下去，他覺得渾身熱起來了，像是有人在他胃裡劃了一根火柴似的。身體一熱，許三觀覺得力氣回來一些了，他心裡輕鬆了很多，就夾了一塊肉放到嘴裡。

這時許玉蘭對二樂的隊長說：

「隊長，二樂每次回家都說你好，說你善良，說你平易近人，說你一直在照顧他……」

許三觀想起來二樂每次回家都要把這個隊長破口大罵，許三觀心裡這樣想，嘴上則那樣說，他說：

「二樂還說你這個隊長辦事讓人心服口服……」

二樂的隊長指著許三觀說：「你這話說對了。」

然後他又舉起酒杯，「乾了。」

許三觀又跟著他把杯中的酒一口喝乾淨，二樂的隊長抹了抹嘴巴說：

「我這個隊長，不是我吹牛，方圓百里都找不出一個比我更公正的隊長來，我辦事有個原則，就是一碗水端平，什麼事到我手裡，我都把它抹平了……」

許三觀覺得頭暈起來了，他開始去想根龍，想到根龍還躺在醫院裡，想到根龍病得很重，都快要死了，他就覺得自己也快要躺到醫院裡去了。他覺得頭越來越暈，眼睛也花了，心臟咚咚亂跳，他覺得兩條腿在哆嗦了，過了一會兒，肩膀也抖了起來。

二樂的隊長對許三觀說：「你哆嗦什麼？」

許三觀說：「我冷，我覺得冷。」

「酒喝多了就會熱。」二樂的隊長說，隨後舉起酒杯，「乾了。」

許三觀連連搖頭，「我不能喝了……」

許三觀在心裡說：我要是再喝的話，我真會死掉的。

二樂的隊長拿起許三觀的酒杯，塞到許三觀手裡，對他說：

「一口乾了。」

許三觀搖頭，「我真的不能喝了，我身體不行了，我會暈倒的，我腦袋裡的血管會破掉……」

二樂的隊長拍了一下桌子說：「喝酒就是要什麼都不怕，哪怕會喝死人，也要喝，這叫寧願傷身體，不願傷感情。你和我有沒有感情，就看你乾不乾這杯酒。」

許玉蘭說：「許三觀，你快一口乾了，隊長說得對，寧願傷身體，也不願傷感情。」

許三觀知道許玉蘭下面沒有說出來的話，許玉蘭是要他為二樂想想。許三觀心想為了二樂，為了二樂能夠早一天抽調回城，就喝了這一杯酒。

許三觀一口喝掉了第三杯酒，然後他覺得胃裡像是翻江倒海一樣難受起來，他知道自己要嘔吐了，趕緊跑到門口，哇哇吐了起來，吐得他腰部一陣陣抽搐，疼得直不起腰來。他在那裡蹲了一會兒，才慢慢站起來，他抹了抹嘴，眼淚汪汪地回到座位上。

二樂的隊長看到他回來了，又給他倒滿了酒，把酒杯遞給他：

「再喝！寧願傷身體，不願傷感情，再喝一杯。」

許三觀在心裡對自己說：為了二樂，為了二樂哪怕喝死了也要喝。他接過酒，一口喝了下去。許玉蘭看著他這副樣子，開始害怕了，她說：

「許三觀，你別喝了，你會出事的。」

二樂的隊長擺擺手說：「不會出事的。」

他又給許三觀倒滿了酒，他說：

「我最多的一次喝了兩斤白酒，喝完一斤的時候實在是不行了，我就挖一下舌頭根，在地上吐了一攤，把肚子裡的酒吐乾淨了，又喝了一斤。」

說著他發現酒瓶空了，就對許玉蘭說：

「你再去買一瓶白酒。」

這天晚上，二樂的隊長一直喝到有醉意了，才放下酒杯，搖晃著站起來，走到門口，側著身體在那裡放尿了。放完尿，他慢慢地轉回身來，看了一會兒許三觀和許玉蘭，然後說：

「今天就喝到這裡了，我下次再來喝。」

二樂的隊長走後，許玉蘭把許三觀扶到床上，替他脫了鞋，脫了衣服，又給他蓋上被子。安頓好了許三觀，許玉蘭才去收拾桌子了。

許三觀躺在床上，閉著眼睛不停地打嗝，打了一陣後，鼾聲響起來了。

許三觀一覺睡到天亮，醒來時覺得渾身疲疼，這時候許玉蘭已經出門去炸油條了。許三觀下了床，覺得頭疼得像是要裂開來似的，他在桌旁坐了一會兒，喝了一杯水。然後他想到根龍了，都不知道根龍怎麼樣了，他覺得自己應該到醫院去看看。

許三觀來到醫院時，看到根龍昨天躺著的那張病床空了，他心想根龍不會這麼快就出院了，他問其他病床上的人。

「根龍呢？」

他們反問：「根龍是誰？」

他說：「就是昨天腦溢血住院的那個人。」

他們說：「他死了。」

根龍死了？許三觀半張著嘴站在那裡，他看著那張空病床，病床上已經沒有了白床單，只有一張麻編的褥子，褥子上有一塊血跡，血跡看上去有很長時間了，顏色開始發黑。

然後，許三觀來到醫院外面，在一堆亂磚上坐下來，冬天的風吹得他身體一陣陣發冷，他將雙手插在袖管裡，脖子縮到衣領裡面。他一直坐在那裡，心裡想著根龍，還有阿方，想到他們兩個人第一次帶著他去賣血，他們教他賣血前要喝水，賣血後要吃一盤炒豬肝，喝二兩黃酒……想到最後，許三觀坐在那裡哭了起來。

第二十七章

一樂回到鄉下以後，覺得力氣一天比一天少了，到後來連抬一下胳膊都要喘幾口氣。與此同時，身體也越來越冷，他把能蓋的都蓋在身上，還是不覺得暖和，就穿上棉襖，再蓋上棉被睡覺。就是這樣，早晨醒來時兩隻腳仍然冰涼。

這樣的日子持續了兩個月，一樂躺在床上起不來了，他一連睡了幾天，這幾天他只吃了一些冷飯，喝了一些冷水，於是他虛弱得說話都沒有了聲音。

這時候二樂來了，二樂是下午離開自己的生產隊，走了三個多小時，來到一樂這裡的。那時候天快黑了，二樂站在一樂的門口，又是喊叫又是敲門。一樂在裡面聽到了，他想爬起來，可是沒有力氣；他想說話，又說不出聲音來。

二樂在門外叫了一會兒以後，把眼睛貼在門縫上往裡看，他看到一樂躺在昏暗的床上，臉對著門，嘴巴一動一動的，二樂對一樂說：

「你快給我開門，外面下雪了，西北風呼呼的，把雪都吹到我脖子裡了，我都快凍僵了，你快給我開門，你知道我來了，我看到你在看我，你的嘴都在動，你的眼睛好像也動了，你是不是在笑，你別捉弄我，我再站下去就會凍死了，他媽的，你別和我玩了，我的腳都凍麻了，你沒聽到我在跺腳嗎？一樂，你他媽的快給我開門……」

二樂在門外說了很多話，一直說到天完全黑下來，屋裡的一樂都被夜色吞沒了，一樂還是沒有起床給他打開屋門。二樂害怕起來，他心想一樂是不是出事了？是不是喝了農藥準備自殺了？二樂心裡這樣想著，就抬起腳對準門鎖踢了兩腳，把一樂的屋門踢開了。他跑到一樂床前，去摸一樂的臉，一樂臉上的滾燙讓二樂嚇了一跳，二樂心想他發燒了，起碼有四十度。這時一樂說話了，聲音十分微弱，他說：

「我病了。」

二樂揭開被子，把一樂扶起來，對一樂說：

「我送你回家，我們坐夜班輪船回去。」

二樂知道一樂病得不輕，他不敢耽誤，把一樂背到身上，就出門往碼頭跑去。最近的輪船碼頭離一樂的生產隊也有十多里路，二樂背著一樂在風雪裡走了近一個小時，才來到碼頭。碼頭一片漆黑，藉著微弱的雪光，二樂看到了那個涼亭，就在道路的中間，道路從涼亭中間穿了過去，涼亭右邊是石頭臺階，一層一層地伸向了河裡。

這就是碼頭了，涼亭就是為了這個碼頭修建的，它建在這裡是為了讓候船的人躲避雨雪，躲避夏天的炎熱。二樂背著一樂走入四面通風的涼亭，他把一樂放下來，放在水泥砌出來的凳子上，他才發現一樂的頭髮上背脊上全是雪，他用手將一樂背脊上的雪拍乾淨，又拍去一樂頭上的雪，一樂的頭髮全濕了，脖子裡也濕了。一樂渾身哆嗦，他對二樂說：

「我冷。」

二樂這時候熱得全身是汗，他聽到一樂說冷，才看到外面的風雪正呼呼地吹到亭子裡來，他脫下自己的棉襖裹住一樂，一樂還是不停地哆嗦，他問一樂：

「夜班輪船什麼時候才來？」

一樂回答的聲音幾乎聽不到，二樂把耳朵貼在他的嘴上，才聽到他說：

「十點鐘。」

二樂心想現在最多也是七點，離上船還有三個小時，在這風雪交加的亭子裡坐上三個小時，還不把一樂凍死了。他讓一樂坐到地上，這樣可以避開一些風雪，又用自己的棉襖把一樂的頭和身體裹住，然後對一樂說：

「你就這麼坐著，我跑回去給你拿一條被子來。」

說著二樂往一樂生產隊的家跑去，他拚命地跑，一刻都不敢耽誤，因為跑得太急，一路上他摔了幾跤，摔得他右胳膊和屁股左邊一陣陣地疼。跑到一樂的屋子，他站著喘了一會兒氣，接著抱起一樂的被子又奔跑起來。

二樂跑回到亭子裡時，一樂不見了，二樂嚇得大聲喊叫：

「一樂，一樂……」

喊了一會，他看到地上黑呼呼的有一堆什麼，他跪下去一摸，才知道是一樂躺在地上，那件棉襖躺在一邊，只有一個角蓋在一樂胸口。二樂趕緊把一樂扶起來，叫著他的名字，一樂沒有回答，二樂嚇壞了，他用手去摸一樂的臉，一樂的臉和他的手一樣冰冷，二樂心想一樂是不是死了，他使勁喊：

「一樂，一樂……你是不是死了？」

這時他看到一樂的頭動了動，他知道一樂還沒死，就高興地笑了起來。

「他媽的，」他說，「你把我嚇了一跳。」

接著他對一樂說：「我把被子抱來了，你不會冷了。」

說著二樂將棉被在地上鋪開，把一樂抱上去，又用棉被將一樂裹住，接著他自己也坐在了地上，抱著裹住一樂的棉被，他靠著水泥凳子，讓一樂靠著他，他說：

「一樂，你現在不冷了吧？」

然後，二樂才感到自己已經筋疲力竭，他把頭擱在後面的水泥凳子上，他覺得抱住一樂的兩隻手要掉下去了，這麼一想，他的兩隻手就垂了下來。一樂靠在他身上，如同一塊石頭壓著他似的，他讓兩隻手垂著休息了一下，就去撐在地上，再讓自己的身體休息一會。

二樂身上的汗水濕透了衣服，沒過多久，汗水變得冰涼了，西北風颼颼地颳進了他的脖子，使他渾身發抖。頭髮上開始滴下來水珠，他伸手摸了摸頭髮，才知道頭髮上的雪已經融化了，他又摸摸衣服，身上的雪也已經融化。裡面的汗水滲出來，外面的雪水滲進去，它們在二樂的衣服上匯合，使二樂身上的衣服濕透了。

夜班輪船過了十點以後才來，二樂背著一樂上了船，船上沒有多少人，二樂來到船尾，那裡隔一塊木板就是輪船的發動機，他就讓一樂躺在椅子上，自己靠在那塊木板上，木板因為發動機的散熱顯得很暖和。

輪船到達城裡時，天還沒有亮，城裡也在下雪，地上已經積了很厚的一層雪，二樂背著一樂，那條棉被又蓋著一樂，所以二樂走去時像是一輛三輪車那麼龐大，雪地上留下他的一串腳印，腳印彎彎扭扭，深淺不一，在路燈的光線裡閃閃發亮。

二樂背著一樂回到家裡時，許三觀和許玉蘭還在熟睡之中，他們聽到用腳踢門的巨大聲響，打開門以後，他們看到一個龐大的雪堆走了進來。

一樂立刻被送到了醫院，天亮的時候，醫生告訴他們，一樂得了肝炎，醫生說一樂的肝炎已經很嚴重了，這裡的醫院治不了，要馬上送到上海的大醫院去，送晚了一樂會有生命危險。

醫生的話音剛落，許玉蘭的哭聲就起來了，她坐在病房外面的椅子上，拉住許三觀的袖管，哭著說：

「一樂都病成這樣了，那次他回家的時候就已經病了，我們太狠心了，我們不該把他趕回去，我們不知道他病了，要是早知道他是病了，他就不會病成這樣。現在都要往上海送了，再不送上海，一樂的命都會保不住了，往上海送要花多少錢啊？家裡的錢連救護車都租不起，許三觀，你說怎麼辦？」

許三觀說：「你別哭了，你再哭，一樂的病也不會好。沒有錢，我們想想辦法，我們去借錢，只要是認識的人，我們都去向他們借，總能借到一些錢。」

許三觀先是到三樂的工廠，找到三樂，問他有多少錢，三樂說四天前才發了工資，還有十二元錢，許三觀就要他拿出十元來，三樂搖搖頭說：

「我給了你十元，下半個月我吃什麼？」

許三觀說：「你下半個月就喝西北風吧。」

三樂聽了這話嘿嘿地笑，許三觀吼了起來：

「你別笑了，你哥哥一樂都快死了，你還笑……」

三樂一聽這話，眼睛瞪直了，他說：

「爹，你說什麼？」

許三觀這才想起來，他還沒有告訴三樂，一樂得了肝炎病得很重這件事。他趕緊告訴了三樂，三樂知道後就把十二元錢都給了許三觀，三樂說：

「爹，你都拿走吧，你先回醫院去，我請了假就來。」

許三觀從三樂那裡拿了十二元錢，又去找到了方鐵匠，他坐在方鐵匠打鐵的火爐旁，對他說：

「我們認識有二十多年了吧？這二十多年裡面，我一次都沒有求過你，今天我要來求你了……」

方鐵匠聽完許三觀的話，就從胸前的口袋裡摸出十元錢，他說：

「我只能借給你十元，我知道這些錢不夠，可我只能給你這麼多了。」

許三觀離開方鐵匠那裡，一個上午走了十一戶人家，有八戶借給了他錢。中午的時候，他來到了何小勇家，何小勇死後的這幾年，許三觀很少見到他的女人。他站在何小勇家門口時，看到何小勇的女人和兩個女兒正在吃午飯，何小勇的女人沒有了丈夫，幾年下來頭髮都花白了，許三觀站在門口對她說：

「一樂病得很重，醫生說要馬上往上海送，送晚了一樂會死掉的，我們家裡的錢不夠，你能不能借給我一些錢？」

何小勇的女人看了看許三觀，沒有說話，低下頭繼續吃飯，許三觀站了一會兒，又說：

「我會盡快把錢還給你的，我們可以立一個字據……」

何小勇的女人又看了看他，隨後又去吃飯了，許三觀第三次對她說：

「我以前得罪過你，我對不起你，求你看在一樂的面子上，怎麼說一樂……」

這時何小勇的女人對她的兩個女兒說：

「怎麼說一樂也是你們的哥哥，你們不能見死不救，你們有多少錢？拿出來給他。」

何小勇的女人伸手指了指許三觀，她的兩個女兒都站了起來，上樓去取錢了。何小勇的女人當著許三觀，將手伸到自己胸前的衣服裡面，她摸出了錢，是用一塊手帕包著的，她把包得方方正正的手帕放在桌子上，打開後，許三觀看到手帕裡有一張五元，還有一張兩元的錢，其餘的都是硬幣了，她把五元和兩元拿出來，把硬幣重新包好，放回到胸口。這時候她的兩個女兒也下樓來了，她們把錢交到母親手裡。何小勇的女人將兩個女兒的錢和自己的錢疊在一起，站起來走到門口，遞給許三觀，說：

「總共是十七元，你數一數。」

許三觀接過錢，數過後放到口袋裡，他對何小勇的女人說：

「我一個上午走了十三戶人家，你們借給我的錢最多，我給你們鞠躬了。」

許三觀給她們鞠了一個躬，然後轉身離去。許三觀一個上午借到了六十三元，他把錢交給許玉蘭，讓許玉蘭先護送一樂去上海，他說：

「我知道這些錢不夠，我會繼續籌錢的，你只要把一樂照顧好，別的事你都不要管了，我在這裡把錢籌夠了，就會到上海來找你們，你們快走吧，救命要緊。」

許玉蘭他們走後的下午，二樂也病倒了，二樂在把一樂背回來的路上受了寒，他躺在床上拚命咳嗽，二樂咳嗽時的聲音像是嘔吐似的，讓許三觀聽了害怕，許三觀伸手一摸他的額頭，就像是摸在火上一樣，許三觀趕緊把二樂送到醫院，醫生說二樂是重感冒，支氣管發炎，炎症還沒有到肺部，所以打幾天青、鏈黴素，二樂的病就會好起來。

許三觀把三樂叫到面前，對他說：

「我把二樂交給你了，你這幾天別去廠裡上班了，就在家裡照顧二樂，你要讓二樂休息好，吃好，我知道你不會做飯，我也沒有時間給你們做飯，我還要去給一樂籌錢，你就到廠裡食堂去打飯。這裡有十元錢，你拿著。」

然後，許三觀又去找李血頭了，李血頭看到許三觀陪著笑臉走進來，就對他說：

「你又要來賣血了？」

許三觀點點頭，他說：

「我家的一樂得了肝炎，送到上海去了，我家的二樂也病了，躺在家裡，裡裡外外都要錢……」

「你別說了。」李血頭擺擺手，「我不會聽你說的。」

許三觀哭喪著臉站在那裡，李血頭對他說：

「你一個月就要來賣一次血，你不想活啦？你要是不想活，就找個沒人的地方，找一棵樹把自己吊死了。」

許三觀說：「求你看到根龍的面子上……」

「他媽的，」李血頭說，「根龍活著的時候，你讓我看他的面子；根龍都已經死了，你還要我看他的面子？」

許三觀說：「根龍死了沒多久，他屍骨未寒，你就再看一次他的面子吧。」

李血頭聽到許三觀這樣說，不由嘿嘿笑了起來，他說：

「你這人臉皮真是厚，這一次我看在你的厚臉皮上，給你出個主意，我這裡不讓你賣血，你可以到別的地方，別的醫院去賣血。別的地方不會知道你剛賣過血，他們就會收你的血，明白嗎？」

李血頭看到許三觀連連點頭，繼續說：

「這樣一來，你就是賣血把自己賣死了，也和我沒有關係了。」

第二十八章

許三觀讓二樂躺在家裡的床上，讓三樂守在二樂的身旁，然後他背上一個藍底白花的包裹，胸前的口袋裡放著兩元三角錢，出門去了輪船碼頭。

他要去的地方是上海，路上要經過林浦、北蕩、西塘、百里、通元、松林、大橋、安昌門、靖安、黃店、虎頭橋、三環洞、七里堡、黃灣、柳村、長寧、新鎮。其中林浦、百里、松林、黃店、七里堡、長寧是縣城，他要在這六個地方上岸賣血，他要一路賣著血去上海。

這一天中午的時候，許三觀來到了林浦，他沿著那條穿過城鎮的小河走過去，他看到林浦的房屋從河兩岸伸出來，一直伸到河水裡。這時的許三觀解開棉襖的鈕釦，讓冬天溫暖的陽光照在胸前，於是他被歲月晒黑的胸口，又被寒風吹得通紅。他看到一處石階以後，就走了下去，在河水邊坐下。河的兩邊泊滿了船隻，只有他坐著的石階這裡沒有停泊。不久前林浦也下了一場大雪，許三觀看到身旁的石縫裡鑲著沒有融化的積雪，在陽光裡閃閃發亮。從河邊的窗戶看進去，他看到林浦的居民都在吃著午飯，蒸騰的熱氣使窗戶上的玻璃白茫茫的一片。

他從包裹裡拿出了一只碗，將河面上的水刮到一旁，舀起一碗下面的河水，他看到林浦的河水在碗裡有些發綠，他喝了一口，冰冷刺骨的河水進入胃裡時，使他渾身哆嗦。他用手抹了抹嘴巴後，仰起脖子一口將碗裡的水全部喝了下去，然後他雙手抱住自己猛烈地抖動了幾下。過了一會兒，他覺得胃裡的溫暖慢慢地回來了，他再舀起一碗河水，再次一口喝了下去，接著他再次抱住自己抖動起來。

坐在河邊窗前吃著熱氣騰騰午飯的林浦居民，注意到了許三觀。他們打開窗戶，把身體探出來，看著這個年近五十的男人，一個人坐在石階最下面的那一層上，一碗一碗地喝著冬天寒冷的河水，然後一次一次地在那裡哆嗦，他們就說：

「你是誰？你是從哪裡來的？沒見過像你這麼口渴的人，你為什麼要喝河裡的冷水，現在是冬天，你會把自己的身體喝壞的。你上來吧，到我們家裡來喝，我們有燒開的熱水，我們還有茶葉，我們給你沏上一壺茶水……」

許三觀抬起頭對他們笑道：

「不麻煩你們了，你們都是好心人，我不麻煩你們，我要喝的水太多，我就喝這河裡的水……」

他們說：「我們家裡有的是水，不怕你喝，你要是喝一壺不夠，我們就讓你喝兩壺、三壺……」

許三觀拿著碗站了起來，他看到近旁的幾戶人家都在窗口邀請他，就對他們說：

「我就不喝你們的茶水了，你們給我一點鹽，我已經喝了四碗水了，這水太冷，我有點喝不下去了，你們給我一點鹽，我吃了鹽就會又想喝水了。」

他們聽了這話覺得很奇怪，他們問：

「你為什麼要吃鹽？你要是喝不下去了，你就不會口渴。」

許三觀說：「我沒有口渴，我喝水不是口渴……」

他們中間一些人笑了起來，有人說：

「你不口渴，為什麼還要喝這麼多的水？你喝的還是河裡的冷水，你喝這麼多河水，到了晚上會肚子疼……」

許三觀站在那裡，抬著頭對他們說：

「你們都是好心人，我就告訴你們，我喝水是為了賣血……」

「賣血？」他們說，「賣血為什麼要喝水？」

問：

「多喝水，身上的血就會多起來，身上的血多了，就可以賣掉它兩碗。」

許三觀說著舉起手裡的碗拍了拍，然後他笑了起來，臉上的皺紋堆到了一起。他們又

「你為什麼要賣血？」

許三觀回答：「一樂病了，病得很重，是肝炎，已經送到上海的大醫院去了……」

有人打斷他：「一樂是誰？」

「我兒子，」許三觀說，「他病得很重，只有上海的大醫院能治。家裡沒有錢，我就出來賣血。我一路賣過去，賣到上海時，一樂治病的錢就會有了。」

許三觀說到這裡，流出了眼淚，他流著眼淚對他們微笑。他們聽了這話都愣住了，看著許三觀不再說話。許三觀向他們伸出了手，對他們說：

「你們都是好心人，你們能不能給我一點鹽？」

他們都點起了頭，過了一會兒，有幾個人給他送來了鹽，都是用紙包著的，還有人給他送來了三壺熱茶。許三觀看著鹽和熱茶，對他們說：

「這麼多鹽，我吃不了，其實有了茶水，沒有鹽我也能喝下去。」

他們說：「鹽吃不了你就帶上，你下次賣血時還用得上。茶水你現在就喝了，你趁熱喝下去。」

許三觀對他們點點頭，把鹽放到口袋裡，坐回到剛才的石階上，他這次舀了半碗河水，接著拿起一只茶壺，把裡面的熱茶水倒在碗裡，倒滿就一口喝了下去，他抹了抹嘴巴說：

「這茶水真是香。」

許三觀接下去又喝了三碗，他們說：

「你真能喝啊。」

許三觀不好意思地笑了笑，他站起來說：

「其實我是逼著自己喝下去的。」

然後他看看放在石階上的三只茶壺，對他們說：

「我要走了，可是我不知道這三只茶壺是誰家的，我不知道應該還給誰？」

他們說：「你就走吧，茶壺我們自己會拿的。」

許三觀點點頭，他向兩邊房屋窗口的人，還有站在石階上的人鞠了躬，他說：

「你們對我這麼好，我也沒什麼能報答你們的，我只有給你們鞠躬了。」

然後，許三觀來到了林浦的醫院，醫院的供血室是在門診部走廊的盡頭，一個和李血頭差不多年紀的男人坐在一張桌子旁，他的一條胳膊放在桌子上，眼睛看著對面沒有門的廁所。許三觀看到他穿著的白大褂和李血頭的一樣髒，許三觀就對他說：

「我知道你是這裡的血頭，你白大褂的胸前和袖管上黑呼呼的，你胸前黑是因為你經常靠在桌子上，袖管黑是你的兩條胳膊經常放在桌子上，你和我們那裡的李血頭一樣，我還知道你白大褂的屁股上也是黑呼呼的，你的屁股天天坐在凳子上……」

許三觀在林浦的醫院賣了血，又在林浦的飯店裡吃了一盤炒豬肝，喝了二兩黃酒。接下去他走在了林浦的街道上，冬天的寒風吹在他臉上，又灌到了脖子裡，他開始知道寒冷了，他覺得棉襖裡的身體一下子變冷了，他知道這是賣了血的緣故，他把身上的熱氣賣掉了。他感到風正從胸口滑下去，一直到腹部，使他肚子裡一陣陣抽搐。他就捏緊了胸口的衣領，兩隻手都捏在那裡，那樣子就像是拉著自己在往前走。

陽光照耀著林浦的街道，許三觀身體哆嗦著走在陽光裡。他走過了一條街道，來到了另一條街道上，他看到有幾個年輕人靠在一堵灑滿陽光的牆壁上，瞇著眼睛站在那裡曬太陽，他們的手都插在袖管裡，他們聲音響亮地說著，喊著，笑著。許三觀在他們面前站了一會兒，就走到了他們中間，也靠在牆上；陽光照著他，也使他瞇起了眼睛。他看到他們都扭過頭來看他，他就對他們說：

「這裡暖和，這裡的風小多了。」

他們點了點頭，他們看到許三觀縮成一團的靠在牆上，兩隻手還緊緊抓住衣領，他們互相之間輕聲說：

「看到他的手了嗎？把自己的衣領抓得這麼緊，像是有人要用繩子勒死他，他拚命抓住繩子似的，是不是？」

許三觀聽到了他們的話，就笑著對他們說：

「我是怕冷風從這裡進去。」

許三觀說著騰出一隻手指了指自己的衣領，繼續說：

「這裡就像是你們家的窗戶，你們家的窗戶到了冬天都關上了吧？冬天要是開著窗戶，在家裡的人會凍壞的。」

他們聽了這話哈哈笑起來，笑過之後他們說：

「沒見過像你這麼怕冷的人，我們都聽到你的牙齒在嘴巴裡打架了，你還穿著這麼厚的棉襖，你看看我們，我們誰都沒穿棉襖，我們的衣領都敞開著……」

許三觀說：「我剛才也敞開著衣領，我剛才還坐在河邊喝了八碗河裡的冷水……」

他們說：「你是不是發燒了？」

許三觀說：「我沒有發燒。」

他們說：「你沒有發燒？那你為什麼說胡話？」

許三觀說：「我沒有說胡話。」

他們說：「你肯定發燒了，你是不是覺得很冷？」

許三觀點點頭說：「是的。」

「那你就是發燒了。」他們說，「人發燒了就會覺得冷，你摸摸自己的額頭，你的額頭肯定很燙。」

許三觀看著他們笑，他說：「我沒有發燒，我就是覺得冷，我覺得冷是因為我賣……」

他們打斷他的話，「覺得冷就是發燒，你摸摸額頭。」

許三觀還是看著他們笑，沒有伸手去摸額頭，他們催他：

「你快摸一下額頭，摸一下你就知道了，摸一下額頭又不費什麼力氣，你為什麼不把手抬起來？」

許三觀抬起手來，去摸自己的額頭，他們看著他，問他：

「是不是很燙？」

許三觀搖搖頭，「我不知道，我摸不出來，我的額頭和我的手一樣冷。」

「我來摸一摸。」

有一個人說著走過來，把手放在了許三觀的額頭上，他對他們說：

「他的額頭是很冷。」

另一個人說：「你的手剛從袖管裡拿出來，你的手熱呼呼的，你用你自己的額頭去試試。」

那個人就把自己的額頭貼到許三觀的額頭上，貼了一會後，他轉過身來摸著自己的額頭，對他們說：

「是不是我發燒了？我比他燙多了。」

接著那個人對他們說：「你們來試試。」

他們就一個一個走過來，一個挨著一個貼了貼許三觀的額頭，最後他們同意許三觀的話，他們對他說：

「你說得對，你沒有發燒，是我們發燒了。」

他們圍著他哈哈大笑起來，他們笑了一陣後，有一個人吹起了口哨，另外幾個人也吹起了口哨，他們吹著口哨走開去了。許三觀看著他們走去，直到他們走遠了，看不見了，他們的口哨也聽不到了。許三觀這時候一個人笑了起來，他在牆根的一塊石頭上坐下來，他的周圍都是陽光，他覺得自己身體比剛才暖和一些了，而抓住衣領的兩隻手已經凍麻了，他就把手放下來，插到了袖管裡。

許三觀從林浦坐船到了北蕩，又從北蕩到了西塘，然後他來到了百里。許三觀這時離家已經有三天了，三天前他在林浦賣了血，現在他又要去百里的醫院賣血了。在百里，他走在河邊的街道上，他看到百里沒有融化的積雪在街道兩旁和泥漿一樣骯髒了，百里的寒風吹在他的臉上，使他覺得自己的臉被吹得又乾又硬，像是掛在屋簷下的魚乾。他棉襖的口袋裡插著一只喝水的碗，手裡拿著一包鹽，他吃著鹽往前走，嘴裡吃鹹了，就下到河邊的石階上，舀兩碗冰冷的河水喝下去，然後回到街道上，繼續吃著鹽走去。

這一天下午，許三觀在百里的醫院賣了血以後，剛剛走到街上，還沒有走到醫院對面那家飯店，還沒有吃下去一盤炒豬肝，喝下去二兩黃酒，他就走不動了。他雙手抱住自己，在街道中間抖成一團，他的兩條腿就像是狂風中的枯枝一樣，劇烈地抖著，然後枯枝折斷似的，他的兩條腿一彎，他的身體倒在了地上。

在街上的人不知道他患了什麼病，他們問他，他的嘴巴哆嗦著說不清楚，他們就說把他往醫院裡送，他們說：好在醫院就在對面，走幾步路就到了。有人把他背到了肩上，要到醫院去，這時候他口齒清楚了，他連著說：

「不、不、不，不去……」

他們說：「你病了，你病得很重，我們這輩子都沒見過像你這麼亂抖的人，我們要把你送到醫院去……」

他還是說：「不、不、不……」

他們就問他：「你告訴我們，你患了什麼病？你是急性的病？還是慢性的病？要是急性的病，我們一定要把你送到醫院去……」

他們看到他的嘴巴胡亂地動了起來，他說了些什麼，他們誰也聽不懂，他們問他們：

「他在說些什麼？」

他們回答：「不知道他在說些什麼，別管他說什麼了，快把他往醫院裡送吧。」

這時候他又把話說清楚了，他說：

「我沒病。」

他們都聽到了這三個字，他們說：

「他說他沒有病，沒有病怎麼還這樣亂抖？」

他說：「我冷。」

這一次他們也聽清楚了，他們說：

「他說他冷，他是不是有冷熱病？要是冷熱病，送醫院也沒有用，就把他送到旅館去，聽他的口音是外地人……」

許三觀聽說他們要把他送到旅館，他就不再說什麼了，讓他們把他背到了最近的一家旅館。他們把他放在了一張床上，那間房裡有四張床位，他們就把四條棉被全蓋在他的身上。

許三觀躺在四條棉被下面，仍然哆嗦不止，躺了一會，他們問：

「身體暖和過來了吧？」

許三觀搖了搖頭，他上面蓋了四條棉被，他們覺得他的頭像是隔得很遠似的，他們看到他搖頭，就說：

「你蓋了四條被子還冷，就肯定是冷熱病了，這種病一發作，別說是四條被子，就是十條都沒用，這不是外面冷了，是你身體裡面在冷，這時候你要是吃點東西，你就會覺得暖和一些。」

他們說完這話，看到許三觀身上的被子一動一動的，過了一會，許三觀的一隻手從被子裡伸了出來，手上捏著一張一角錢的鈔票。許三觀對他們說：

「我想吃麵條。」

他們就去給他買了一碗麵條回來，又幫著他把麵條吃了下去。許三觀吃了一碗麵條，覺得身上有些暖和了，再過了一會兒，他說話也有了力氣。許三觀就說他用不著四條被子了，他說：

「求你們拿掉兩條，我被壓得喘不過氣來了。」

這天晚上，許三觀和一個年過六十的男人住在一起，那人來的時候天已經黑了，他穿著破爛的棉襖，黝黑的臉上有幾道被冬天的寒風吹裂的口子，他懷裡抱著兩頭豬崽子走進來，許三觀看著他把兩頭小豬放到床上，小豬吱吱地叫，聲音聽上去又尖又細，小豬的腳被繩子綁著，身體就在床上抖動，他對牠們說：

「睡了，睡了，睡覺了。」

說著他把被子蓋在了兩頭小豬的身上，自己在床的另一頭鑽到了被窩裡。他躺下後看到許三觀正看著自己，就對許三觀說：

「現在半夜裡太冷，會把小豬凍壞的，牠們就和我睡一個被窩。」

看到許三觀點了點頭，他嘿嘿地笑了，他告訴許三觀，他家在北蕩的鄉下，他有兩個女兒，三個兒子，兩個女兒都嫁了男人，三個兒子還沒有娶女人，他還有兩個孫子。他到百里來，是來把這兩頭小豬賣掉，他說：

「百里的價格好，能多賣錢。」

最後他說：「我今年六十四歲了。」

「看不出來。」許三觀說，「六十四歲了，身體還這麼硬朗。」

聽了這話，他又是嘿嘿笑了一會兒，他說：

「我眼睛很好，耳朵也聽得清楚，身體沒有毛病，就是力氣比年輕時少了一些，我天天下到田裡幹活，我幹的活和我三個兒子一樣多，就是力氣不如他們，累了腰會疼……」

他看到許三觀蓋了兩條被子，就對許三觀說：

「你是不是病了？你蓋了兩條被子，我看到你還在哆嗦……」

許三觀說：「我沒病，我就是覺得冷。」

他說：「那張床上還有一條被子，要不要我替你蓋上？」

許三觀搖搖頭，「不要了，我現在好多了，我下午剛賣了血的時候，我才真是冷，現在好多了。」

「你賣血了？」他說，「我以前也賣過血，我家老三，就是我的小兒子，十歲的時候動手術，動手術時要給他輸血，我就把自己的血賣給了醫院，醫院又把我的血給了我家老三。賣了血以後就是覺得力氣少了很多……」

許三觀點點頭，他說：

「賣一次、兩次的，也就是覺得力氣少了一些，要是連著賣血，身上的熱氣也會跟著少起來，人就覺得冷……」

許三觀說著把手從被窩裡伸出去，向他伸出三根指頭說：

「我三個月賣了三次，每次都賣掉兩碗，用他們醫院裡的話說是四百毫升，我就把身上的力氣賣光了，只剩下熱氣了，前天我在林浦賣了兩碗，今天我又賣了兩碗，就把剩下的熱氣也賣掉了……」

許三觀說到這裡，停了下來，呼呼地喘起了氣，來自北蕩鄉下的那個老頭對他說：

「你這麼連著去賣血，會不會把命賣掉了？」

許三觀說：「隔上幾天，我到了松林還要去賣血。」

那個老頭說：「你先是把力氣賣掉，又把熱氣也賣掉，剩下的只有命了，你要是再賣血，你就是賣命了。」

「就是把命賣掉了，我也要去賣血。」

許三觀對那個老頭說：「我兒子得了肝炎，在上海的醫院裡，我得趕緊把錢籌夠了送去，我要是歇上幾個月再賣血，我兒子就沒錢治病了……」

許三觀說到這裡休息了一會兒，然後又說：

「我快活到五十歲了，做人是什麼滋味，我也全知道了，我就是死了也可以說是賺了。我兒子才只有二十一歲，他還沒有好好做人呢，他連個女人都還沒有娶，他還沒有做過人，他要是死了，那就太吃虧了……」

那個老頭聽了許三觀這番話，連連點頭，他說：

「你說得也對，到了我們這把年紀，做人已經做全了……」

這時候那兩頭小豬吱吱地叫上了，那個老頭對許三觀說：

「我的腳剛才碰著牠們了……」

他看到許三觀還在被窩裡哆嗦，就說：

「我看你的樣子是城裡人，你們城裡人都愛乾淨，我們鄉下人就沒有那麼講究，我是說……」

他停頓了一下後繼續說：「我是說，如果你不嫌棄，我就把這兩頭小豬放到你被窩裡來，給你暖暖被窩。」

許三觀點點頭說：「我怎麼會嫌棄呢？你心腸真是好，你就放一頭小豬過來，一頭就夠了。」

老頭就起身抱過去了一頭小豬，放在許三觀的腳旁。那頭小豬已經睡著了，一點聲音都沒有，許三觀把自己冰冷的腳往小豬身上放了放，剛放上去，那頭小豬就吱吱的亂叫起來，在許三觀的被窩裡抖成一團。老頭聽到了，有些過意不去，他問：

「你這樣能睡好嗎？」

許三觀說：「我的腳太冷了，都把牠凍醒了。」

老頭說：「怎麼說豬也是畜生，不是人，要是人就好了。」

許三觀說：「我覺得被窩裡有熱氣了，被窩裡暖和多了。」

四天以後，許三觀來到了松林，這時候的許三觀面黃肌瘦，四肢無力、頭暈腦脹，眼睛發昏，耳朵裡始終有著嗡嗡的聲響，身上的骨頭又痠又疼，兩條腿邁出去時似乎是在飄動。松林醫院的血頭看到站在面前的許三觀，沒等他把話說完，就揮揮手要他出去，這個血頭說：

「你撒泡尿照照自己，你臉上黃得都發灰了，你說話時都要喘氣，你還要來賣血，我說你趕緊去輸血吧。」

許三觀就來到醫院外面，他在一個沒有風、陽光充足的角落裡坐了有兩個小時，讓陽光在他臉上，在他身上照耀著。當他覺得自己的臉被陽光晒燙了，他起身又來到了醫院的供血室，剛才的血頭看他進來，沒有把他認出來，對他說：

「你瘦得皮包骨頭，颳大風時你要是走在街上，你會被風吹倒的，可是你臉色不錯，黑紅黑紅的，你想賣多少血？」

許三觀說：「兩碗。」

許三觀拿出插在口袋裡的碗給那個血頭看，血頭說：

「這兩碗放足了能有一斤米飯，能放多少血我就不知道了。」

許三觀說：「四百毫升。」

血頭說：「你走到走廊那一頭去，到注射室去，讓注射室的護士給你抽血……」

一個戴著口罩的護士，在許三觀的胳膊上抽出了四百毫升的血以後，看到許三觀搖晃著站起來，他剛剛站直了就倒在了地上。護士驚叫了一陣以後，他們把他送到了急診室，急診室的醫生讓他們把他放在床上，醫生先是摸摸許三觀的額頭，又捏住許三觀手腕上的脈搏，再翻開許三觀的眼皮看了看，最後醫生給許三觀量血壓了，醫生看到許三觀的血壓只有六十和四十，就說：

「給他輸血。」

於是許三觀剛剛賣掉的四百毫升血，又回到了他的血管裡。他們又給他輸了三百毫升別人的血以後，他的血壓才回升到了一百和六十。

許三觀醒來後，發現自己躺在醫院裡，他嚇了一跳，下了床就要往醫院外跑，他們攔住他，對他說雖然血壓正常了，可他還要在醫院裡觀察一天，因為醫生還沒有查出來他的病因。許三觀對他們說：

「我沒有病，我就是賣血賣多了。」

他告訴醫生，一個星期前他在林浦賣了血，四天前又在百里賣了血。醫生聽得目瞪口呆，把他看了一會兒後，嘴裡說了一句成語：

「亡命之徒。」

許三觀說：「我不是亡命之徒，我是為了兒子……」

醫生揮揮手說：「你出院吧。」

松林的醫院收了許三觀七百毫升血的錢，再加上急診室的費用，許三觀兩次賣血掙來的錢，一次就付了出去。許三觀就去找到說他是亡命之徒的那個醫生，對他說：

「我賣給你們四百毫升血，你們又賣給我七百毫升血，我自己的血收回來，我也就算了，別人那三百毫升的血我不要，我還給你們，你們收回去。」

醫生說：「你在說什麼？」

許三觀說：「我要你們收回去三百毫升的血……」

醫生說：「你有病……」

許三觀說：「我沒有病，我就是賣血賣多了覺得冷，現在你們賣給了我七百毫升，差不多有四碗血，我現在一點都不覺得冷了，我倒是覺得熱，熱得難受，我要還給你們三百毫升血……」

醫生指指自己的腦袋說：「我是說你有神經病。」

許三觀說：「我沒有神經病，我只是要你們把不是我的血收回去……」

許三觀看到有人圍了上來，就對他們說：

「買賣要講個公道，我把血賣給他們，他們知道，他們把血賣給我，我一點都不知道……」

那個醫生說：「我們是救你命，你都休克了，要是等著讓你知道，你就沒命了。」

許三觀聽了這話，點了點頭說：

「我知道你們是為了救我，我現在也不是要把七百毫升的血都還給你們，我只要你們把別人的三百毫升血收回去，我許三觀都快五十歲了，這輩子沒拿過別人的東西……」

許三觀說到這裡，發現那個醫生已經走了，他看到旁邊的人聽了他的話都哈哈笑，許三觀知道他們都是在笑話他，他就不說話了，他在那裡站了一會兒，然後他轉身走出了松林的醫院。

那時候已是傍晚，許三觀在松林的街上走了很長時間，一直走到河邊，欄杆擋住了他的去路後，他才站住腳。他看到河水被晚霞映得通紅，有一行拖船長長地駛了過來，柴油機突突地響著，從他眼前駛了過去，拖船掀起的浪花一層一層地沖向了河岸，在石頭砌出來的河岸上響亮地拍打過去。

他這麼站了一會，覺得寒冷起來了，就蹲下去靠著一棵樹坐了下來。坐了一會兒，他從胸口把所有的錢都拿出來，他數了數，只有三十七元四角錢，他賣了三次血，到頭來只有一次的錢，然後他將錢疊好了，放回到胸前的口袋裡。這時他覺得委屈了，淚水就流出了眼眶，寒風吹過來，把他的眼淚吹落在地，所以當他伸手去擦眼睛時，沒有擦到淚水。他坐了一會兒以後，站起來繼續往前走。他想到去上海還有很多路，還要經過大橋、安昌門、黃店、虎頭橋、三環洞、七里堡、黃灣、柳村、長寧和新鎮。

在以後的旅程裡，許三觀沒有去坐客輪，他計算了一下，從松林到上海還要花掉三元六角的船錢，他兩次的血白賣了，所以他不能再亂花錢了，他就搭上了一條裝滿蠶繭的水泥船，搖船的是兄弟兩人，一個叫來喜，另一個叫來順。

許三觀是站在河邊的石階上看到他們的，當時來喜拿著竹篙站在船頭，來順在船尾搖著櫓，許三觀在岸上向他們招手，問他們去什麼地方，他們說去七里堡，七里堡有一家絲廠，他們要把蠶繭賣到那裡去。

許三觀就對他們說：「你們和我同路，我要去上海，你們能不能把我捎到七里堡……」

許三觀說到這裡時，他們的船已經搖過去了，於是許三觀在岸上一邊追著一邊說：

「你們的船再加一個人不會覺得沉的，我上了船能替你們搖櫓，三個人換著搖櫓，總比兩個人換著輕鬆，我上了船還會交給你們伙食的錢，我和你們一起吃飯，三個人吃飯比兩個人吃省錢，也就是多吃兩碗米飯，菜還是兩個人吃的菜……」

搖船的兄弟兩人覺得許三觀說得有道理，就將船靠到了岸上，讓他上了船。

許三觀不會搖櫓，他接過來順手中的櫓，才搖了幾下，就將櫓掉進了河裡，在船頭的來喜急忙用竹篙將船撐住，來順撲在船尾，等櫓漂過來，伸手抓住它，把櫓拿上來以後，來順指著許三觀就罵：

「你說你會搖櫓，你他媽的一搖就把櫓搖到河裡去了，你剛才還說會什麼？你說你會這個，又會那個，我們才讓你上了船，你剛才說你會搖櫓，還會什麼來著？」

許三觀說：「我還說和你們一起吃飯，我說三個人吃比兩個人省錢……」

「他媽的。」來順罵了一聲，他說，「吃飯你倒真是會吃。」

在船頭的來喜哈哈地笑起來，他對許三觀說：

「你就替我們做飯吧。」

許三觀就來到船頭，船頭有一個磚砌的小爐灶，上面放著一只鍋，旁邊是一捆木柴，許三觀就在船頭做起了飯。

到了晚上，他們的船靠到岸邊，揭開船頭一個鐵蓋，來順和來喜從蓋口鑽進了船艙，兄弟兩人抱著被子躺了下來，他們躺了一會，看到許三觀還在外面，就對他說：

「你快下來睡覺。」

許三觀看看下面的船艙，比一張床還小，就說：

「我不擠你們了，我就在外面睡。」

來喜說：「眼下是冬天，你在外面睡會凍死的。」

來順說：「你凍死了，我們也倒楣。」

「你下來吧。」來喜又說，「都在一條船上了，就要有福同享。」

許三觀覺得外面確實是冷，想到自己到了黃店還要賣血，不能凍病了，他就鑽進了船艙，在他們兩人中間躺了下來，來喜將被子的一個角拉過去給他，來順也將被子往他那裡扯了扯，許三觀就蓋著他們兩個人的被子，睡在了船艙裡。許三觀對他們說：

「你們兄弟兩人，來喜說出來的話，每一句都比來順的好聽。」

兄弟倆聽了許三觀的話，都嘿嘿笑了幾聲，然後兩個人的鼾聲同時響了起來。許三觀被他們擠在中間，他們兩個人的肩膀都壓著他的肩膀，過了一會兒他們的腿也架到了他的腿上，再過一會兒他們的胳膊放到他胸口了。許三觀就這樣躺著，被兩個人壓著。他聽到河水在船外流動，聲音極其清晰，連水珠濺起的聲音都能聽到，許三觀覺得自己就像是睡在河水中間。河水在他的耳旁刷刷地流過去，使他很長時間睡不著，於是他就去想一樂，一樂在上海的醫院裡不知道怎麼樣了？他還去想了許玉蘭，想了躺在家裡的二樂，和守護著二樂的三樂。

許三觀在窄小的船艙裡睡了幾個晚上，就覺得渾身的骨頭又痠又疼，白天他就坐在船頭，捏著自己的腰，捏著自己的肩膀，還把兩條胳膊甩來甩去的，來喜看到他的樣子，就對他說：

「船艙裡地方小，你晚上睡不好。」

來順說：「他老了，他身上的骨頭都硬了。」

許三觀覺得自己是老了，不能和年輕的時候比了，他說：

「來順說得對，不是船艙地方小，是我老了，我年輕的時候，別說是船艙了，牆縫裡我都能睡。」

他們的船一路下去，經過了大橋，經過了安昌門，經過了靖安，下一站就是黃店了。這幾天陽光一直照耀著他們，冬天的積雪在兩岸的農田裡，在兩岸農舍的屋頂上時隱時現，農田顯得很清閒，很少看到有人在農田裡勞作，倒是河邊的道路上走著不少人，他們都挑著擔子或者挎著籃子，大聲說著話走去。

幾天下來，許三觀和來喜兄弟相處得十分融洽，來喜兄弟告訴許三觀，他們運送這一船蠶繭，也就是十來天工夫，能賺六元錢，兄弟倆每人有三元。許三觀就對他們說：

「還不如賣血，賣一次血能掙三十五元……」

他說：「這身上的血就是井裡的水，不會有用完的時候……」

許三觀把當初阿方和根龍對他說的話，全說給他們聽了，來喜兄弟聽完了他的話，問他：

「賣了血以後，身體會不會敗掉？」

「不會。」許三觀說，「就是兩條腿有點發軟，就像是剛從女人身上下來似的。」

來喜兄弟嘿嘿地笑，看到他們笑，許三觀說：

「你們明白了吧。」

來喜搖搖頭，來順說：

「我們都還沒上過女人身體，我們就不知道下來是怎麼回事。」

許三觀聽說他們還沒有上過女人身體，也嘿嘿地笑了，笑了一會兒，他說：

「你們賣一次血就知道了。」

來順對來喜說：「我們去賣一次血吧，把錢掙了，還知道從女人身上下來是怎麼回事，這一舉兩得的好事為什麼不做？」

他們到了黃店，來喜兄弟把船綁在岸邊的木樁上，就跟著許三觀上醫院去賣血了。走在路上，許三觀告訴他們：

「人的血有四種，第一種是O，第二種是AB，第三種是A，第四種是B……」

來喜問他：「這幾個字怎麼寫？」

許三觀說：「這都是外國字，我不會寫，我只會寫第一種O，就是畫一個圓圈，我的血就是一個圓圈。」

許三觀帶著來喜兄弟走在黃店的街上，他們先去找到醫院，然後來到河邊的石階上，許三觀拿出插在口袋裡的碗，把碗給了來喜，對他說：

「賣血以前要多喝水，水喝多了身上的血就淡了，血淡了，你們想想，血是不是就多了？」

來喜點著頭接過許三觀手裡的碗，問許三觀：

「要喝多少？」

許三觀說：「八碗。」

「八碗？」來喜嚇了一跳，他說，「八碗喝下去，還不把肚子撐破了。」

許三觀說：「我都能喝八碗，我都快五十了，你們兩個人的年齡加起來還不到我的年齡，你們還喝不了八碗？」

來順對來喜說：「他都能喝八碗，我們還不喝他個九碗十碗的？」

「不行，」許三觀說，「最多只能喝八碗，再一多，你們的尿肚子就會破掉，就會和阿方一樣……」

他們問：「阿方是誰？」

許三觀說：「你們不認識，你們快喝吧，每人喝一碗，輪流著喝……」

來喜蹲下去舀了一碗河水上來，他剛喝下去一口，就用手捂著胸口叫了起來：

「太冷了，冷得我肚子裡都在打抖了。」

來順說：「冬天裡的河水肯定很冷，把碗給我，我先喝。」

來順也是喝了一口後叫了起來：

「不行，不行，太冷了，冷得我受不了。」

許三觀這才想起來，還沒有給他們吃鹽，他從口袋裡掏出了鹽，遞給他們：

「你們先吃鹽，先把嘴吃鹹了，嘴裡一鹹，就什麼水都能喝了。」

來喜兄弟接過去鹽吃了起來，吃了一會兒，來喜說他能喝水了，就舀起一碗河水，他咕咚咕咚連喝了三口，接著冷得在那裡哆嗦了，他說：

「嘴裡一鹹是能多喝水。」

他接著又喝了幾口，將碗裡的水喝乾淨後，把碗交給了來順，自己抱著肩膀坐在一旁打抖。來順一下子喝了四口，張著嘴叫喚了一陣子冷什麼的，才把碗裡剩下的水喝了下去。許三觀拿過他手裡的碗，對他們說：

「還是我先喝吧，你們看著點，看我是怎麼喝的。」

來喜兄弟坐在石階上，看著許三觀先把鹽倒在手掌上，然後手掌往張開的嘴裡一拍，把鹽全拍進了嘴裡，他的嘴巴一動一動的，嘴裡吃鹹了，他就舀起一碗水，一口喝了下去，緊接著又舀起一碗水，也是一口喝乾淨。他連喝了兩碗河水以後，放下碗，又把鹽倒在手掌上，然後拍進嘴裡。就這樣，許三觀吃一次鹽，喝兩碗水，中間都沒有哆嗦一下，也不去抹掉掛在嘴邊的水珠。當他將第八碗水喝下去後，他才伸手去抹了抹嘴，然後雙手抱住自己的肩膀，身體猛烈地抖了幾下，接著他連著打了幾個嗝，打完嗝，他又連著打了三個噴嚏，打完噴嚏，他轉過身來對來喜兄弟說：

「我喝足了，你們喝。」

來喜兄弟都只喝了五碗水，他們說：

「不能喝了，再喝肚子裡就要結冰了。」

許三觀心想一口吃不成個大胖子，他們第一次就能喝下去五碗冰冷的河水已經不錯了，他就站起來，帶著他們去醫院。到了醫院，來喜和來順先是驗血，他們兄弟倆也是O型血，和許三觀一樣，這使許三觀很高興，他說：

「我們三個人都是圓圈血。」

在黃店的醫院賣了血以後，許三觀把他們帶到了一家在河邊的飯店，許三觀在靠窗的座位坐下，來喜兄弟坐在他的兩邊，許三觀對他們說：

「別的時候可以省錢，這時候就不能省錢了，你們剛剛賣了血，兩條腿是不是發軟了？」

許三觀看到他們在點頭，「從女人身上下來時就是這樣，兩條腿軟了，這時候要吃一盤炒豬肝，喝二兩黃酒，豬肝是補血，黃酒是活血……」

許三觀說這話時身體有些哆嗦，來順對他說：

「你在哆嗦，你從女人身上下來時除了腿軟，是不是還要哆嗦？」

許三觀嘿嘿笑了幾下，他看著來喜說：

「來順說得也有道理，我哆嗦是連著賣血……」

許三觀說著將兩個食指疊到一起，做出一個十字，繼續說：

「十天來我賣血賣了四次，就像一天裡從女人身上下來四次，這時候就不只是腿軟了，這時候人會覺得一陣陣發冷……」

許三觀看到飯店的夥計正在走過來，就壓低聲音說：

「你們都把手放到桌子上面來，不要放在桌子下面，像是從來沒有進過飯店似的，要裝出經常進飯店喝酒的樣子，都把頭抬起來，胸膛也挺起來，要做出一副神氣活現的樣子，點菜時手還要敲著桌子，聲音要響亮，這樣他們就不敢欺負我們，菜的分量就不會少，酒裡面也不會摻水，夥計來了，你們就學著我說話。」

夥計來到他們面前，問他們要什麼，許三觀這時候不哆嗦了，他兩隻手的手指敲著桌子說：

「一盤炒豬肝，二兩黃酒……」

說到這裡他的右手拿起來搖了兩下，說：

「黃酒給我溫一溫。」

夥計說一聲知道了，又去問來順要什麼，來順用拳頭敲著桌子，把桌子敲得都搖晃起來，來順響亮地說：

「一盤炒豬肝，二兩黃酒……」

下面該說什麼，來順一下子想不起來了，他去看許三觀，許三觀扭過頭去，看著來喜，這時夥計去問來喜了，來喜倒是用手指在敲著桌子，可是他回答時的聲音和來順一樣響亮：

「一盤炒豬肝，二兩黃酒……」

下面是什麼話，他也忘了，夥計就問他們：

「黃酒要不要溫一溫？」

來喜兄弟都去看許三觀，許三觀就再次把右手舉起來搖了搖，他神氣十足地替這兄弟倆回答：

「當然。」

夥計走開後，許三觀低聲對他們說：

「我沒讓你們喊叫，我只是要你們聲音響亮一些，你們喊什麼？這又不是吵架。來順，你以後要用手指敲桌子，你用拳頭敲，桌子都快被你敲壞了。還有，最後那句話千萬不能忘，黃酒一定要溫一溫，說了這句話，別人一聽就知道你們是經常進出飯店的，這句話是最重要的。」

他們吃了炒豬肝，喝了黃酒以後，回到船上，來喜解開纜繩，又用竹篙將船撐離河岸，來順在船尾搖著櫓，將船搖到河的中間，來順說了聲：

「我們要去虎頭橋了。」

然後他身體前仰後合地搖起了櫓，櫓槳發出吱哩吱哩的聲響，劈進河水裡，又從河水裡躍起。許三觀坐在船頭，坐在來喜的屁股後面，看著來喜手裡橫著竹篙站著，船來到橋下時，來喜用竹篙撐住橋墩，讓船在橋洞裡順利地通過。

這時候已經是下午了，陽光照在身上不再發燙，他們的船搖離黃店時，開始颳風了，風將岸邊的蘆葦吹得嘩啦嘩啦響。許三觀坐在船頭，覺得身上一陣陣地發冷，他雙手裹住棉襖，在船頭縮成一團。搖櫓的來順就對他說：

「你下到船艙裡去吧，你在上面也幫不了我們，你還不如下到船艙裡去睡覺。」

來喜也說：「你下去吧。」

許三觀看到來順在船尾呼哧呼哧地搖著櫓，還不時伸手擦一下臉上的汗水，那樣子十分起勁，許三觀就對他說：

「你賣了兩碗血，力氣還這麼多，一點都看不出你賣過血了。」

來順說：「剛開始有些腿軟，現在我腿一點都不軟了，你問問來喜，他腿軟不軟？」

「早軟過啦。」來喜說。

來順就對來喜說：「到了七里堡，我還要去賣掉它兩碗血，你賣不賣？」

來喜說：「賣，有三十五元錢呢。」

許三觀對他們說：「你們到底是年輕，我不行了，我老了，我坐在這裡渾身發冷，我要下到船艙裡去了。」

許三觀說著揭開船頭的艙蓋，鑽進了船艙，蓋上被子躺在了那裡，沒有多久，他就睡著了。等他一覺醒來時，天已經黑了，船停靠在了岸邊。他從船艙裡出來，看到來喜兄弟站在一棵樹旁，通過月光，他看到他們兩個人正嗨唷嗨唷地叫喚著，他們將一根手臂那麼粗的樹枝從樹上折斷下來，折斷後他們覺得樹枝過長，就把它踩到腳下，再折斷它一半，然後拿起粗的那一截，走到船邊，來喜將樹枝插在地上，握住了，來順搬來了一塊大石頭，舉起來打下去，打了有五下，將樹枝打進了地裡，只露出手掌那麼長的一截，來喜從船上拉過去纜繩，綁在了樹枝上。

他們看到許三觀已經站在了船頭，就對他說：

「你睡醒了。」

許三觀舉目四望，四周一片黑暗，只有遠處有一些零星的燈火，他問他們：

「這是什麼地方？」

來喜說：「不知道是什麼地方，還沒到虎頭橋。」

他們在船頭生火做飯，做完飯，他們就藉著月光，在冬天的寒風裡將熱氣騰騰的飯吃了下去。許三觀吃完飯，覺得身上熱起來了，他說：

「我現在暖和了，我的手也熱了。」

他們三個人躺到了船艙裡，許三觀還是睡在中間，蓋著他們兩個人的被子，他們的身體緊貼著他的身體，三個人擠在一起，來喜兄弟很高興，白天賣血讓他們掙了三十五元錢，他們突然覺得掙錢其實很容易，他們告訴許三觀，他們以後不搖船了，以後把田地裡的活幹完後，不再去搖船掙錢了，搖船太苦太累，要掙錢他們就去賣血。來喜說：

「這賣血真是一件好事，掙了錢不說，還能吃上一盤炒豬肝，喝上黃酒，平日裡可不敢上飯店去吃這麼好吃的炒豬肝。到了七里堡，我們再去賣血。」

「不能賣了，到了七里堡不能再賣了。」許三觀擺擺手。

他說：「我年輕的時候也這樣想，我覺得這身上的血就是一棵搖錢樹，沒錢了，缺錢了，搖一搖，錢就來了。其實不是這樣，當初帶著我去賣血的有兩個人，一個叫阿方，一個叫根龍，如今阿方身體敗掉了，根龍賣血賣死了。你們往後不要常去賣血，賣一次要歇上三個月，除非急著要用錢，才能多賣幾次，連著去賣血，身體就會敗掉。你們要記住我的話，我是過來人……」

許三觀兩隻手伸開去拍拍他們兩個人，繼續說：

「我這次出來，在林浦賣了一次；隔了三天，我到百里又去賣了一次；隔了四天，我在松林再去賣血時，我就暈倒了，醫生說我是休克了，就是我什麼都不知道了，醫生給我輸了七百毫升的血，再加上搶救我的錢，我兩次的血都白賣了，到頭來我是買血了。在松林，我差一點死掉……」

許三觀說到這裡嘆了一口氣，他說：

「我連著賣血是沒有辦法，我兒子在上海的醫院裡，病得很重，我要籌足了錢給他送去，要是沒錢，醫生就會不給我兒子打針吃藥。我這麼連著賣血，身上的血是越來越淡，不像你們，你們現在身上的血，一碗就能頂我兩碗的用途。本來我還想在七里堡、在長寧再賣它兩次血，現在我不敢賣了，我要是再賣血，我的命真會賣掉了……

「我賣血掙了有七十元了，七十元給我兒子治病肯定不夠，我有到上海再想別的辦法，可是在上海人生地不熟的……」

這時來喜說：「你說我們身上的血比你的濃？我們的血一碗能頂你兩碗？我們三個人都是圓圈血，到了七里堡，你就買我們的血，我們賣給你一碗，你不就能賣給醫院兩碗了嗎？」

許三觀心想他說得很對，就是……他說：

「我怎麼能收你們的血。」

來喜說：「我們的血不賣給你，也要賣給別人……」

來順接過去說：「賣給別人，還不如賣給你，怎麼說我們也是朋友了。」

許三觀說：「你們還要搖船，你們要給自己留著點力氣。」

來順說：「我賣了血以後，力氣一點都沒少。」

「這樣吧，」來喜說，「我們少賣掉一些力氣，我們每人賣給你一碗血。你買了我們兩碗血，到了長寧你就能賣出去四碗了。」

聽了來喜的話，許三觀笑了起來，他說：

「最多只能一次賣兩碗。」

然後他說：「為了我兒子，我就買你們一碗血吧，兩碗血我也買不起。我買了你們一碗血，到了長寧我就能賣出去兩碗，這樣我也掙了一碗血的錢。」

許三觀話音未落，他們兩個人鼾聲就響了起來，他們的腿又架到了他的身上，他們使他腰痠背疼，使他被壓著喘氣都費勁，可是他覺得非常暖和，兩個年輕人身上熱氣騰騰。他就這麼躺著，風在船艙外呼嘯著，將船頭的塵土從蓋口吹落進來，散在他的臉上和身上。他的目光從蓋口望出去，看到天空裡有幾顆很淡的星星，他看不到月亮，但是他看到了月光，月光使天空顯得十分寒冷，他那麼看了一會兒，閉上了眼睛，他聽到河水敲打著船舷，就像是在敲打著他的耳朵。過了一會，他也睡著了。

五天以後，他們到了七里堡，七里堡的絲廠不在城裡，是在離城三里路的地方，所以他們先去了七里堡的醫院。來到了醫院門口，來喜兄弟就要進去，許三觀說：

「我們先不進去，我們知道醫院在這裡了，我們先去河邊……」

他對來喜說：「來喜，你還沒有喝水呢。」

來喜說：「我不能喝水，我把血賣給你，我就不能喝水。」

許三觀伸手拍了一下自己的腦袋，他說：

「看到醫院，我就想到要喝水，我都沒去想你這次是賣給我……」

許三觀說到這裡停住了，他對來喜說：

「你還是去喝幾碗水吧，俗話說親兄弟明算帳，我不能占你的便宜。」

來順說：「這怎麼叫占便宜？」

來喜說：「我不能喝水，換成你，你也不會喝水。」

許三觀心想也是，要是換成他，他確實也不會去喝水，他對來喜說：

「我說不過你，我就依你了。」

他們三個人來到醫院的供血室，七里堡醫院的血頭聽他們說完話，伸出手指著來喜說：

「你把血賣給我……」

他再去指許三觀，「我再把你的血賣給他？」

看到許三觀他們都在點頭，他嘿嘿笑了，他指著自己的椅子說：

「我在這把椅子上坐了十三年了，到我這裡來賣血的人有成千上萬，可是賣血的和買血的一起來，我還是第一次遇上……」

來喜說：「說不定你今年要走運了，這樣難得的事讓你遇上了。」

「是啊，」許三觀接著說，「這種事別的醫院也沒有過，我和來喜不是一個地方的人，我們碰巧遇上了，碰巧他要賣血，我要買血，這麼碰巧的事又讓你碰巧遇上了，你今年肯定要走運了……」

七里堡的血頭聽了他們的話，不由點了點頭，他說：

「這事確實很難遇上，我遇上了說不定還真是要走運了……」

接著他又搖了搖頭，「不過也難說，說不定今年是災年了，他們都說遇上怪事就是災年要來了，你們聽說過沒有？青蛙排著隊從大街上走過去，下雨時掉下來蟲子，還有母雞報曉什麼的，這些事裡面只要遇上一件，這一年肯定是災年了……」

許三觀和來喜兄弟與七里堡的血頭說了有一個多小時，那個血頭才讓來喜去賣血，又讓許三觀去買了來喜的血。然後，他們三個人從醫院裡出來，許三觀對來喜說：

「來喜，我們陪你去飯店吃一盤炒豬肝，喝二兩黃酒。」

來喜搖搖頭說：「不去了，才賣了一碗血，捨不得吃炒豬肝，也捨不得喝黃酒。」

許三觀說：「來喜，這錢不能省，你賣掉的是血，不是汗珠子，要是汗珠子，喝兩碗水下去就補回來了，這血一定要靠炒豬肝才能補回來，你要去吃，聽我的話，我是過來人……」

來喜說：「沒事的，不就是從女人身上下來嗎？要是每次從女人身上下來都要去吃炒豬肝，誰吃得起？」

許三觀連連搖頭，「這賣血和從女人身上下來還是不一樣……」

來順說：「一樣。」

許三觀對來順說：「你知道什麼？」

來順說：「這話是你說的。」

許三觀說：「是我說的，我是瞎說……」

來喜說：「我現在身體好著呢，就是腿有點軟，像是走了很多路，歇一會兒，腿就不軟了。」

許三觀說：「聽我的話，你要吃炒豬肝……」

他們說著話，來到了停在河邊的船旁，來順先跳上船，來喜解開了綁在木樁上的纜繩後也跳了上去，來喜站在船頭對許三觀說：

「我們要把這一船蠶繭送到絲廠去，我們不能再送你了，我們家在通元鄉下的八隊，你以後要是有事到通元，別忘了來我們家做客，我們算是朋友了。」

許三觀站在岸上，看著他們兩兄弟將船撐了出去，他對來順說：

「來順，你要照顧好來喜，你別看他一點事都沒有，其實他身體裡虛著呢，你別讓他太累，你就自己累一點吧，你別讓他搖船，你要是搖不動了，你就把船靠到岸邊歇一會兒，別讓來喜和你換手……」

來順說：「知道啦。」

他們已經將船撐到了河的中間，許三觀又對來喜說：

「來喜，你要是不肯吃炒豬肝，你就要好好睡上一覺，俗話說吃不飽飯睡覺來補，睡覺也能補身體……」

來喜兄弟搖著船離去了，很遠了他們還在向許三觀招手，許三觀也向他們招手，直到看不見他們了，他才轉過身來，沿著石階走上去，走到了街上。

這天下午，許三觀也離開了七里堡，他坐船去了長寧，在長寧他賣了四百毫升的血以後，他不再坐船了，長寧到上海有汽車，雖然汽車比輪船貴了很多錢，他還是上了汽車，他想快些見到一樂，還有許玉蘭，他數著手指算了算，許玉蘭送一樂去上海已經有十五天了，不知道一樂的病是不是好多了。他坐上了汽車，汽車一起動，他心裡就咚咚地亂跳起來。

許三觀早晨離開長寧，到了下午，他來到了上海，他找到給一樂治病的醫院時，天快黑了，他來到一樂住的病房，看到裡面有六張病床，其中五張床上都有人躺著，只有一張床空著，許三觀就問他們：

「許一樂住在哪裡？」

他們指著空著的床說：「就在這裡。」

許三觀當時腦袋裡就嗡嗡亂叫起來，他馬上想到根龍，根龍死的那天早晨，他跑到醫院去，根龍的床空了，他們說根龍死了。許三觀心想一樂是不是也已經死了，這麼一想，他站在那裡就哇哇的哭了起來，他的哭聲就像喊叫那樣響亮，他的兩隻手輪流著去抹眼淚，把眼淚往兩邊甩去，都甩到了別人的病床上。這時候他聽到後面有人喊他：

「許三觀，許三觀你總算來啦……」

聽到這個聲音，他馬上不哭了，他轉過身去，看到了許玉蘭，許玉蘭正扶著一樂走進來。許三觀看到他們後，就破涕為笑了，他說：

「一樂沒有死掉，我以為一樂死掉了。」

許玉蘭說：「你胡說什麼，一樂好多了。」

一樂看上去確實好多了，他都能下地走路了，一樂躺到床上後，對許三觀笑了笑，叫了一聲：

「爹。」

許三觀伸手去摸了摸一樂的肩膀，對一樂說：

「一樂，你好多了，你的臉色也不發灰了，你說話聲音也響了，你看上去有精神了，你的肩膀還是這麼瘦。一樂，我剛才進來看到你的床空了，我就以為你死了……」

說著許三觀的眼淚又流了下來，許玉蘭推推他：

「許三觀，你怎麼又哭了？」

許三觀擦了擦眼淚對她說：

「我剛才哭是以為一樂死了，現在哭是看到一樂還活著……」

第二十九章

這一天，許三觀走在街上，他頭髮白了，牙齒掉了七顆，不過他眼睛很好，眼睛看東西還像過去一樣清楚，耳朵也很好，耳朵可以聽得很遠。

這時的許三觀已是年過六十了，他的兩個兒子一樂和二樂，在八年前和六年前已經抽調回城，一樂在食品公司工作，二樂在米店旁邊的一家百貨店裡當售貨員。一樂、二樂、三樂都在幾年前娶妻生子，然後搬到別處去居住了。到了星期六，三個兒子才攜妻帶子回到原先的家中。

現在的許三觀不用再負擔三個兒子的生活，他和許玉蘭掙的錢就他們兩個人花，他們不再有缺錢的時候，他們身上的衣服也沒有了補釘，他們的生活就像許三觀現在的身體，許三觀逢人就說：

「我身體很好。」

所以，這一天許三觀走在街上時，臉上掛滿了笑容，笑容使他臉上的皺紋像河水一樣波動起來，陽光照在他臉上，把皺紋裡面都照亮了。他就這麼獨自笑著走出了家門，走過許玉蘭早晨炸油條的小吃店；走過了二樂工作的百貨店；走過了電影院，就是從前的戲院；走過了城裡的小學；走過了醫院；走過了五星橋；走過了鐘表店；走過了肉店；走過了天寧寺；走過了一家新開張的服裝店；走過了兩輛停在一起的卡車；然後，他走過了勝利飯店。

許三觀走過勝利飯店時，聞到了裡面炒豬肝的氣息，從飯店廚房敞開的窗戶裡飄出來，和油煙一起來到。這時許三觀已經走過去了，炒豬肝的氣息拉住了他的腳，他站在那裡，張開鼻孔吸著，他的嘴巴也和鼻孔一起張開來。

於是，許三觀就很想吃一盤炒豬肝，很想喝二兩黃酒，這樣的想法越來越強烈，他就很想去賣一次血了。他想起了過去的日子，與阿方和根龍坐在靠窗的桌前，與來喜和來順坐在黃店的飯店，手指敲著桌子，聲音響亮，一盤炒豬肝，二兩黃酒，黃酒要溫一溫……許三觀在勝利飯店門口站了差不多有五分鐘，然後他決定去醫院賣血了，他就轉身往回走去。他已經有十一年沒有賣血了，今天他又要去賣血，今天是為他自己賣血，為自己賣血他還是第一次，他在心裡想：以前吃炒豬肝喝黃酒是因為賣了血，今天反過來了，今天是為吃炒豬肝喝黃酒才去賣血。他這麼想著走過了兩輛停在一起的卡車；走過了那家新開張的服裝店；走過了天寧寺；走過了肉店；走過了鐘表店；走過了五星橋，來到了醫院。

坐在供血室桌子後面的已經不是李血頭，而是一個看上去還不滿三十的年輕人。年輕的血頭看到頭髮花白、四顆門牙掉了三顆的許三觀走進來，又聽到他說自己是來賣血時，就伸手指著許三觀：

「你來賣血？你這麼老了還要賣血？誰會要你的血？」

許三觀說：「我年紀是大了，我身體很好，你別看我頭髮白了，牙齒掉了，我眼睛一點都不花，你額頭上有一顆小痣，我都看得見，我耳朵也一點不聾，我坐在家裡，街上的人說話聲音再小我也聽得到……」

年輕的血頭說：「你的眼睛，你的耳朵，你的什麼都和我沒關係，你把身體轉過去，你給我出去。」

許三觀說：「從前的李血頭可是從來都不像你這麼說話……」

年輕的血頭說：「我不姓李，我姓沈，我沈血頭從來就是這樣說話。」

許三觀說：「李血頭在的時候，我可是常到這裡來賣血……」

年輕的血頭說：「現在李血頭死了。」

許三觀說：「我知道他死了，三年前死的，我站在天寧寺門口，看著火化場的拉屍車把他拉走的……」

年輕的血頭說：「你快走吧，我不會讓你賣血的，你都老成這樣了，你身上死血比活血多，沒人會要你的血，只有油漆匠會要你的血……」

年輕的血頭說到這裡嘿嘿笑了起來，他指著許三觀說：

「你知道嗎？為什麼只有油漆匠會要你的血？家具做好了，上油漆之前要刷一道豬血……」

說著年輕的血頭哈哈大笑起來，他接著說：

「明白嗎？你的血只配往家具上刷，所以你出了醫院往西走，不用走太遠，就是在五星橋下面，有一個姓王的油漆匠，很有名的，你把血去賣給他吧，他會要你的血。」

許三觀聽了這些話，搖了搖頭，對他說：

「你說這樣難聽的話，我聽了也就算了，要是讓我三個兒子聽到了，他們會打爛你的嘴。」

許三觀說完這話，就轉身走了。他走出了醫院，走到了街上。那時候正是中午，街上全是下班回家的人，一群一群的年輕人飛快地騎著自行車，在街上衝過去，一隊背著書包的小學生沿著人行道往前走去。許三觀也走在人行道上，他心裡充滿了委屈，剛才年輕血頭的話刺傷了他，他想著年輕血頭的話，他老了，他身上的死血比活血多，他的血沒人要了，只有油漆匠會要。他想著四十年來，今天是第一次，他的血第一次賣不出去了。四十年來，每次家裡遇上災禍時，他都是靠賣血度過去的，以後他的血沒人要了，家裡再有災禍怎麼辦？

許三觀開始哭了，他敞開胸口的衣服走過去，讓風呼呼地吹在他的臉上，吹在他的胸口；讓混濁的眼淚湧出眼眶，沿著兩側的臉頰刷刷地流，流到了脖子裡，流到了胸口上。他抬起手去擦了擦，眼淚又流到了他的手上，在他的手掌上流，也在他的手背上流。他的腳在往前走，他的眼淚在往下流。他的頭抬著，他的胸也挺著，他的腿邁出去時堅強有力，他的胳膊甩動時也是毫不遲疑，可是他臉上充滿了悲傷。他的淚水在他臉上縱橫交錯地流，就像雨水打在窗玻璃上，就像裂縫爬上快要破碎的碗，就像蓬勃生長出去的樹枝，就像渠水流進了田地，就像街道布滿了城鎮，淚水在他臉上織成了一張網。

他無聲地哭著向前走，走過城裡的小學，走過了電影院，走過了百貨店，走過了許玉蘭炸油條的小吃店，他都走到家門口了，可是他走過去了。他向前走，走過一條街，走過了另一條街，他走到了勝利飯店。他還是向前走，走過了服裝店，走過了天寧寺，走過了肉店，走過了鐘表店，走過了五星橋，他走到了醫院門口，他仍然向前走，走過了小學，走過了電影院……他在城裡的街道上走了一圈，又走了一圈，街上的人都站住了腳，看著他無聲地哭著走過去，認識他的人就對他喊：

「許三觀，許三觀，許三觀，許三觀……你為什麼哭？你為什麼不說話？你為什麼不理睬我們？你為什麼走個不停？你怎麼會這樣……」

有人去對一樂說：「許一樂，你快上街去看看，你爹在大街上哭著走著……」

有人去對二樂說：「許二樂，有個老頭在街上哭，很多人都圍著看，你快去看看，那個老頭是不是你爹……」

有人去對三樂說：「許三樂，你爹在街上哭，哭得那個傷心，像是家裡死了人……」

有人去對許玉蘭說：「許玉蘭，你在幹什麼？你還在做飯？你別做飯了，你快上街去，你男人許三觀在街上哭，我們叫他，他不看我們，我們問他，他不理我們，我們不知道出了什麼事，你快上街去看看……」

一樂、二樂、三樂來到了街上，他們在五星橋上攔住了許三觀，他們說：

「爹，你哭什麼？是誰欺負了你？你告訴我們……」

許三觀身體靠在欄杆上，對三個兒子嗚咽著說：

「我老了，我的血沒人要了，只有油漆匠會要……」

兒子說：「爹，你在說些什麼？」

許三觀繼續說自己的話：「以後家裡要是再遇上災禍，我怎麼辦啊？」

兒子說：「爹，你到底要說什麼？」

這時許玉蘭來了，許玉蘭走上去，拉住許三觀的兩只袖管，問他：

「許三觀，你這是怎麼了？你出門時還好端端的，怎麼就哭成個淚人了？」

許三觀看到許玉蘭來了，就抬起手去擦眼淚，他擦著眼淚對許玉蘭說：

「許玉蘭，我老了，我以後不能再賣血了，我的血沒人要了，以後家裡遇上災禍怎麼辦……」

許玉蘭說：「許三觀，我們現在不用賣血了，現在家裡不缺錢，以後家裡也不會缺錢的，你賣什麼血？你今天為什麼要去賣血？」

許三觀說：「我想吃一盤炒豬肝，我想喝二兩黃酒，我想賣了血以後就去吃炒豬肝，就去喝黃酒……」

一樂說：「爹，你別在這裡哭了，你想吃炒豬肝，你想喝黃酒，我給你錢，你就是別在這裡哭了，你在這裡哭，別人還以為我們欺負你了……」

二樂說：「爹，你鬧了半天，就是為了吃什麼炒豬肝，你把我們的臉都丟盡了……」

三樂說：「爹，你別哭啦，你要哭，就到家裡去哭，你別在這裡丟人現眼……」

許玉蘭聽到三個兒子這麼說話，指著他們大罵起來：

「你們三個人啊，你們的良心被狗叼走啦，你們竟然這樣說你們的爹，你們爹全是為了你們，一次一次去賣血，賣血掙來的錢全是用在你們身上，你們是他用血餵大的。想當初，自然災害的那一年，家裡只能喝玉米粥，喝得你們三個人臉上沒有肉了，你們爹就去賣了血，讓你們去吃了麵條，你們現在都忘乾淨了。還有二樂在鄉下插隊那陣子，為了討好二樂的隊長，你們爹賣了兩次血，請二樂的隊長吃，給二樂的隊長送禮，二樂你今天也全忘了。一樂，你今天這樣說你爹，你讓我傷心，你爹對你是最好的，說起來他還不是你的親爹，可他對你是最好的，你當初到上海去治病，家裡沒有錢，你爹就一個地方一個地方去賣血，賣一次血要歇三個月，你爹為了救你命，自己的命都不要了，隔三、五天就去賣一次，在松林差一點把自己賣死了，一樂你也忘了這事。你們三個兒子啊，你們的良心被狗叼走啦……」

許玉蘭聲淚俱下，說到這裡她拉住許三觀的手說：

「許三觀，我們走，我們去吃炒豬肝，去喝黃酒，我們現在有的是錢……」

許玉蘭把口袋裡所有的錢都摸出來，給許三觀看：

「你看看，這兩張是五元的，還有兩元的，一元的，這個口袋裡還有錢，你想吃什麼，我就給你要什麼。」

許三觀說：「我只想吃炒豬肝，喝黃酒。」

許玉蘭拉著許三觀來到了勝利飯店，坐下後，許玉蘭給許三觀要了一盤炒豬肝和二兩黃酒，要完後，她問許三觀：

「你還想吃什麼？你說，你想吃什麼你就說。」

許三觀說：「我不想吃別的，我只想吃炒豬肝，喝黃酒。」

許玉蘭就又給他要了一盤炒豬肝，要了二兩黃酒，要完後許玉蘭拿起菜單給許三觀看，對他說：

「這裡有很多菜，都很好吃，你想吃什麼？你說。」

許三觀還是說：「我還是想吃炒豬肝，還是想喝黃酒。」

許玉蘭就給他要了第三盤炒豬肝，黃酒這次要了一瓶。三盤炒豬肝全上來後，許玉蘭又問許三觀還想吃什麼菜？這次許三觀搖頭了，他說：

「我夠了，再多我就吃不完了。」

許三觀面前的桌子上放著三盤炒豬肝，一瓶黃酒，還有兩個二兩的黃酒，他開始笑了，他吃著炒豬肝，喝著黃酒，他對許玉蘭說：

「我這輩子就是今天吃得最好。」

許三觀笑著吃著，又想起醫院裡那個年輕的血頭說的話來了，他就把那些話對許玉蘭說了，許玉蘭聽後罵了起來：

「他的血才是豬血，他的血連油漆匠都不會要，他的血只有陰溝、只有下水道才會要。他算什麼東西？我認識他，就是那個沈傻子的兒子，他爹是個傻子，連一元錢和五元錢都分不清楚，他媽我也認識，他媽是個破鞋，都不知道他是誰的野種。他的年紀比三樂都小，他還敢這麼說你，我們生三樂的時候，這世上還沒他呢，他現在倒是神氣了……」

許三觀對許玉蘭說：「這就叫屌毛出得比眉毛晚，長得倒比眉毛長。」

國家圖書館出版品預行編目資料

許三觀賣血記 / 余華著. -- 四版. -- 臺北市：麥田出版：英屬蓋曼群島商家庭傳媒股份有限公司城邦分公司發行, 2023.06
面；　公分. -- (余華作品集；9)
ISBN　978-626-310-444-0 (平裝)

857.7　　112005032

余華作品集 9

許三觀賣血記（新版）

作　　者　余　華
責任編輯　林秀梅　陳淑怡

版　　權　吳玲緯　楊　靜
行　　銷　闕志勳　吳宇軒　余一霞
業　　務　李再星　李振東　陳美燕
副總編輯　林秀梅
編輯總監　劉麗真
事業群總經理　謝至平
發 行 人　何飛鵬
出　　版　麥田出版
台北市南港區昆陽街16號4樓
電話：886-2-25000888　傳真：886-2-25001951
發　　行　英屬蓋曼群島商家庭傳媒股份有限公司城邦分公司
台北市南港區昆陽街16號8樓
客服專線：02-25007718；25007719
24小時傳真專線：02-25001990；25001991
服務時間：週一至週五上午09:30-12:00；下午13:30-17:00
劃撥帳號：19863813　戶名：書虫股份有限公司
讀者服務信箱：service@readingclub.com.tw
城邦網址：http://www.cite.com.tw
麥田部落格：http://ryefield.pixnet.net/blog
麥田出版Facebook：https://www.facebook.com/RyeField.Cite/

香港發行所　城邦（香港）出版集團有限公司
香港九龍九龍城土瓜灣道86號順聯工業大廈6樓A室
電話：852-25086231　傳真：852-25789337
電子信箱：hkcite@biznetvigator.com

馬新發行所　城邦（馬新）出版集團
Cite（M）Sdn. Bhd.（458372U）
41, Jalan Radin Anum, Bandar Baru Seri Petaling,
57000 Kuala Lumpur, Malaysia.
電話：+6(03)-90563833　傳真：+6(03)-90576622
電子信箱：services@cite.my

排　　版　宸遠彩藝
印　　刷　前進彩藝有限公司

1997年5月　初版一刷
2024年9月　四版五刷
售價／450元
ISBN 978-626-310-444-0
9786263104662（EPUB）

城邦讀書花園
www.cite.com.tw